하야시 고지 林宏司

출판사에서 근무하다가 2000년 후지TV 〈눈물을 닦으며〉의 드라마 각본으로 데뷔했다. 전문적인 분야를 그려나가는 데 강점을 드러내는 각본가이다. 한국에도 널리 알려진 일본 드라마 〈BOSS〉〈코드 블루〉〈아임 홈〉〈장인어른이라고 부르게 해줘〉〈콜드 케이스〉 등의 각본을 썼다. 그의 드라마에는 기무라 타쿠야, 다케노우치 유타카, 아마미 유키, 시이나 킷페이, 와타베 아츠로 등 일본 최정상급 배우들이 출연하는 것으로 유명하다. 신경외과 전문의들의 세계를 다룬 '톱 나이프'는 일본과 한국에서 방영된 드라마이자 그가 쓴 첫 번째 소설이다. 의료 세계를 휴머니즘과 엮어서 그려나가며 그가 그동안 쌓아온 내공을 충실히 보여주고 있다.

김현화 옮김

일본어 전문번역가. '번역에는 제한된 틀이 존재하지만, 틀 안의 자유도 엄연한 자유이며 그 자유를 표현하는 것이 번역이라는 신념으로 활동 중이다.

가쿠타 미쓰요의 『무심하게 산다』와 『천 개의 밤, 어제의 달』, 스미노 요루의 『나「만」의「비「밀」』, 마스다 미리의 『코하루 일기』, 무레 ⬚⬚⬚⬚⬚ 씨 고양이는 줄무늬』, 모리사와 아키오의 『실연버 ⬚⬚⬚⬚⬚⬚ 니키의 『백화의 마법』과 『천공의 마 ⬚⬚⬚⬚⬚⬚⬚⬚⬚⬚⬚⬚ 비롯해서 『무지개를 ⬚⬚⬚⬚⬚⬚⬚⬚⬚⬚⬚⬚⬚⬚⬚⬚⬚와 함께한 여름 ⬚⬚⬚⬚⬚⬚⬚⬚⬚⬚⬚⬚⬚어요』『찾지 말아 주세요 ⬚⬚⬚⬚⬚⬚⬚⬚다.

ΔΊ 박은영

왼팔과 사랑에 빠진 남자

トップナイフ

톱 나이프

하야시 고지 지음 · 김현화 옮김

TOP KNIFE

orangeD

일러두기

* 단행본 및 잡지는 『 』, 영화는 〈 〉, 노래 제목은 ' '로 표기했습니다.
* 각주는 모두 옮긴이 주입니다.

차례

21세기인 오늘날에도 사람의 뇌는 인류에게 남겨진 유일한 미지의 영역이다.

50억 년에 걸친 진화의 산물이자 신경세포 1천 억 개가 모인, 우주가 만들어낸 가장 복잡한 창조물.

그 신비에 직접 손을 대고 고치기도 하는, 신도 두려워하지 않는 오만한 직업. 그게 바로 신경외과 전문의다.

세상에는 두 종류의 신경외과 전문의가 있다.

최고의 신경외과 전문의와 이 분야에 몸담아서는 안 되는 전문의.

뇌는 생각보다 약해서 척수처럼 자가 재생 능력이 거의 없다. 따라서 다른 장기와 다르게 일단 손상되면 회복이 불가능하기에 신경이나 섬세한 혈관이 다치는 건 환자의 죽음이나 장애를 의미한다.

불과 0.1밀리미터의 오차가, 0.1초의 망설임이, 0.1그램의 오만함이 환자를 재기 불가능하게 만든다.

따라서 모든 신경외과 전문의들은 자신의 능력을 뛰어넘는 훨씬 높은 목표를 향해, '톱 나이프'라고 불리는 정점을 향해 매일같이 여러 가지를 희생해나가며 정진해야 한다.

피가 맺히도록 긴장해서 노력한 결과로 그 칭호를 거머쥐더라도 그곳에 무엇이 있는지는 아무도 모른다. 미지의 땅에 무엇이 있는지 아무도 모르는 것처럼 수술 전에 검사를 아무리 꼼꼼하게 하더라도 뚜껑을 열어보지 않고서는 모르는 뇌처럼 말이다.

1
장

얼음 같은 여자

신경외과에서 이루어지는 수술은 토목공사처럼 시작된다.

삭발한 머리에 핀을 꽂아 수술대에 머리를 단단히 고정한다. 메스로 두피를 가르고 브레인 스패츌라(brain spatular)로 두개골에서 표피를 벗겨내 외부로 드러난 두개골에 자동 회전식 드릴로 구멍을 몇 군데 낸다. 뚫린 구멍과 구멍 사이를 전동 실톱형 드릴로 잘라 두개골을 살포시 떼어낸다. 여자치고 체격이 큰 미야마 요코가 묵묵히 수술하는 모습은 도련수가 망치와 정을 사용해 목재를 조각하는 듯한 역동적인 느낌을 자아낸다.

그렇게 뚫린 구멍 아래에 자리한 뇌경막이라는 얇은 막을 메스로 가르면 뇌가 드러난다. 이제부터는 돌연 역할을 바꿔 숙련된 시계 장인처럼 아주 섬세하게 작업을 시작한다.

두개골 안에서 뇌척수액에 잠겨 있는 뇌는 흔히 물에 둥둥 떠 있는 두부에 비유된다. 두개골이라는 단단한 방어벽이 뚫린 채 훤히 드러난 그 모습은 놀랄 만큼 약하디 약하다. 사람을 사람답게 만드는 이 장기는 다른 장기에 비해 확연히 무르고 아주 사소한 자극에도 쉽게 망가져서 두 번 다시 회복되지 않는다.

미야마는 늘 생각한다.

연분홍색에 반들반들한 이 아름다운 존재는 어쩌면 사람의 '마음' 그 자체를 뜻하지 않을까. 그리고 내 머릿속에도 이 섬세한 존재가 과연 담겨 있을까. 여전히⋯⋯.

◇

이른 아침 6시 20분. 미야마는 호텔 수영장에 있었다.

물속에서는 자유롭다. 길쭉한 팔다리를 힘껏 뻗어 느긋한 자유형으로 물살을 가르며 나아갔다. 중력과 소음으로부터 해방.

모든 것에서 벗어난 시간. 이런 순간이 필요해 호텔 피트니스 센터에 가입했다. 입회비가 상당했지만 돌싱에 지천명을 맞이한 신경외과 전문의로서는 그리 부담스러운 금액이 아니었다. 이곳 수영장을 이용한 지는 1년이지만, 수영을 해 온 지는 이미 20년째였다. 젖은 머리를 말리는 게 번거로워 머리를 짧게 자른 지는 10년이 되었다.

워밍업으로 100미터를 헤엄쳤을 때였다. 수영장 사이드체어에 얹어둔 스마트폰이 울렸다. 오늘 당직은 중견 신경외과 전문의 니시고오리 다쿠마였다. 못 들은 체할까 생각했지만 콘크리트 벽에 벨 소리가 반사되어 울려 퍼지고 있었다. 별수 없이 수영장에서 나와 물안경을 벗고 전화를 받았다.

"비번인 날에 전화하면 가만 안 둔다 했지?"

"죄, 죄송합니다! 니시고오리 선생님이 시키셔서……."

스마트폰에서 들려온 건 신참인 고즈쿠에 사치코의 목소리였다. 니시고오리의 어시스턴트로 함께 당직을 서고 있었던 모양이다. 이런 일을 아랫사람에게 떠맡기는 게 역시 니시고오리다웠다. 미야마의 목소리가 한층 더 가라앉았다.

"꽤 중요한 용건이겠지?"

"네, 아마도……?"

"아마도?"

"아, 큰일입니다. 네, 아주 큰일입니다."

많이 다급했는지 대답이 어수선했다.

"무슨 일인데? 얼른 말해."

"그게 말입니다. 교통사고 외상으로 이번 주부터 1인실에 입원한 소에노 요이치 학생 아시죠?"

"어제 부장님께 퇴원 이야기를 꺼낸 참인데."

입원한 모든 환자의 상태를 의사 모두가 공유하는 것이 도토종합병원 신경외과의 규칙이었다. 소에노 요이치는 어머니가 모는 차를 타고 가다가 가드레일에 박는 바람에 뒷좌석에서 튕겨 나와 앞 유리에 머리를 세게 부딪쳤다. 도토종합병원에 긴급 후송되어 미야마가 머리에 고인 혈전*과 급성 경막하혈종**을 제거하는 긴급수술을 실시했다. 어머니는 경상이었다.

얼굴에 여드름이 울긋불긋한 풋풋한 사내아이의 얼굴이 금세 떠올랐다.

"그 애한테 무슨 일 있어?"

혈종은 제거했다. 14세라는 나이로 보건대 딱히 몸 상태가 악화될 염려는 없었다. 당연히 기저 질환도 없었다.

"상황이 조금 복잡해졌어요……."

"뜸 들이지 마. 뭐가 복잡해졌다는 거야? 용건만 말해."

신경외과 세계는 늘 촌각을 다툰다. 두루뭉술한 화법은 용납되지 않는다.

"아니, 그게 말이죠…… 실은 그 부상이 사고가 아니고, 어머니가 자길 죽이려고 했대요."

"뭐라고?"

---

* 혈관 내피가 손상되거나 염증이 일어나 혈관 속에서 피가 굳어 생긴 작은 핏덩어리.
** 외상으로 뇌경막 아래 공간에 급성 출혈이 일어나 뇌를 압박하고 있는 상태.

톱 나이프

"엄연한 살인미수라고 하네요."

도토종합병원 신경외과는 전국에서 엄선한 신경외과 전문의가 모인, 신경외과 세계에서 이름을 날리는 병원이었다. 그건 전적으로 외과부장인 이마데가와 다카오가 파격적인 연봉으로 우수한 신경외과 전문의를 스카우트했기 때문이며, 이렇게 선별된 가뜩이나 별종인 신경외과의들을 이끌어나가는 것은 차장인 미야마의 역할이었다.

신경외과 전문의…… 그것은 지극히 특수한 직업이었다.

'천문학자는 별을 연구할 수 있지만 직접 만질 수는 없어. 분자생물학자는 DNA를 조사할 수 있지만 육안으로는 볼 수 없지.'

30년쯤 전, 의대생이던 미야마에게 지도교수가 근엄한 표정으로 말해주었다.

'하지만 우리 과학계에 세상에서 제일 위대하면서도 신비한 창조물을 만지고 도려내고 이어 붙일 수 있는, 신을 능가하는 직업이 있지. 그게 바로…… 신경외과 전문의야.'

우주에서 제일 복잡한 기관이자 50억 년 동안 진화해온 인류의 창조물인 뇌를 고치는 일. 그렇기에 정밀도와 섬세함과 위험성은 다른 외과인 심장외과나 소화기외과에 비할 수 없었다.

'다른 외과가 땅에 걸쳐진, 폭 10센티미터짜리 다리를 건너는 일이라면, 신경외과는 10층에 걸쳐놓은 다리를 건너는 일과 마찬가지야. 특별한 사람만 건널 수 있지.'

그 말은 야심 찬 젊은이를 인도하기에 충분히 매력적이었다.

뇌세포를 비롯한 중추신경은 다치면 두 번 다시 재생되지 않는다. 그게 다른 장기와 결정적으로 다른 점이며, 그렇기에 신경외과 전문의의 사생활은 '신경외과의'라는 자부심과 맞바꾼 열정으로 점철되어 있다. '온콜'은 늘 연락이 가능한 상태의 긴급 대응을 뜻하는데, 신경외과의는 24시간 내내 온콜이라 해도 무방하다.

언제 벌어질지 모르는 급변에 대비해 대기하는 하루하루. 연애, 결혼, 부부 생활, 친구 관계 말고도 여러 가지를 희생해야 한다. 그나마 얻을 수 있는 건 약간의 자부심과 자존심뿐이다. 하지만 끊임없이 이어지는 수술의 완성도에 따라 실력이 판가름 나는 외과의에게는 그것도 부질없다. 위에는 또 다른 위가 반드시 존재하고, 그 정점에 선 외과의사만이 '톱 나이프'라고 불린다.

심장 수술처럼 광범위할 경우에는, 즉 수술 부위를 벌려 모두가 들여다보며 진행할 경우에는 집도의, 어시스턴트, 간호사, 마취 전문의가 온 힘을 모아 씨름한다. 하지만 신경외과 수술은 주로 마이크로서저리라는 수술용 현미경을 들여다보며 최소한의 범위 내에서 집도의가 수술을 진행한다. 즉 집도의 외에는 개입할 여지가 거의 없다는 뜻이다. 압도적으로 집도 의의 능력에 달린 세계이고, 그 기술이 얼마나 뛰어나고 부족 한지 숨길 수 없어 거만하기 짝이 없는 신경외과 전문의도 허 다하다. 이곳이 바로 그런 소굴이다.

미야마도 그런 경향의 의사로 여겨지고 있었다.

미야마가 신경외과 병동 복도를 언짢은 표정으로 바삐 걸어 가자 오고 가던 간호사들이 모세의 기적처럼 길을 쫙 갈라주 었다. '병원장, 간호사, 의사, 실험동물, 인턴'* 수순의 상하 관계 가 엄격한 병원이었지만, 신경외과 차장인 미야마의 매몰차고 불같은 성격은 널리 알려져 있었다. 혹자 왈 '수술 중에 도구를 잘못 건넨 간호사를 걷어찼다' '수술 장면을 기록하는 그림 그 리기가 서툰 연수의에게 밤새도록 그림을 다시 그리게 했다' '뼛가루를 여러 번 튀긴 새내기 의사를 결국엔 팼다' 등 소문이 흉흉했다.

미야마에게는 모든 소문이 사실로 느껴지게 하는 위압감이 있었다. 170센티미터를 넘는 큰 키에 어지간해서는 웃지 않는

* 인턴은 잡일을 하며 실험동물보다 못한 대우를 받았다는 사실을 회화화했으며, 한 때 이 병원에서는 간호사가 의사보다 더 대우를 잘 받았다는 것을 알 수 있다.

길고 가느다란 눈, 그리고 '뇌동맥류*'와 뇌혈관문합술**의 톱 나이프'라는 직함도 한몫 거들었다. 비록 '여자 주제에'라는 접두사가 붙어 있기는 했지만 말이다.

모세의 기적처럼 갈라진 길 끝에 고즈쿠에가 서 있었다.

"오늘 아침부터 갑자기 이러네요. 자기가 엄마한테 살해당할 뻔했대요. 머뭇거리면서 말하기 시작하더니……."

"섬망 아니야?"

수술 후 섬망이라고 하여 수술을 받은 후에 이러한 망상이 나타나는 건 일상다반사다. 요이치가 한발 늦게 병원에 도착하기도 했지만, 무슨 일이 일어나도 이상하지 않은 게 신경외과 세계다.

"그 증상이라면 나도 알고 있어요."

니시고오리가 다가오더니 심기 불편한 표정으로 대화에 끼어들었다. 34세인 이 신경외과 전문의는 젊음이라는 자부심과 자만으로 가뜩이나 높은 콧대를 더욱 세워가며 사람의 마음을 쿡쿡 찔렀다. 늘 인상을 찌푸린 채 선뜻 다가가기 힘든 분위기를 자아내는 점이 여자들에게 먹혔지만, 미야마에게는 그저 '애송이'일 뿐이었다.

"그런데 좀 구체적이란 말이죠. 엄마가 '더 이상 먹고살기 힘

* 뇌혈관 벽에 미세한 균열이 생기고 비정상적으로 부풀어 오른 혈관 질환.
** 막힌 혈관 앞쪽의 혈관과 뇌혈관을 이어주는 수술.

들다, 같이 죽자'며 차를 일부러 들이박았다고 조심스럽게 말하네요. 도저히 연기로 보이지 않아요."

환자 소에노 요이치는 어머니 다카코가 모는 승용차 뒷좌석에 앉아 있었다. 다니던 사립 중학교를 걸핏하면 결석해 다카코가 차로 데려다주던 참이었다고 한다. 가는 도중에 경치가 좋은 직선 도로에서 가드레일을 박았고, 그 충격으로 뇌좌상***과 급성 경막하혈종, 오른팔 골절상을 입어 생사의 기로에서 헤맸지만, 미야마가 집도한 수술을 받고 목숨을 간신히 건져 지금은 일반 병동에서 놀라운 회복력을 보여주고 있었다. 뇌의 회복력은 나이와 직결되어 있다. 그 젊음이 그의 뇌에 기적을 가져다주고 있었다. 그러던 찰나에 벌어진 일이었다.

사고 상황은 경찰에게도 자세히 들었다. 다카코의 전방 주시 태만이 원인이라고 했다. 사고 후에 수심이 가득 찬 모습과 죄책감에 휩싸여 있는 모습이 거짓으로 보이지는 않았다.

"자식을 죽이려고 했다면 일이 복잡해지겠는데요?"

부모 자식 간에 얽힌 미묘한 사정은 모르고 자랐을 듯한 싱글 니시고오리는 남의 일처럼 무심하게 말했다.

"알겠어. 내가 들어볼게."

니시고오리가 뜻밖이라는 표정을 지었다. 상사인 미야마에

*** 외상으로 뇌에 출혈이 생기는 것.

게 보고는 하지만, 귀찮은 뒤처리는 자신의 몫이라고 생각했을 테다.

미야마는 이미 요이치가 있는 일반 병동으로 가고 있었다. 왠지 마음이 어수선했다.

"진짜 죽이려고 했어요……."

낮은 목소리로 요이치가 말하기 시작했다. 창백한 얼굴을 이따금 신경질적으로 찌푸렸다. 나이에 비해 큰 키에 마른 편이고, 어딘지 모르게 가정교육을 잘 받은 티가 났다. 차분한 분위기를 자아내는 아이였다. 그래서인지 그가 하는 말과 주변을 경계하는 모습에 더욱 위화감이 들었다.

"엄마가? 왜?"

미야마는 일부러 친구처럼 다정하게 대했다.

"그건…… 제가 게임만 하니까……."

"그래서라고?"

"제가 미운 거예요. 옛날부터 그랬어요. 애초에 안 낳고 싶었을 거예요. 이제는 필요 없는 거죠."

"그럴 리가 없잖아."

"아니에요. 제 말이 맞아요."

목소리를 더욱 낮췄다.

"조금 후에 그 녀석이 올 거예요."

톰 나이프

"녀석이라니, 엄마잖아."

"이따가 확실하게 말해줄게요. 선생님은 믿을 만한 사람이니까 선생님한테만 말해줄게요. 나중에요."

혹시나 몰라 MRI를 다시 체크하라는 지시를 뒤따라온 고즈쿠에 사치코에게 내리고 같이 병실을 나왔다.

"미야마 선생님은 어린 환자한테는 다정하네요."

"뭐어?"

도토대학교 의예과를 수석으로 졸업했다고 제 입으로 퍼뜨린 이 건방진 새내기 여의사는 요즘 세대 젊은이라서 그런지 묘하게 거리낌이 없다. 붙임성이 있다고 할까, 허물없다고 해야 할까, 병원에 갓 들어온 주제에 미야마 옆에 나란히 서서 말을 걸곤 했다. 미야마는 속으로 짬밥도 안 되면서, 라고 혀를 찼다.

"그렇게 다정하신 모습 처음 봤어요. 영문을 알 수 없는 섬망 증상 환자니까, '입 다물고 조용히 자'라고 말하실 줄 알았거든요."

아무리 그래도 환자에게 그런 소리를 할 리가. 병원 식구들에게나 불같을 뿐이다. 짜증이 나서 쫓아버리기로 했다.

"그러고 보니 이와시타 환자 수술실에 들어갔다가 티타늄 나사 하나 떨어뜨렸다며?"

고즈쿠에의 얼굴에서 핏기가 가셨다. 개두(開頭)하여 덜어낸 두개골은 뇌수술이 끝나면 원래 자리로 돌려놓는데, 그때 티타늄 소재의 금속 나사로 고정시킨다. 어시스턴트로 수술실에 들어간 고즈쿠에가 그 나사를 끼우다가 하수구에 떨어뜨리고 말았던 것이다.

"큰 잘못인 건 알지? 하나에 1만 엔. 그리고 시말서도 제출해. 얼른 써 오는 게 좋을걸?"

"너무해요~~~!"

고즈쿠에는 창백한 얼굴로 물러났다. 1만 엔이라는 건 농담이지만, 피해를 입힌 건 틀림없다. 외과는 철저히 도제 시스템으로 돌아가는 세계이며, 그중에서 신경외과는 훨씬 엄격하다. 간만에 신경외과를 지원한 보기 드문 여의사라 해도 가차 없다. 적성에 맞지 않으면 거침없이 채찍질을 당하고, 그럼에도 악착같이 기어올라간 사람만이 '신경외과 전문의'라는 직함을 다는 명예를 얻는다. 천하의 미야마도 풋내기 시절에는 혼이 나기 일쑤였고, 수술 중에 집도의에게 정강이를 걷어차인 게 한두 번이 아니었다. 지금은 시대가 시대인 만큼 걷어차는 일은 없다.

간호사 대기실에는 병동 입원 환자들의 상태를 나타내는 전자 카르테가 쭉 나열되어 있었고, 의사들은 그것을 바탕으로 투약할 약과 링거, 검사 지시를 간호사에게 내린다.

이 병원에 실려 오는 환자는 뇌경색* 뇌출혈, 외상 등을 입은 환자이며, 약 3분의 1은 무사히 회복하지만 나머지 3분의 1은 퇴원해도 후유증이 남고 또 나머지 3분의 1은 이곳에서 살아서 나가지 못한다. 가혹하지만 그게 현실이다. 그 현실에 진작 익숙해진 미야마지만, 간호사에게 이것저것 지시를 내리면서도 조금 전에 만난 소년이 했던 말이 여전히 머릿속 한구석에 끈질기게 남아 있었다. 망상, 섬망, 착란, 혼란……은 어부가 고기를 다루듯 신경외과 전문의에게 친숙하다. 그런데 어째서 요이치가 한 말만큼은 잊히질 않을까.

"선생님!" 하고 부르는 소리가 울려 퍼졌다.

환자복 차림의 요이치가 서 있었다. 아직 제힘으로 걸어 다니면 휘청거릴 텐데도 일부러 간호사 대기실까지 온 것 같았다. 좀전에 엄마 다카코가 병문안을 왔고, 다카코를 로비까지 배웅하고 미야마를 찾고 있었다고 했다. 두리번거리며 주변을 신경 쓰는 요이치를 배려해 복도로 나왔다.

"역시 확실해졌어요. 그래서 어서 선생님께 사실을 전하고 싶었어요. 그런데…… 선생님, 정말 비밀 지켜주실 거죠?"

"물론이지. 의사잖아. 비밀을 엄수할 의무가 있지."

일부러 흔쾌히 답했다.

---

* 혈관이 막히는 증상.

"무슨 일 있었어? 엄마랑 이야기 나눴을 거잖아."

"아뇨. 엄마랑 대화 안 했어요."

"무슨 뜻이야? 배웅했다면서?"

"그 사람은 엄마가 아니라……"

"……그럼 누군데?"

"그 사람은…… 외계인이에요."

요이치의 표정은 진지했다.

'카프그라 증후군'이 일어나고 있었다……. 미야마는 섬뜩함을 느꼈다.

"외계인?! 엄마를 외계인이라고 주장하나요?! 설마요?!"

고즈쿠에가 회의실에서 눈을 번뜩이며 말했다. 이곳은 환자 개개인의 상태와 앞으로 해나갈 치료 방침을 몇몇 의사가 모여서 검토하는 장소였다. 고즈쿠에, 니시고오리, 그리고 부장인 이마데가와, 간호사인 오자와 마린, 그리고 미야마가 있었다.

"정신 사나워. 가만히 있어."

"아니, 미야마 선생님, 그건 보통 일이 아니잖아요."

"카프그라 증후군이라……"

이마데가와가 작게 중얼거렸다.

"카마쿠라* 증후군?"

"카프그라라고. 그 잘난 해외 논문에서 못 봤어?" 간호사 마린이 싸늘하게 말했다. 나이는 고즈쿠에보다 아래지만 베테랑 간호사이며 조금 덜렁대는 고즈쿠에에게 면박을 주는 역할을 도맡아 한다. 입만 산 고즈쿠에는 "미국 논문에서는……" 하고 설명을 주절주절 늘어놓는 게 특기였다. 그때마다 마린이 머리에 꿀밤을 먹였다.

"아, 아아, 카프그라? ……뭐어? 카프그라 증후군이라고?! 그 말로만 듣던!"

대뇌는 외부에서 들어오는 자극을 담당하는 부위가 세부적으로 다르다. 얼굴을 인식하는 부위와 그 사람과 관련된 정보와 정서를 느끼는 부위는 또 다르며, 보통은 뇌를 둘러싼 무수한 시냅스로 면밀히 연결되어 있다. 그래서 일반적으로 증오하는 상대의 얼굴을 보면 욱하는 기분이 들고, 연인의 미소를 보면 행복한 기분으로 충만해진다. 하지만 혈종이 생기거나 뇌가 손상되는 등의 이유로 이 회로가 끊어질 때가 있다. 그러면 어떻게 될까.

요이치의 상황에 대입해보면 이렇다.

얼굴을 보고 '엄마'라는 시각 정보는 인식한다. 하지만 애정이나 정서를 느끼는 부위와의 회로가 끊어져 있기에 친근한

---

* 일본 가나가와현 미우라반도에 있는 도시.

감정은 조금도 솟구치지 않는다. 즉 엄마를 봐도 어디에 사는 누군지도 모르는 생판 남을 볼 때와 같은 감정만 느낀다.

어째서일까? 엄만데.

뇌는 이치를 따르고자 하는 성질이 있다. 즉 이유를 붙이고 싶어 한다. 그러면 이렇게 생각한다. 이 사람은 겉보기에는 엄마처럼 보인다. 하지만 애정을 전혀 느낄 수 없다. 이상하다. 그렇다면 이 사람은 엄마의 얼굴과 몸을 빼앗은 가짜다.

그게 카프그라 증후군이다. 요이치처럼 '외계인'이라고 착각하는 건 카프그라 증후군에서는 비교적 흔한 일이다.

"논문에서 본 적 있긴 하지만……. 그럼 환자에게 저 사람은 엄마라고 설명하면 되지 않아요? 나이도 열넷이고……."

"이러니 아마추어지."

어리둥절한 표정으로 중얼거리는 고즈쿠에 옆에서 니시고 오리가 혀를 차며 한숨을 쉬었다.

마린이 덧붙여 말했다.

"저기 말이야, 그 아이가 그렇게 생각하는 건 귀신에 홀려서가 아니야. 대학교수든 대통령이든 뇌의 어떤 부위가 손상되면 그렇게 착각하게 돼."

"아무리 그래도……."

"아무리 논리적으로 그게 아니라고 설명해도 이해 못 해. 그 아이의 뇌는 지금 그렇게밖에 느낄 수 없고, 뇌가 그런 상태인 이상 그 아이가 보는 세상은 당연히 그럴 수밖에 없어."

'반측공간실인증'이라는 증상이 있다. 뇌졸중이 일어난 환자에게 자주 나타나는 증상이다. 뇌는 알려진 대로 우뇌와 좌뇌로 나뉘어져 있으며 신경계통은 좌우로 교차되어 있기 때문에 우뇌가 손상되면 몸의 좌측에, 좌뇌가 손상되면 몸의 우측에 장애가 생긴다. 뇌경색이나 뇌출혈로 뇌의 어떤 부위가 망가지면 장애가 생긴 쪽이 보이지 않는 증상이 반측공간실인증이다.

정확하게 말하자면 뇌가 인식을 못 하는 상태이다. 우뇌가 망가진 환자는 좌측을 인식하지 못한다. 꽃을 그려도 오른쪽 반만, 즉 꽃의 왼쪽만 수직으로 사라진, 두 동강 난 기묘한 그림을 그리게 된다. 그 사람에게 좌측은 세상에 '존재하지 않는다'.

본인에게 아무리 조리 있게 설명해도 웬만해서는 이해하지 못한다. 좌측 절반이 없는 세상이 그 환자에게는 '현실'이기 때문이다. 삼차원에서 사는 사람이 사차원 세계에 대해 설명을 들어도 이해하지 못하는 것과 같은 이치다. 그리고 그런 환자는 지금 이 병동에만 해도 열이나 있다. 그만큼 사람이 확실하다고 생각하는 '현실'은 애매한 것이다.

"그런데 저랑 미야마 선생님은 또렷하게 인식했잖아요? 시각 정보랑 정서를 느끼는 부분의 회로가 끊어졌다면 어떻게 인식한 거죠?"

"애초에 남이잖아? 처음부터 강렬한 감정을 가지고 있지 않았을 거야. 그러니 가짜라고 생각 안 하는 거지."

"아~ 그렇군요."

"자아 그럼 주목." 이마데가와가 전통적인 미남상 얼굴에 미소를 띠고 불룩한 배를 흔들며 손뼉을 쳤다. 성격이 서글서글하고 운도 좋아 여기까지 올라왔다는 소리를 듣는 부장. 톱 나이프를 적극적으로 스카우트했지만 정작 부장은 무도 못 썬다는 소문이 돌았다.

"카프그라 증후군 강의는 이만하고. MRI 결과는 나왔어? 어때? 미야마 쌤."

'선생'이라고 들리지 않고 '쌤'으로 들렸다. 이런 것들이 이마데가와를 더더욱 가벼운 사람으로 보이게 했다.

"오른쪽 앞 측두부에 이상 혈관이 보입니다. 두부 손상에 따른 경막동정맥루로 예상됩니다."

경막동정맥루란 외상을 비롯한 어떤 원인에 따라 뇌를 보호하는 경막 안에 있는 혈관에 변화가 일어나, 머리 바깥 동맥이 머릿속 정맥과 바로 연결되는 상태를 말한다. 정맥이 비정상적으로 확장되는 것이다.

"입원했을 때는 없었던 게 서서히 확대되어 주변을 압박하거나 혈류에 변화를 일으켜서 이번 같은 증상이 나타났다고

톱 나이프

봅니다."

"긴급수술 때는 어땠나?"

"출혈은 실비우스 정맥과 중대뇌동맥의 분기점에서 시작됐습니다. 그것 말고는 특별히 문제 없었습니다."

"흐음. 알겠어. 동정맥루가 더 커지면 역시 출혈이 일어날 염려가 있으니 틈틈이 생각해봐."

무슨 일이든 적당히 처리하는 것이 이마데가와의 방식이었다. '구렁이 담 넘어가듯'이 그의 특기다.

"보호자는 싱글맘이라고 했지?"

"네."

"설명은 미야마 선생님한테 맡길게. 아이 엄마가 사리 분별을 잘할 것 같으니 이해할 거야."

사고를 당해 실려 왔을 때 "내 탓이야. 내가 대신 죽어야 하는데"라며 패닉에 빠진 소에노 다카코의 얼굴이 눈에 선했다. 프리랜서 광고피디라고 들었다. 자신이 저지른 과실로 아들에게 상처를 입혔다는 죄책감 때문인지 병문안을 올 때마다 표정이 늘 어두웠다. 본래는 실력 좋고 화려한 사람일 것이다. 입고 있는 옷이나 가방이 자아내는 고급스러운 분위기와 어두운 얼굴의 격차가 안쓰러움을 배가시켰다.

그런 그녀에게 카프그라 증후군을 설명해야 하는 임무가 버겁게 느껴졌지만, 마린에게 내일 다카코가 오면 자신에게 알려주고, 요이치는 절대 안정을 취하게 하라고 지시하며 회의실을 뒤로했다.

복도를 걷고 있는데 니시고오리가 옆에 나란히 섰다.

"경막동정맥루 때문에 카프그라 증후군이 발생했다면, 요이치 학생 재수술해야겠네요?"

니시고오리는 난이도 높은 수술이 있을 때만 말을 걸어온다. '젊은 천재'라고 불리며 톱 나이프 칭호를 노리고 있는 그는 늘 눈에 핏발을 세우고 난이도 높은 수술을 찾아다닌다.

"그렇겠지. 출혈 가능성도 예상해야겠지."

"저, 어시스턴트로 참가해도 될까요?"

"근무시간표를 보고 결정할게. 머릿속엔 저장해둘게."

"부모가 외계인이라. 그런데 부모는 실제로 외계인 같은 법이죠."

환자의 사생활에 눈곱만큼도 관심 없다는 모습으로 니시고오리는 다른 병동으로 향했다.

미야마는 마치 예전의 자신의 모습을 보는 것 같았다. 전문의 자격증을 따기 위해, 이름을 알리기 위해 자는 시간도 아껴가며 수술에 동참했던 그 무렵……. 그때였다.

"엄마" 하고 부르는 소리가 들렸다.

반년 만에 보는 교복 차림의 딸 마미가 한산한 카페에 오도카니 서 있었다.

톱 나이프

◇

"오늘은 자고 가겠다고 하니 우선 집으로 데리고 갈게. 집에서 이야기 들어보고 내일 돌려보낼게. 됐지?"

"알았어. 집사람도 걱정하고 있어. 부탁할게."

전남편인 사와키 신이치는 화난 목소리로 전화를 끊었다. 하교 시간이 되어도 집에 돌아오지 않아서 새엄마인 가오루가 계속 찾아다녔다고 한다.

교복 차림으로 집에서 뛰쳐나왔다. 게다가 갈아입을 옷까지 싼 가방을 들고서. 계획적인 가출이었다.

PHS*를 호주머니에게 넣고 자리로 돌아오니 마미는 따분하다는 듯이 자판기에서 산 종이팩 우롱차를 마시고 있었다. 무뚝뚝한 건 자신에게서 물려받은 듯했다.

"그래서, 이제 어떻게 할래?"

미야마의 질문에 그녀 쪽으로 턱짓하더니 눈도 마주치지 않고 말했다.

"여기서 학교 다닐래."

"……알겠어. 열쇠 줄 테니 아파트에 가 있어. 난 언제 마칠지 몰라. 아파트 위치 알지?"

---

* 일본에서 개발된 소형 무선전화기로, 근거리에서 통화할 경우 음질이 깨끗하고 전화비가 싸다는 장점이 있다.

"구글 지도로 찾으면 되겠지…….."

그때 미야마의 PHS가 울렸다.

"나중에 연락할 테니 전화 받아."

미야마는 일어나 PHS를 받았다. 앞으로 수술 후 관리, 학회 리포트 작성, 학술지 초독회로 몸이 열 개라도 모자랄 만큼 바쁠 터였다. 지금 마미와 마주앉을 시간은 없다. 환자에게 놓을 링거액 분량을 묻는 간호사와 통화하며 주머니에서 아파트 열쇠를 꺼내 테이블에 올려놓고 잰걸음으로 병동으로 돌아갔다. 가는 도중에 돌아보니 테이블에 놓인 열쇠를 뚫어져라 보고 있는 마미가 점점 작아져갔다.

늘 이렇게 방치해왔다. 그런 느낌이 들었다.

각 환자에 대한 기록과 앞으로의 진료 방침을 담은 서머리를 써서 의사들과 내일 스케줄을 조정하고 택시에 타니 11시가 넘어 있었다. 생각해보면 마미가 미야마의 아파트에 오는 것은 처음이었다.

마미는 거실 소파에서 자고 있었다. 침대에서 자라고 라인 메시지를 보냈는데 나름의 배려인 듯했다. 챙겨온 잠옷으로 갈아입고 이불을 덮고 있었다. 이렇게 앳된 면과 어른스러운 면이 뒤섞여 있는 것이 열여섯 아닐까.

이 집에서 나 말고 다른 사람이 자는 건 처음이었다. 마미는 피난 온 작은 동물처럼 등을 웅크리고 있었다. 깨워서 침대에서 자라고 할까 고민했지만, 우선 그대로 소파에서 자게 두기로 했다. 미야마도 여기서 종종 깜박 잠이 들곤 하는데 그렇게 불편하지는 않았다.

이야기는 내일 하기로 하고 "잘 자"라고 속삭인 후 간접조명을 끄고 침실로 들어왔다.

미야마가 임상의학 유학 프로그램을 이용해 캘리포니아 대학병원으로 유학을 간 건 서른 살이었을 때였다. 그곳에서 마찬가지로 의료계 기업에서 유학을 온 동갑내기 사와키 신이치를 알게 되고 사귀기 시작해서 서른둘에 결혼했다. 그리고 서른넷에 마미를 낳았다.

"도토종합병원에 오지 않겠습니까?"

얼마 지나지 않아 도토종합병원에서 스카우트 제안이 들어왔다. 신경외과 최고 전문의가 모인 '도토종합병원'이라는 이름이 가진 가치. 일본 신경외과 전문의 중에서 그곳을 동경하지 않는 사람은 없을 것이다. 선뜻 결정하지 못하고 고민했지만 가사와 육아에 배려심이 깊은 사와키가 등을 떠밀어주었고 같은 도쿄에 사는 시댁 어른들도 거들어준다고 하여 직장인 여성으로서는 더할 나위 없는 좋은 환경에서 스카우트 제안을 받아들였다.

하지만 만만하게 봤다.

도토종합병원은 전국에서 실력을 기르고자 하는 신경외과 전문의들이 모인 지옥 훈련장이나 마찬가지였다. 조금이라도 실력이 부족하다 싶으면 가차 없이 구석으로 떠밀렸다. 하루가 멀다 하고 진검 승부가 이어졌다. 게다가 에이스로 군림하던 '천하의 구로이와'라는 별명을 가진 고문 겸 부부장 구로이와 겐고 밑에서 일하기 시작하자 현실은 더욱 가혹해졌다.

출산 후 불과 3개월 만에 복귀하여 응급실 최전선에서 한 달에 3~6회 당직을 섰다. 가사와 육아는 주로 남편이 도맡아 하고, 딸아이의 마중과 배웅, 저녁 식사는 시부모님의 손을 빌리는 생활이 이어졌다.

마미가 '처음 한 말' '처음 걸었던 날'과 같은 '처음'을 등한시하고 정신없는 나날을 보내자 남편이 먼저 두 손 두 발 다 들었다. 딸아이와 보내는 시간을 조금이라도 내줬으면 하니 다른 과로 이동해 달라고 했지만, '뇌동맥류와 뇌혈관문합술의 전문가'로서 톱 나이프로 향하는 계단을 올라가던 중이던 미야마에게 오히려 불가능한 일이었다.

미야마는 자신이 지금까지 일을 우선시할 수 있었던 건 남편 덕분이며, 앞으로도 같이 보낼 수 있는 시간이 한정되어 있으니 남편이 원한다면 이혼하겠다고 했다. 그리고 마미는 사와키가 키우게 되었다.

미야마가 마흔, 마미가 여섯 살 때였다.

◇

"그 사람이랑은 말이 안 통해."

마미는 갈아입은 교복에 빵부스러기가 떨어지지 않도록 조심하며 우유를 마시고 있었다.

"그 사람이라니. 그래도 엄마잖아."

미야마는 3시간만 자고 마미를 위해 아침을 차렸다. 엄마로서의 애정이라기보다 아마 죄책감 때문일 테다.

어쨌거나 걸핏하면 참견을 한다고 한다. 공부를 하라느니. 그런 차림으로 나가지 말라느니. 학원 숙제도 꼼꼼하게 하라느니. 잔소리 대잔치라고 한다. 새엄마와 싸우다가 그런 친구와 다니지 말라는 말을 듣고 가출하기로 결심했다고 한다.

마미는 하룻밤 자고 기분이 누그러들었는지 아침을 먹는 불과 20분 사이에 쫑알대며 이야기했다.

"역시 새엄마잖아. 뻔하지 뭐."

"말버릇이 그게 뭐야."

"엄마 닮았는데 뭐."

그리 얄미운 소리를 하더니 "처음 가는 길이니까 일찍 나서야지" 하고 쌩 나갔다. 여기에서 학교까지 1시간 반 걸린다고 한다. 그것도 이미 알아본 것 같았다.

미야마는 빈 접시를 치우면서 저렇게 말이 많은 애였나 하고 이상한 느낌을 받았다. 불만이 꽤 쌓여서일까, 아니면 긴장이 풀려서일까. 하지만 미야마도 한시름 놓았다. 이렇게 탁 터놓고 이야기한 적이 지금까지 없었기 때문이다. 자러 왔다고만 해서 어떻게 해야 하나 염려했는데 의외로 순순히 털어놓았다.

이혼을 하고 나서 얼마 동안은 한 달에 한 번 마미를 만났다. 하지만 초등학교 5학년 때부터는 만나도 대화가 거의 없어서 만나는 일도 한 달에 한 번에서 두세 달에 한 번으로 줄었다. 중학생이 되고 나서는 간신히 시간을 내 만나도 패밀리 레스토랑에서 그저 묵묵히 밥을 먹고 스마트폰만 보느라 대화다운 대화는 사라졌다. 그리고 올해는 반년 동안 만나지 않았다. 그래서 이렇게 '평범한 모녀'처럼 이야기를 나누는 것도 나쁘지 않다는 기분이 들었다.

'집에 오면 찬찬히 이야기를 듣고 되도록 빨리 그쪽 집으로 돌려보낼게'라고 사와키에게 라인 메시지를 보냈다. 가오루 씨도 걱정하지 말라는 한마디도 빠뜨리지 않았다.

미야마는 가오루를 대하기가 영 불편했다. 사와키가 일하는 의료 기기 회사 사무직원이었다고 들었다. 둥글둥글한 생김새와 푸근한 인상을 주는 체형에서 모성이 엿보여 남자들에게 인기가 좋을 듯했다. 사와키와 결혼하고 전업주부가 되어 3년 후 사내아이를 낳았다. 사와키가 말하기론 친자식이 생겨도

차별 없이 마미를 대하며 헌신적으로 가정을 꾸려나가고 있다고 한다. 아마도 미야마에게 부족한 면을 전부 가지고 있는 사람일 테다. 미야마는 일종의 콤플렉스를 느꼈다. 그래서인지 이번 소동은 미야마에게 얄궂은 우월감을 살짝 안겨주는 동시에, 그것을 느낀다는 죄책감을 가져다주었다.

◇

직원 전용 통로를 걷고 있는데 주차장에 요란한 엔진 소리가 들렸다. 새빨간 스포츠카. 내린 사람은 미야마의 상사 구로이와였다.

"카프그라 증후군이라며? 수술하면 되겠어?"

인사는 생략하고, 성큼성큼 시원스럽게 걸으며 미야마에게 물었다. 어제까지 미국 신경외과 학회에 초대받아 공개 수술을 집도했을 터였다. 터프함이 철철 넘치는 이 남자를 아침 댓바람부터 마주치자 스테이크로 아침을 먹은 것처럼 속이 더부룩해졌다. 머리카락까지 기름칠을 한 것 같았다.

상황을 다 설명하자 구로이와는 훗, 하고 코웃음을 쳤다.

"이 부위 경막동정맥루 수술은 서른 번은 경험했어. 서서히 커지고 있어서 까다롭겠네. 여자랑 마찬가지야. 발버둥 치면 손을 쓸 수 없지."

그런 말을 내뱉더니 얼른 먼저 걸어갔다. 미야마는 구로이와가 거북하다. 아니, 천적이라고 말해도 좋을 정도다. "여자가 신경외과에서 버티는 건 무리"라고 공언해서 학회에서 이사들을 앞에 두고 설전을 벌인 적도 있다. 세계 각국의 병원에 초빙되고 수술 틈틈이 강연하고 텔레비전에 출연하는 등 몸이 열 개라도 모자랄 지경일 텐데, 여자관계까지도 화려한 53세의 싱글 '모범적인 신경외과 전문의'인지라 세계 최고의 신경외과의에게 주어지는 톱 나이프 상을 일본인으로서는 처음으로 작년에 받았다. 분명 그 기술은 악마처럼 모범적이었다. 그 점이 미야마를 비롯해 톱 나이프를 지향하는 다른 신경외과 전문의들을 초조하게 만들었다.

의국 사람 전원이 각 환자에 대한 치료 방침을 확인하고 각 병실에 회진을 돌았다. 요이치가 있는 병실에 들어가서 미야마는 칸막이 커튼을 쳐서 요이치와 둘만 있게 했다. 가벼운 문진을 한 후 협탁에 놓인 다카코와 요이치가 팔짱을 낀 사진을 가리키며 미야마가 물었다.

"이 사람 누구야?"

"선생님, 몇 번이나 말해야 알아들어요. 엄마를 닮은 외계인이잖아요."

"무슨 별에서 왔어?"

"그딴 건 몰라요. 녀석한테 물어봐요."

"그런데 이 외계인은 널 위해서 과자나 네가 갈아입을 옷을 챙겨오잖아. 그건 왤까?"

"글쎄요. 저한테 잘 보이고 싶은가 보죠. 저랑 같이 게임이 하고 싶은가 봐요."

"게임? 온라인 게임 말하는 거야?"

"네. 제가 게임 잘하는 거 아시죠? 여기서는 못 하지만요."

"그게 하고 싶단 말이지……. 그럼 이 사람은 누구야?"

요이치 자신을 가리켰다.

"또 다른 저예요."

"무슨 뜻이야?"

"저 아인 나랑 똑같이 생겼지만 내가 아니에요. 전 이런 가방 안 들고 다니거든요."

하이킹이라도 간 것인지 사진 속의 요이치는 배낭을 메고 있었다. 그 사실을 가리키는 듯했다. 하지만 거울을 쥐여주고 자신의 얼굴을 보여 주자 "이건 제 얼굴이죠. 당연한 걸 왜 물으세요?" 하고 말했다. 사진으로는 역부족이지만, 거울에 비친 모습을 자신이라고 인식할 정도로는 뇌 회로가 연결되어 있는 모양이었다. 이게 카프그라 증후군이었다.

"이 외계인이 널 죽이려고 하는 이유가 뭐더라?"

"선생님, 어제도 말했잖아요. 왜 자꾸 잊어버려요?"

"미안, 선생님이 너무 바빠서 깜박하네. 이유를 말해줄래?"

"그것도 게임 때문이에요. 제 게임 실력을 녀석이 질투하는 거예요. 그래서 죽이려고 한 거죠."

아무래도 '게임'이 키워드 중 하나인 모양이다. 미야마가 간호사 대기실로 돌아왔을 때 다카코가 때마침 앞을 지나갔다. 그녀를 불러 세워서 고즈쿠에에게 회의실로 안내하게 했다.

"외계인이라고요? 저를요?!"

이성적인 어머니였지만 이때만큼은 목소리가 한 옥타브 높아졌다. 미야마는 MRI 사진을 컴퓨터로 보여주면서 설명했다.

"사람의 감정, 애정이나 증오, 친근감을 다스리는 건 뇌의 편도체라는 부위입니다. 반면에 사람의 얼굴을 구분하는 건 시각 정보를 다스리고 개중에 얼굴만 구분하는 시각연합영역입니다. 보통은 신경세포로 연결되어 있는 이 두 회로가 끊어졌기 때문에 이런 일이 발생하는 거죠."

미야마는 문외한도 이해하기 쉽게 풀어서 이야기했다. 다카코는 이해는 빨랐지만, 현실을 받아들이기 힘들어하는 듯했다. 당연한 일이다.

"저를…… 외계인이라고…….."

망연자실해 하는 다카코에게 앞으로 큰 출혈이 일어날 수도 있어 수술을 하게 될 가능성이 있다는 사실과 망상 상태는 예후를 알 수 없어 한동안 상황을 지켜보는 수밖에 없다는 사실을 전했다. 시간이 들더라도 스스로 천천히 납득하는 수밖에 없다. 침울해하는 다카코에게 고즈쿠에가 말을 걸었다.

"아, 외계인 중에서도 분명 예쁜 외계인이라고 생각할 거예요. 〈은하철도999〉의 메텔처럼요. 어라, 그런데 그 여자가 외계인이었던가?"

간호사 마린이 고즈쿠에의 뒤통수를 후려갈겼다.

"이제 가봐." 미야마가 말하자 마린은 호기심에 여전히 이야기를 듣고 싶어 하는 고즈쿠에를 잡아끌고 나왔다. 미야마와 둘이 남게 되자 다카코가 멍한 표정으로 말하기 시작했다.

"이젠 정말 어떻게 해야 좋을까요……."

"후유증인 고차뇌기능장애*는 예전에 말씀드린 걸로 아는데, 아무래도 뇌가 이렇게까지 손상되면 장애가 발생하기 마련입니다. 오히려 요이치 학생 같은 경우에는 지금까지 너무 순조로웠습니다. 하지만 어쩌다 자연스레 낫는 경우가 있기도 하죠. 느긋하게 지켜봐주세요."

"살해당할 뻔했다는 거랑 상관있나요?"

"그건 아마 카프그라 증후군이 시작돼 다카코 씨가 어머니로 보이지 않으니 그런 발언을 한 것 같네요."

---

* 뇌 손상으로 생기는 신경 심리학적 장애.

망상을 일으킨 것까지 자신의 잘못이라고 생각하는 걸까. 마음이 답답할지도 모른다. 주의해서 지켜봐야겠다고 생각하고 있는데 다카코가 힘겹게 읊조렸다.

"저…… 실제로 우리 애를 죽이려고 했을지도 몰라요."

"설마요. 무슨 말씀을 하시는 거예요. 그럴 리가 없잖아요. 부모가 자식을……."

"그럴 리가 없다고 단정 지을 수 있으세요?"

다카코는 갑자기 미야마의 눈을 응시했다. 가슴이 철렁 내려앉았다. 순간적으로 마미의 얼굴이 머릿속에 떠올랐다.

다카코는 말하기 시작했다.

대학을 졸업한 후 유학파라는 장점을 살려 외국계 광고 회사에 입사. 그곳에서 맡았던 영업 업무가 예상 외로 즐거워서 갈수록 빠져들었다고 한다. 그리고 서른 살에 회사 동료와 결혼을 계기로 독립. 더 바빠졌지만 일은 순조롭게 풀렸다고 한다. 임신한 것은 서른다섯 살 때였다. 회사원인 남편은 적극적으로 육아휴직을 받으려고 하는 등 협조적이었다. 하지만…….

"만삭일 때 바람을 피웠다는 사실을 알게 되었어요. 남편 말이에요……."

도무지 용서할 수 없어서 이혼을 하고 요이치를 홀몸으로 낳았다. 프리랜서 광고피디로 나름대로 들어오는 수입과 저금

한 돈은 있었지만 앞으로가 막막했다. 하지만 전남편에 대한 미움을 발판으로 버텼다. 아빠가 없는 만큼 엄격하게 키워 사립 명문 중학교에도 훌륭하게 합격시켰다.

"그런데 학교생활이 너무 엄격했는지 갈수록 성적이 떨어지더라고요. 게다가 따돌림도 당했는지 학교를 곧잘 빼먹었어요……."

그 무렵부터 다카코에게 폭력도 휘두르게 되었다고 한다. 머지않아 학교에도 발길을 뚝 끊었고 밤낮이 바뀐 생활을 하며 게임만 하게 되었다고도 했다.

"아, 그래서 요이치 학생이 게임 이야기를 곧잘……."

"애가 말을 도통 안 듣더라고요. 저도 프리랜서다 보니 업무는 쌓여만 가고 의논할 곳도 없었어요."

친정 식구들과도 사이가 좋지 않아 싱글맘이 되고 나서는 들른 적도 없다고 했다.

"학교에 데리고 가려다가 사고가 난 거죠?"

"아니에요. 실은."

다카코가 의외의 사실을 말했다.

"게임 중독이 아닐까 싶었어요. 그래서 지바현에 전문 병원이 있다고 해서 거기에 데려가려고 했어요."

"요이치 학생이 흔쾌히 따라나섰네요?"

다카코가 고개를 가로저었다.

"속였어요. 때마침 마쿠하리에서 게임쇼가 있으니 그곳에 가자고 데리고 나왔어요. 그런데 가다가 마쿠하리를 지나치니 이상하다며 난리를 쳐서……."

달리는 차 뒷좌석에서 시트를 발로 퍽퍽 찼다고 한다. 그러다 그 상황에 정신이 팔려 커브를 틀어야 한다는 사실을 뒤늦게 알아차렸다고 했다.

"그러면 역시 사고네요"라고 말하던 미야마의 말을 가로막았다.

"아뇨. 눈앞에 가드레일이 덮쳐온 순간 잠깐이나마…… 아무렴 어때 싶었어요."

다카코가 희미하게 웃었다.

"아무렴 어때. 이대로 그냥 죽자. 아들이랑 같이."

"소에노 씨. 그렇지 않아요. 이런 사고를 일으킨 사람이 자책하다가 기억이 왜곡되는 경우는 흔해요."

다카코가 고개를 다시 저었다.

"이게 처음이 아닌 걸요."

애초에 낳고 싶어서 낳은 게 아니었다. 임신했다는 사실이 드러났을 때 오히려 전남편이 기뻐하며 "고마워. 정말 고마워"라며 울었다. 그 눈물에 이끌려 낳을 결심을 했다. 그런데 바람을 피웠다는 사실이 밝혀져 홀로 낳게 되었다. 싱글맘은 무턱대고 쉬고 있을 수만은 없다. 어린이집을 찾자마자 바로 일터

톰 나이프

로 나갔다. 하지만 그때부터가 지옥이었다. 아이는 기다렸다는 듯이 중요한 프레젠테이션을 준비해야 하는 날에만 밤새도록 울었다. 열이 나기도 했다. 칭얼대는 요이치를 끌어안고 프레젠테이션 자료를 준비했다. 2시간만 자는 날이 허다했다.

"아침까지 서류를 완성해야 하는데, 아이가 울어서 업고서 토닥거리며 애를 왜 낳았나 생각했어요."

이대로 바닥에 떨어뜨리면 죽지 않을까…… 싶었던 적도 있었다고 한다.

"그게 아마 애한테 전해졌는지…… 학교에 다니게 되고 나서는 거의 손이 안 가는 애로 자랐어요. 그런데…… 억누르고 있었나 봐요. 애정이 느껴지지 않으니 그 반동으로 단숨에 폭발한 것 같아요."

이해가 간다……는 말은 의사로서 할 수 없었다.

"그건 아니에요. 그야 일하는 엄마는 힘들죠. 저도 그랬으니까요. 정신이 몽롱할 때 한두 번은 그런 생각 할 수 있어요. 하지만 그건 진심이 아니에요. 절대로 아니에요."

"그럴까요?"

"당연하죠. 소에노 씨는 지금 많이 지친 상태예요. 너무 자책하고 있고요. 사고도 부상도 후유증도 어쩔 수 없는 일이에요. 이미 일어난 일이니 차분하게 받아들이도록 하죠."

쿨한 미야마가 평소답지 않게 언성이 높아졌다.

구로이와가 집도하는 수술실에 미야마가 들어갔다. 니시고오리가 메인 어시스턴트였는데, 니시고오리는 구로이와와 앙숙이다. 만약을 대비해 이마데가와가 감시를 지시했다. 이런 복잡한 상황을 전부 조율해야 하는 게 중간관리직의 비애다. 재발한 청신경종양* 제거 수술은 보통 5~6시간은 걸리는데 구로이와는 불과 2시간 30분 만에 끝냈다. 이 남자의 수술에 필요한 공간 인식 능력은 틀림없이 컴퓨터보다 한 수 위다. 동물적인 감각이라고밖에 설명할 길이 없다.

수술 후 손을 씻고 매점에서 삼각김밥을 샀다. 오늘 점심은 15분 만에 먹어야 한다. 점심부터 수술이 두 건이나 들어와 있었다. 체력으로 승부를 봐야 할 때는 빵이 아닌 밥을 먹어야 한다. 허겁지겁 먹으며 미야마는 라인 메시지를 확인했다.

'오늘은 서클 활동 쉬어. 4시까지 집으로 갈게. 할 말이 많아.' 마미로부터 앙증맞은 이모티콘을 붙인 메시지가 와 있었다. 오늘은 평소라면 얼른 일을 마치고 피트니스 센터에서 1킬로미터를 수영하는 날로, 그녀는 그 루틴을 벗어난 적이 없었다. 쉰을 넘자 일상생활이 중요하다는 사실을 깨달았다. 일을 원만하게 해나가기 위해서는 규칙적인 생활이 최우선이었다.

---

* 인체에는 12개의 뇌신경이 있는데, 여덟 번째 뇌신경은 청각을 담당하는 청신경과 몸의 평형을 감지하는 전정신경으로 구성된다. 청신경종양은 이 신경의 막에서 발생하는데, 대부분 전정신경을 둘러싸고 있는 막에서 발생한다.

톰 나이프

이제 변명은 통하지 않는 나이다. 인간은 배신하지만, 근육은 배신하지 않는다.

어떻게 해야 하나 망설이며 걷다가 요이치의 병실까지 와버렸다. 병실을 들여다보니 요이치는 창밖을 멍하니 보고 있었다. 누군가를 기다리는 것처럼.

의국으로 돌아가서 로커에 들어 있던 피트니스 용품 세트를 손에 들었다가 되돌려놓았다. 오늘은 일상의 틀을 깨기로 했다.

◇

"그런데 담탱이 오카노가 얼마나 짜증 나는지 몰라."

마미는 쫑알쫑알 떠들었다. 일찍 시작된 사춘기를 끝내면 이렇게 밝고 붙임성 있는 아이가 되는구나 싶어서 내심 놀랐다. '무슨 이야기를 할까, 어떤 이야기를 해야 하나' 긴장했던 게 어리석게 느껴졌다. 내버려두면 알아서 잘 떠든다. 어느새 약속 장소인 카페에 도착한 지 2시간이 지났다.

"시간이 벌써 이렇게 됐네. 배 안 고파?"

"배고파 죽겠어."

"뭐 먹을래?"

"어? 밖에서 먹어?"

새엄마인 가오루는 절약 정신이 투철해서 외식은 거의 안 한다고 했다. 마미의 큼직한 눈이 땡글땡글 움직였다. 미야마는 단순히 집에서 해 먹는 게 번거로웠을 뿐인데 말이다.

"가끔은 밖에서 먹는 것도 좋지. 뭐 먹고 싶어?"

"글쎄…… 햄버그가 좋아!"

　이런 점에 있어서는 여전히 철부지였다. 미야마는 자주 찾는 호텔에 있는 스테이크점에 예약하고 택시를 불렀다.

"어라? 택시 타고 가?"

　그 말을 듣고 깨달았다. 분명 고등학생에게는 사치일 수도 있겠다 싶었지만, 솔직히 피곤에 절어서 전철 탈 기분이 아니었다.

"시간을 아껴야지. 이 나이가 되면 시간이 제일 중요하거든." 그렇게 둘러대고 택시를 탔다.

　호텔 고층에 있는 스테이크점에서는 햄버그스테이크도 나온다. 야경을 보면서 바에 나란히 앉아 비프스테이크와 햄버그스테이크를 각자 먹고 있었다. 고급스러운 분위기에 마미는 신이 났는지 한층 더 쫑알대기 시작했다. 미야마도 레드 와인의 힘을 빌려 마미가 물어보는 대로 지금까지 말하지 않았던 자신의 이야기를 털어놓았다. 마미는 의외로 잘 들어주었다.

"와아, 남자들 세계에서 혼자 버텨왔구나."

"신경외과 세계는 여자한테 까다롭거든. 지금은 옛날만큼은 아니지만, 그래도 역시 외과 중에서는 신경외과 전문의가……. 뇌라는 건 결국 열어보지 않으면 모르는 구석이 있어서 힘들어."

"그렇구나."

"1밀리미터의 상처에 평생 못 걷게 될 수도 있어. 게다가 3분 동안 산소가 공급되지 않으면 뇌는 죽지. 엄청 섬세한 데다 어디가 다치면 어떻게 이상해지는지 모르는 부분도 많아."

"엄청 위험한 곳을 탐험하는 것 같아."

마미의 눈이 동그래졌다.

"게다가 당직도 얼마나 힘든지 몰라. 지금은 한 주에 한 번 서긴 하지만 말이야. 그것 말고도 내가 진료하는 환자 상태가 급변하면 바로 달려와야 해. 그리고 그 자리에서 바로 수술을 해야 하는 경우도 있고. 자는데 갑자기 누가 깨우더니 지금 이 비행기가 추락하고 있으니 고쳐 달라는 소리를 듣는 정비사와 같아."

"흐음. 그건 이해하기 어려워."

미야마와 마미는 마주 보고 웃었다. 소리를 내며 웃다니, 이게 몇 년 만일까.

"그런데 텔레비전에 자주 나오는 구로이와라는 사람이 엄마 직속 상사지? 엄마보다 대단한 사람이야?"

"글쎄…… 비슷비슷하지 않을까?"

마미가 다시 웃던 그때였다.

"미야마 선생님 아니세요?"

바로 뒤를 지나가던 중년 남성이 말을 걸었다.

"어, 호조 씨네요."

호조 나오키라는 잘나가는 배우였다. 도토종합병원이 텔레비전 드라마를 감수했을 때 미야마가 의료 지도를 담당했다.

"이야~ 그때는 정말 감사했습니다. 설마 이런 곳에서 뵙게될 줄은 몰랐네요."

"과음하지 않도록 조심하세요. 혈압이 높은 편이셨죠?"

"아차, 걸렸군요. 선생님한테 들켰네요. 하하하. 연극 티켓또 보내드릴 테니 꼭 오세요."

형식적인 인사를 나누고 그는 물러났다. 마미의 눈이 반짝였다.

"지금 저 사람, 호조 나오키지? 엄마랑 아는 사이야?!"

"업무상 조금 알아. 흔히 있는 일이지."

"대단해."

처음으로 직접 본 유명인이 엄마와 아는 사이라는 사실을 알고 흥분하는 모습이었다. 이런 면에서는 아직 어리다 싶었지만, 기분이 썩 나쁘지는 않았다.

톱 나이프

"설득했어?"

아파트에 돌아오니 11시가 지나 있었다. 흥분한 마미를 재우고 스마트폰을 들어 전남편에게 연락했다. 그에게서 부재중 통화와 문자가 몇 건이나 와 있었다.

"아직 말할 준비가 안 됐나봐."

솔직히 말해서 수다만 떨어서 마미가 끌어안고 있는 고민을 물어보지 않았지만, 우선 진정시키는 게 카운슬링의 기본이라고 속으로 변명하고 있었다.

"그래도 여기서 학교도 꼬박꼬박 나가고 있고, 엇나가지 않도록 지켜보고 있어. 안심해."

"잠시 가오루 바꿔줄게. 걱정하느라 잠도 설쳤거든."

그건 좀…… 하는 미야마의 말은 듣는 둥 마는 둥, 바로 옆에서 듣고 있었던 듯한 가오루의 절박한 목소리가 울려 퍼졌다.

"저기, 폐를 끼쳐 미안해요……."

"아뇨, 괜찮아요. 오랜만이네요."

마미가 미야마의 자식이라는 사실은 변함없다. 그런데도 가오루가 자신에게 일부러 더 사과하는 모습에서 미야마는 조금 비꼬는 듯한 느낌을 받았다.

"마미는 지금 친구 관계로 힘들어하고 있어요. 그래서 서클 활동이랑 학원에 자주 빠져서 제가 따끔하게 혼을 냈어요……."

"정신적으로 안정을 되찾았으니 조만간 집으로 돌아갈 거예요. 저도 설득할게요."

"아…… 일도 힘드실 텐데……."

"신경 써주는 건 고맙지만 괜찮습니다. 일을 줄여서 마미랑 시간을 보내도록 할게요."

전화를 간신히 끊었다. 미야마는 가오루를 상대하는 게 거북했다. 어디까지가 진심인지 알 수 없었다. 그러면서도 의외로 상대에게 불쑥불쑥 다가온다. 각자 따로 노는 신경외과 전문의 중에서는 찾아보기 힘든 타입이다.

전화를 끊고 나자 액정 화면에 페이스북 착신 알람이 떠 있었다.

가오루였다. 마미 일로 연락을 주고받아야 하기에 사와키와 페이스북으로 연결되어 있다 보니, 필연적으로 사와키와 연결된 가오루가 미야마의 페이스북 친구 추천 목록으로 떴다. 차단하기에는 꺼림칙해서 그대로 두고 있는데, 연일 집에서 쿠키를 굽거나 아이의 운동회에 참석하는 일상들이 올라왔다.

단지 연락용이라며 방치해두고 있는 미야마도 어지간했다. 오늘 올린 글도 마미의 남동생인 다섯 살짜리 장남의 생일 파티를 집에서 했다는 내용이었다. 아이와 함께 함박웃음을 짓고 있는 민낯의 가오루가 찍혀 있었다.

미야마는 이 사람과의 거리는 외계인과의 거리보다 멀지도 모른다고 생각했다.

◇

　고즈쿠에가 요이치의 손바닥에 전류가 흐르는 작은 패치를 붙였다. 그러고 나서 사진을 한 장 한 장 보여주었다. 사진은 어머니인 다카코에게 얻어온 것도 있었다. 패치에서 뻗어 나온 선은 마린이 보고 있는 측정기에 연결되어 있었다.

　"이 사람은 누구지?"

　"외삼촌이요."

　"그럼 이 사람은 누구야?"

　"미야마 선생님요."

　뒤에 있던 미야마가 제멋대로 자신의 사진을 집어넣은 고즈쿠에를 가볍게 쿡 찔렀다.

　"그럼 이 사람은 누구야?"

　"……엄마랑 닮은 사람이요."

　그건 다카코의 사진이었다.

　"마지막으로 이건?"

　"사촌이요."

　"잘했어. 고마워, 요이치."

　미야마가 마린을 쳐다보자 그녀가 고개를 끄덕였다. 이건

GSR, 전기 피부 반응이라고 불리는 거짓말탐지기의 기초가 되는 간단한 테스트다. 사람은 자신의 어머니나 아버지를 보면 아주 조금 땀이 나고 GSR 수치가 급상승하지만, 아니나 다를까 요이치는 누구를 봐도 수치가 달라지지 않았다. 그의 카프그라 증후군이 과학적으로도 증명되었다.

"기분은 어때?"

"정말 좋아요. 그런데 여기서 누워만 있어야 하는 게 힘들어요. 지루하니까요."

"네 머릿속에 손상된 혈관이 있는데 그게 커져서 큰 출혈이 일어나지 않도록 절대 안정해야 돼. 알겠지?"

"네~."

요이치는 게임이 하고 싶어서 몸이 근질근질한 모양이었다. 특별한 증상이 없는 요이치가 있는 이 병실은 널찍한 데다 주변에 중증 환자들이 많고 텔레비전이 없었다. 그에게는 감옥이나 다름없겠지만, 미야마에게 말하면 또 따끔하게 혼이 날까봐 잠자코 있는 듯했다.

요이치는 1주일 후에 수술이 정해졌다. 동정맥루일 경우, 얼마나 확대되었는지 파악해서 종합적으로 판단한다. 집도의는 미야마다. 그 사실을 요이치에게 말했다.

"헐. 머리 또 여는 거예요?"

"요전번에 말했잖아. 괜찮아. 분명 머리가 더 좋아질 거야."

톰 나이프

"제 머리는 이미 충분히 좋아요."

오늘은 유쾌해 보인다 싶더니 갑자기 귀를 빌려 달라고 요이치가 손짓했다.

"왜?"

"설마…… 그것의 지시는 아닌 거죠?"

"그거라니?"

"외계인이요."

"잘 들어……. 이건 내 지시야."

듣고 있던 고즈쿠에가 찬물을 끼얹었다.

"외계인보다 무서워. 덩치도 크고 말이지."

마린이 고즈쿠에의 머리를 쥐어박았다.

"싫은데~."

"어라, 내 실력을 못 믿는 거야?"

"그건 아니지만요."

"이제 곧 어머님이 오실 거예요."

마린이 시계를 보고 말했다. 일하다가 짬을 내서 오는 모양이었다.

"그럼 엄마한테 실컷 어리광부려. 움직이면 안 돼."

그렇게 말하고서 미야마는 다음 회진을 하러 갔다.

그 복도에서 병문안을 오는 중이던 다카코와 마주쳤다. 미야마가 수술 일정을 전하자 그 말이 나오기가 무섭게 다카코는 어두운 표정으로 입을 열었다.

"요즘 저한테 '엄마를 불러 달라'고 해요."

"다카코 씨한테요?"

"네. 눈도 안 마주치고 제발 엄마를 불러 달라고, 어디에 간 거냐고 말해요. 쓸쓸한 표정으로요."

다카코는 한숨을 쉬었다.

"이제 곧 온다고밖에 말 못 하겠더라고요……."

"소에노 씨, 이제 1주일 남았습니다. 수술받으면 망상은 분명 사라질 겁니다. 마음 단단히 먹으세요."

"네에……."

다카코는 미간을 찡그린 채 고개를 계속 끄덕였다.

"괜찮으세요?"

"요즘에 잠을 좀 설쳐서요."

"약 처방해드릴게요. 생각이 너무 많아도 좋지 않아요. 우선 푹 주무세요."

미야마는 고즈쿠에에게 특별히 안정제를 처방하도록 지시했고, 다카코와 그길로 헤어져 회진을 하러 갔다. 나란히 걷고 있는데 마린이 킥 하고 웃었다.

"선생님이 별일이네요."

"뭐가?"

"환자가 아닌 보호자에게 약을 처방해주다니."

그 말을 듣고 깨달았다. 분명 미야마는 다정다감한 타입은 아니다. 게다가 신경외과라는 생사를 다투는 그곳 한가운데에 있으면 환자와는 왠지 모르게 거리를 두게 된다.

"장례식에서 우는 녀석은 장례지도사가 되면 안 돼."

구로이와의 입버릇이지만 미야마도 동감하고 있으며, 그런 각오가 신경외과 전문의에게는 필요하다고 생각한다. 그런데 환자 보호자에게까지 약을 처방하다니.

"특별 케이스야. 보통 사정이 아니니까."

그렇게 변명했지만, 분명 자신도 모르게 그녀를 동정하고 있는지도 몰랐다.

◇

"신나?"

"응?"

"신나냐고!"

"응, 신나!"

큰 음량이 두 사람의 대화를 끊었다. 좋아하는 록 가수가 있다는 말이 나와서 그 콘서트에 지금 당장 가기로 하고 미야마가 티켓을 구했다.

그 아티스트 소속사 사장인가 회장인 사람을 구로이와가 수술한 적이 있어서 인맥이 닿았다. 당일에 부탁했는데도 무대 바로 앞의 내빈석을 얻어서 마미는 말 그대로 날아오를 듯이 기뻐했다. 두 시간 내도록 서 있는 건 쉰 남짓한 미야마로서는 힘에 부쳤지만, 일종의 운동이라고 머릿속으로 납득하며 버텼다.

"와아, 엄마, 최고야!"

무대 뒤로 안내를 받아 아티스트와 포옹한 마미는 상기된 얼굴로 식사를 하러 간 이탈리아 레스토랑에서 쉴 새 없이 떠들어댔다. 코스 요리를 끝내고 디저트로 나온 아이스크림을 먹고 있는데 마미가 불쑥 말했다.

"이대로 엄마랑 같이 살면 안 돼?"

"응?"

"엄마랑 살고 싶어. 여기서도 통학할 수 있고, 우선 졸업할 때까지 말이야."

예상치 못한 제안이었다. 미야마는 무심코 얼버무렸다.

"그건 아빠랑 새엄마랑 이야기를 해봐야 할 것 같은데……."

"엄마는 어때?"

"응?"

"나랑 같이 살고 싶어?"

당황스러웠다. 갑자기 말문이 막혔다.

미야마의 얼굴을 빤히 바라보던 마미가 피식 웃었다.

"엄마는 표정을 못 숨기는 타입이지?"

"뭐가?"

"얼굴에 다 티가 나잖아. 표정이 난처해 보여."

마미가 핵심을 찔렀다. 어른을 놀리면 못써. 그렇게 나무라는 게 고작이었다. 미야마가 말을 더 이어나가려고 하자 마미가 가로막았다.

"됐어. 잊어버려. 그래도 항상 내 생각은 하는 거지? 그렇지?"

어른스러운 말투였다.

"당연하지."

"그럼 됐어. 엄마가 나 위해주는 거 요 며칠 지내보니 알겠더라고. 그 아파트에서 좀 더 지내도 돼?"

"있고 싶은 만큼 있어. 그 대신 아빠한테 연락은 꼬박꼬박해야 해."

"두말하면 잔소리지."

마미는 말하면서 아이스티를 마셨다. 이렇게 똑 부러지는 아이였던가. 미야마 쪽이 쩔쩔매는 기색이었다.

"난 지금껏 엄마가 날 미워한다고 생각했어."

마미가 미소를 살짝 띠고 이야기하기 시작했다.

"유치원 마지막 학년 때 열린 학예회 기억나?"

"마지막 학년……."

"엄마가 꼭 보러 와줬으면 했거든. 엄마가 그날 중요한 수술이 있어서 안 되겠다고 전부터 말했는데도…….”

기억나지 않았다. 마미가 다섯, 미야마가 서른아홉, 어마어마한 수술 횟수를 소화해내던 시기다.

“기억 안 나? 나, 신데렐라였잖아. 그날은 아빠가 데려다주기로 했는데 포기 못하고 엄마가 출근할 때 현관으로 앞질러 가서 기다렸잖아. 신데렐라 옷을 입고.”

매일 구로이와의 어시스턴트로 자처해 어려운 수술을 경험하던 시기였다. 시댁 근처에 집을 구했다. 구로이와의 요구에 맞추는 데 온 힘을 다하고 있었다. 구로이와의 요구는 엄격하고 까다로웠다. 사소한 실수에도 구로이와가 고함을 질렀고, 상황에 따라서는 수술이 연기되는 사태에 이르기도 했다. 필사적이었다.

“그러고는 우두커니 서 있었어. 엄마가 무슨 말을 할까 싶었는데 엄마는 눈도 깜짝 안 하고 ‘바빠’라고만 하고 가버렸어…….”

“그랬구나.”

미야마는 쓴웃음을 지어 보였다. 내심 초조했다.

“그렇게 가면서…… 엄마가 한 번도 돌아보지 않더라고.”

말하고 있던 마미의 얼굴에 한순간 그림자가 드리워졌다.

“보통은 맘이 쓰여 슬쩍 돌아보잖아. 그런데 엄마는 돌아보지도 않고 가버리더라고. 그때 나 같은 건 아무래도 상관없구나 싶었어."

그랬던가. 그런데 그 일이 단편적으로도 기억나지 않았다.

"미안. 아마 정신없이 바빴을 거야. 그 무렵에는 죽을힘을 다해 살았으니까."

미야마는 평소답지 않게 변명을 했다.

"괜찮아. 이번에 와서 알았거든. 엄마는 역시 날 좋아한다는 거 말이야. 눈이 감길 듯 말 듯 하면서도 나랑 콘서트 봐줬잖아!"

밝게 웃는 마미로부터 미야마는 시선을 돌리고, 남아 있던 그라파*를 단숨에 들이켰다.

◇

이튿날 오후 수술에 들어가기에 앞서 회의를 마쳤을 무렵이었다. 고즈쿠에가 부르는 소리에 로비로 나가니 가오루가 서 있었다. 아무래도 직접 만나서 이야기를 해야겠다 싶었다고 한다. 이렇게 불쑥 자신의 영역을 침범하는 점이 미야마는 거북했다. 아마 전화상으로 미야마가 일방적으로 끊는 게 불만이었을 테다. 어쩔 수 없이 10분밖에 시간을 낼 수 없다 말하고

---

* 이탈리아 북부에서 제조되는 브랜디로 흔히 식주후로 마신다.

서서 이야기를 나누었다.

수수한 스웨터에 청바지를 입고 있었다. 안절부절못하다 갑자기 결심하고 나왔을지도 모른다. 마미의 초등학교 졸업식 때 멀리서 인사를 나누고 난 이후에 보는 거니 4년 만인 듯했다.

"오랜만이네요."

"바쁘실 텐데 갑자기 찾아와서 죄송해요……."

잘 알고 있는 사람이 왜 이럴까, 라는 말은 꾹 삼켰다. 미야마의 집에 가면 마미와 마주칠지도 모른다. 지금은 그런 자극은 피하고 싶어서 이곳에 왔다고 했다.

마미는 요즘 치어리더부의 인간관계로 고민이 많아 풀이 죽어 있다고 했다. 서클 활동도 곧잘 빠졌고, 그러다 보니 성적도 떨어졌다고 했다. 그래서 따끔하게 말을 했더니 대들고 집을 나가버렸다고 한다. 전화로 들은 이야기와 똑같은 말을 반복하고 있었다.

"지금 그 아이는 도망치려고만 해요……."

가오루는 심각한 표정을 짓고 있었지만, 이건 연기나 빈정대는 게 아닐까 싶었다. 정말 이 사람은 마미를 친자식 같이 생각할까. 쭉 예전부터 가지고 있던 궁금증이 미야마의 내면에서 소용돌이쳤다. 전처의 자식과 친자식을 똑같이 사랑할 수 있을까.

톰 나이프

미야마도 전화로 했던 말을 똑같이 반복했다.

"이제 겨우 진정됐으니 속마음을 물어볼게요. 이야기는 그 다음에 하죠."

그때였다. 미야마의 PHS가 울렸다.

"엄마는 어디 있냐고 소에노 요이치 학생이 난리를 치고 있어요!"

간호사 마린에게서 온 연락이었다. 미야마는 가오루에게 급한 일이 생겼다고 말하고 발걸음을 되돌려 달리기 시작했다. 가오루는 황당해하는 표정을 지었지만, 그녀를 상대하고 있을 여유가 없었다.

병동에서는 요이치가 니시고오리와 몇 간호사에게 제압당하고 있었다.

"이거 놔! 엄마를 어디에 숨긴 거야?! 엄마!"

계속 병문안을 오지 않자 병원에서 숨기고 있다고 억지를 부렸다고 한다. 의식이 온전치 않았다. 요이치가 울고 있었다. 일그러진 얼굴이 평소보다 훨씬 어려 보였다.

"진정하라니까!" 니시고오리가 싸늘하게 말하며 팔을 붙들고 있었다. 요이치의 가느다란 팔이 반대로 굽어 있었다. 보기 힘들 만큼 안쓰러워서 미야마는 니시고오리가 팔을 놓게 했다.

"괜찮아. 엄마 곧 오실 거야. 알겠지?"

미야마가 말하자 난동을 부리던 요이치가 거짓말처럼 얌전해졌다.

우선 침대에 뉘어 디아제팜이라는 신경안정제를 놔서 한숨 재웠다.

그가 잠에서 깰 무렵 미야마는 침대 옆에 앉았다.

"푹 잤어? 좀 피곤하지?"

"엄마는요……?"

"일이 너무 많아서 오기 힘드신가봐. 그래도 힘내자. 사나이 잖아."

"엄마는 왜 안 올까요?"

"글쎄, 그건…….

"제가 맨날 게임만 해서일까요……?"

잠재의식이 게임에 대해 반성하고 있었다.

"그래서 벌로 그런 외계인을 보내는 걸까요?"

아이러니하다. 서로 이렇게 끔찍하게 생각하는데 엇갈리기만 하다니. 미야마는 가슴이 아렸다.

"선생님한테 게임 가르쳐줄래? 가끔은 해도 돼. 지금은 허락해줄게."

요이치의 기분을 풀어주기 위해 그렇게 말하고 마린에게 게임기를 가지고 오게 했다. 의사 중에도 게임을 좋아하는 사람이 있다. 의국에서 한가할 때 게임을 하는 젊은 의사가 있었다.

둘이서 게임을 시작했다. 하지만 게임기를 다뤄본 적 없는 미야마는 요령이 전혀 없었고, 겨우 익혔다 싶다가도 너무 약해서 상대가 되지 않았다. 요이치는 기분이 풀렸는지 즐거운 모양이었다. 다른 환자의 붕대를 갈러 온 마린과 고즈쿠에가 소년과 게임을 하며 신이 난 미야마를 놀란 눈으로 쳐다봤다.

식사 시간이 되었기에 게임을 끝내기로 했다.

"선생님, 너무 못해요. 상대가 안 되잖아요."

"분하네. 다음엔 장기 둘까? 그거라면 나도 만만치 않아."

"그래요." 요이치는 활짝 웃었다.

"엄마랑 게임해본 적 있어?"

미야마의 질문에 요이치의 얼굴에 금세 그늘이 졌다.

"없어요……. 엄마는 게임을 싫어해요."

"그래? 가끔 하는 것도 재미있는데, 그렇지? 선생님이 이번에 엄마한테 말해볼게."

"진짜요? 고마워요."

요이치는 최고로 밝은 미소를 보여주었다. 꽤 진정된 모습에 가슴을 쓸어내리고 미야마는 일어나서 병실을 뒤로했다.

그날 밤, 늦게 귀가했는데도 마미는 기특하게 자지 않고 기다리고 있었다. 할 말이 있어서 목이 빠져라 기다렸다고 한다. 수다를 한바탕 떤 다음에 미야마는 새엄마가 병원에 왔었다는 사실과 마미가 치어리더부에 대한 고민을 끌어안고 있다고 말했다는 사실을 꺼냈다.

"뭐? 그런 소리까지 했어? 황당하네."

"그 말이 맞아?"

핵심에 푹 파고들었다. 이건 오랜 세월 신경외과에서 기른 노하우다.

"절대 아니야. 무슨 말도 안 되는 소리야."

마미는 태연하게 부정했다.

"그 사람한테는 귀찮아서 말 안 했지만…… 실은 남자 문제야."

"남자 문제? 벌써 그럴 나인가?"

마미가 말한 바로는 절친이 좋아하는 아이가 자신을 좋아하게 되었다고 한다. 자신은 상대를 조금도 좋아하지 않는데 절친이 의심이 많아서 마음이 누그러들 때까지 거리를 두고 있다고 한다. 같은 치어리더부라서 서클 활동도 쉬고 있다고 한다.

"그런데 오늘 화해했어. 결국 의외로 별 볼 일 없는 남자란 걸 알게 된 모양이야. 내일 화해의 뜻으로 노래방에 가기로 했어."

"너희도 참……."

김이 샜다. 그런데 고1이 가진 고민이라면 그 정도가 당연한가.

그 후에도 잠옷으로 갈아입고 둘이서 침대에 나란히 누워 이야기를 이어나갔다. 이튿날에도 5시에 일어나야 했지만 졸음을 참았다. 마미는 시종 새엄마의 험담을 했다. 인테리어 감각이 떨어진다는 둥, 패션 센스가 없다는 둥, 머리가 나쁘다는 둥…… 간혹 나무라기는 했지만 '우선 속마음을 털어낼 수 있을 만큼 털어내게 하자'며 마지막까지 듣고 있었다.

"저기, 나 엄마가 일하는 모습, 한번 보고 싶은데."

"괜찮아. 보러 올래?"

"진짜? 갈래! 갈래! 수술하는 것도 보고 싶어. 조금 겁나긴 하지만."

"응, 괜찮아."

그 대답을 들은 지 5분도 지나지 않아 마미의 잠든 숨소리가 들렸다.

누군가의 자는 숨소리를 듣는 것도 나쁘지 않았다. 그런 생각이 들기 시작했다.

분명 자신의 커리어를 쌓는 데 아이는 필요 없다고 생각했던 것도 사실이다. 하지만 쉰이 되어 여러 면에서 자신의 한계가 보일 때면 평온함을 찾게 되는 것도 사실이었다.

앞으로도 수술은 계속해나가겠지. 내가 도토종합병원 신경외과 의국의 중심인 것은 틀림없다. 하지만 30대, 40대 때와는 다르다. 이제는 후진을 양성해야 하는 위치다. 자신만을 위해서가 아니라 누군가를 위해 살아가야 할 나이다. 그게 자식이라면 더할 나위 없지 않을까.

삶의 방식을 바꿔보자. 뇌는 끊임없이 새로운 자극을 원한다. 뇌는 적당한 변화를 가장 좋아한다. 그리고 그건 실행하기 시작하면 의외로 간단한 일이다. 미야마의 결단은 빨랐다. 전 남편에게 전화해서 마미와 함께 살겠다는 의사를 전하기로 마음먹었다.

◇

요이치의 수술 날이 다가왔다.

오전 중에 가벼운 검사를 하고 전신마취 전투약(前投藥)*을 투여하고 나서 오후부터 수술에 들어간다. 다만 고즈쿠에가 보고한 바에 따르면 요이치는 상당히 예민해져서 수술을 겁내고 있다고 했다. 미야마는 병실로 향했다.

병실에는 다카코가 있었다. 여전히 슬픈 표정을 짓고 있었다.

"미야마 선생님…… 할 말이 있어요."

요이치는 미야마를 보자마자 머리맡으로 또다시 불러서 "귀

---

* 마취가 안전하고 원활하게 진행되도록 적당한 약제를 선행 투여하는 것을 말한다.

톱 나이프

좀 빌릴게요"라고 작은 목소리로 말하고 귓속말을 했다.

"외계인의 계략이죠? 저 무서워요⋯⋯."요이치는 구석에 있는 다카코를 보면서 말했다. "엄마를 얼른 불러줘요."

미야마는 얼굴을 떼고 요이치의 손을 잡았다.

"안심해. 엄마도 이제 곧 오실 테고 그렇게 까다로운 수술도 아니니까."

"그래도⋯⋯." 불안한 듯이 구석에 있는 다카코를 보았다.

다카코의 옆에 있던 마린이 다카코에게 속삭였다.

"어머니⋯⋯ 죄송한데 잠시 뒤돌아 있어 주시겠어요?"

"네?"

"얼굴을 숨기면 요이치 학생이 차분해질 거예요. 지금 혈압을 재는 동안만이라도 부탁드릴게요."

잔인한 부탁이었지만 정확한 수치가 필요했다. 마린은 베테랑 간호사답게 재치를 발휘했다. 카프그라 증후군은 얼굴만 인식하는 뇌 부위와 회로가 어긋나서 발생한다. 얼굴만 보이지 않으면 망상은 나타나지 않는다.

다카코는 뒤로 돌아섰다. 사랑해 마지않는 자식이 불안에 떨고 있다. 그런데 등을 돌리고 있다. 그건 얼마나 괴로운 일일까.

미야마가 멍하니 그런 생각을 하는 동안에 혈압 검사가 끝났다. 미야마는 뒤돌아 서 있던 다카코에게 다가가 어깨에 손을 살포시 얹었다.

"수술은 4~5시간 정도 걸립니다. 오늘 밤에 정신이 들면 다카코 씨는 더 이상 외계인이 아닐 겁니다. 조금만 더 기다려주세요."

미야마 일행이 나가자 또다시 요이치와 다카코 두 사람만 남게 되었다. 요이치는 고개를 옆으로 돌린 채 아무 말도 하지 않았다. 2층 창문으로 멀리 지나다니는 사람들을 무심하게 바라보고 있었다.

다카코는 벽에 말을 걸듯이 요이치에게 말했다.

"엄마는 빈 시간에 잠시 회의 좀 하고 올게. 1시간 후에 다시 올게."

다카코가 일어나 선글라스와 마스크를 썼다. 그녀는 돼지풀 알레르기가 있었는데 올해는 유난히 심했다. 나갈 때 힐끗 돌아보았지만, 요이치는 여전히 창밖을 보고 있었다.

미야마의 스마트폰으로 전남편에게서 연락이 왔다. 만나서 꼭 하고 싶은 이야기가 있다고 했다. 미야마가 마미와 여기서 함께 살려고 한다고 말했더니 "제정신이야?!" 하고 언성을 높

톱 나이프

였다. 말다툼이 벌어졌고 아무리 대화를 나눠도 평행선을 달리기만 해서 결국에는 전화를 탁 끊어버렸다. 그로부터 몇 번인가 라인으로 이야기를 주고받았지만, 서로 한 발자국도 물러서지 않아서 도무지 결판이 나지 않았다. 그래서 기다리다 지쳐 여기까지 온다고 했다. 미야마는 "30분밖에 시간이 없어"라고 거듭 말하고 차로 오겠다는 사와키의 사정에 맞춰 주차장에서 이야기를 듣기로 했다. 마미에게는 아직 아무 말도 하지 않았다.

의료 기기 회사에서 영업 일을 하는 사와키는 슈트 차림으로 서 있었다.

"도대체 무슨 말이 하고 싶은데?" 미야마는 처음부터 강하게 나갔다.

"유감스럽게도 마미를 키우겠다는 당신의 마음이 진심으로 보이지 않아."

사와키는 전화로 했던 말을 반복했다.

"난 진심이야. 요즘의 병원 일이랑 마미의 생활 패턴을 차분히 생각해봤어. 물론 나도 근무시간을 바꿀 거야. 일을 확 줄일 거야. 그러면 마미를 돌볼 수 있을 것 같아."

"것 같아? 것 같다고? 제대로 못 돌보면 어떻게 책임질 건데?"

"그건……."

말문이 막혔다. 책임. 남의 인생의 책임이라니 질 수 있을 리가 없다. 순간적으로 그렇게 생각했다. 남이 아닌 자기 자식인데 말이다.

"잠시 따라와."

사와키는 미야마의 팔을 휙 낚아채더니 근처에 세워둔 승용차까지 끌고 갔다. 트렁크를 열자 박스가 있었고 그 안에 대학 노트와 '연락 수첩'이라고 적힌 작은 책자, 프린트물 등이 빼곡히 들어 있었다.

"마미한테 직접 보여주려고 가지고 왔어. 때마침 잘됐네. 당신도 봐. 이건 가오루가 마미랑 주고받던 교환 일기야. 이건 연락 수첩이고 말이지. 하루같이 매일 마미랑 주고받았어, 그 사람은."

미야마는 책자를 손에 들었다. '연락 수첩'에는 초등학교 담임과 주고받은 글이 담겨 있었고, '보호자의 한마디'가 빨간 글자로 적혀 있었다.

'열이 조금 나는 것 같습니다. 몸 상태를 살펴봐주세요' '어제 급식에 나온 볶음밥이 맛있었는지 집에서도 해 달라고 졸라대더라고요' ……소소한 대화가 빼곡히 줄지어 있었다. '교환 일기'는 유치원 시절의 습관이 남아서인지 중학교, 고등학교에 올라가서도 계속 이어졌다고 한다.

히라가나로 적힌 마미의 글에서 한자가 조금씩 늘어갔다.

톰 나이프

그에 답하는 가오루의, 절대 필력이 있다고는 말할 수 없는 글만이 변하지 않았다.

몇 년이고. 며칠이고. 쭉…….

"어젯밤에 그 사람 쓰러졌었어."

"뭐?"

"일단 구급차를 불렀어. 과로라서 병원에서 하룻밤 묵고 오늘 아침에 집으로 돌아왔어. 그만큼 마미를 걱정하는 거야."

가오루의 푸근한 모습이 눈에 선했다. 사와키가 이어서 말했다.

매일 아침 4인분 식사를 차리고서 작은아이를 유치원에 보내고 집으로 돌아와 빨래를 돌리고 청소를 하고 빨래를 널고 점심을 가볍게 혼자 먹고 작은아이를 데리러 갔다가 그 작은아이를 학원에 보내고 아이가 학원에 있는 동안에 저녁 장을 보고 집으로 돌아와 욕조에 물을 받고 저녁을 차리고 마미와 이야기를 나누고서 늦게 돌아온 사와키가 식사를 하며 마시는 반주의 상대가 되어주고 그 잔을 씻은 다음 마미의 교환일기에 답장을 썼다고 한다. 누군가에게 인정받지도, 칭찬받지도 못하고 사춘기인 딸에게 "촌스럽다"는 못된 소리를 들으면서도 여전히 걱정하고 있었다. 쓰러질 만큼.

"마미가 학교에 안 나갔던 건 알고 있었어?"

"뭐?"

"요 사흘 결석했어."

몰랐다. 마미는 오늘 아침에도 씩씩하게 집을 나섰다.

"말해두겠지만, 그 녀석의 고민은 그리 가볍지 않아. 마미는 학교에서 따돌림을 당해 힘들어했어. 서클에서 따돌림을 당하고 있다고 해. 그 말은 한마디도 못 들었어?"

충격이 가로지른 것과 동시에 PHS가 요란한 소리를 냈다. 미야마는 반사적으로 PHS를 들었다.

"선생님! 소에노 요이치 학생이 쓰러졌어요!"

요이치는 병원 부지에 있는 셔틀버스 정류장 부근에서 환자복 차림으로 모로 쓰러져 있었다. 주차장 바로 옆이었기 때문에 미야마는 전력 질주했다. 얼굴이 새파랗게 질린 고즈쿠에와 마린이 그 옆에 서 있었다.

미야마 일행이 나간 후, 병실 창밖을 보고 있던 요이치는 돌아가는 다카코의 뒷모습을 봤을 테다. "엄마, 엄마!" 하고 그 모습을 쫓아가다 말리려고 뒤따라온 고즈쿠에와 마린을 뿌리치고 순식간에 여기까지 달려왔다고 한다.

얼굴이 보이지 않으니 뒷모습과 분위기로 엄마라고 생각했던 것이다. 그리고 쓰러졌다. 동정맥루에서 출혈이 발생했을 가능성이 높았다. 바로 움직이게 하지 않은 것은 현명한 판단이었다. 응급실 스트레처카와 동시에 미야마가 도착했다.

"요이치! 요이치!" 미야마가 요이치의 손을 잡고 말을 걸었다. 요이치는 눈을 희미하게 떴다.

"우리 환자예요. 두부외상 후 동정맥루에서 출혈이 일어나고 있어요. CT를 찍고 나서 바로 수술할 거니 이 상태로 빈 수술실로 옮겨주세요. 오타 선생님한테 연락해서 마취 전문의도 대기시키도록 해. 되도록 야마구치 선생님께 부탁할 수 있도록 하고. 그리고 니카르디핀* 2밀리그램 정맥 주사하고."

달려온 응급의학과 의사에게 지시를 내렸다. 연락을 받은 다카코가 안색이 바뀐 채 요이치에게 달려왔다.

"요이치! 정신 차려, 요이치!"

"엄마……."

다카코의 얼굴을 보고 요이치는 분명 그렇게 말했다. 그 눈에서 눈물이 흐르고 있었다. 안도하는 표정을 짓고 있었다.

다카코가 놀라서 미야마를 쳐다보았다.

"요이치는 알고 있었어요. 전부터 말이죠. 당신이 어머니라는 사실을요."

믿을 수 없다는 표정으로 다카코는 미야마에게 되물었다.

"손잡아도 될까요?"

"물론이죠."

* 혈압강하제.

그사이에도 응급의학과 의사들이 요이치를 스트레쳐카에 실었다.

"요이치…… 요이치!"

"엄마."

"엄마가 곁에 있을게! 여기에 있을게…… 쭉 있을게."

달그락달그락 소리를 내며 스트레쳐카가 옮겨졌다. 다카코가 속도를 맞춰 나란히 걸었다.

요이치가 다카코를 엄마라고 부른 것은 아마 눈이 잘 보이지 않아서일 테다. 팽창된 동정맥루에서 출혈이 일어나 시교차라는 양쪽 시신경이 합류되는 부분을 강하게 압박하고 있을 테다. 카프그라 증후군은 시력이 약해지면 나타나지 않는다. 목소리만 들으면 당연히 엄마로 인지한다. 아니, 엄마는 언제나 엄마다.

동정맥루에서 출혈이 일어나 수술의 난이도는 확연히 높아졌다. 하지만 분명 순조롭게 진행될 것이다. 수술을 할 때는 환자의 기력이 제일 중요하다. 요이치는 입원해서 처음으로 평온한 얼굴을 하고 있었다.

수술 시간이 길어졌다. 문제인 혈관을 찾아내 착실히 그 혈관을 따라가다가 경막에서 정맥으로 혈액이 유출되고 있는 지점을 발견했다.

톰 나이프

꽤 수고가 드는 일이지만, 최종적으로 모든 혈관이 본래의 상태로 회복되었다. 출혈이 일어나고 수술을 시작하기까지 걸린 시간이 짧았기에 뇌 손상도 최소한으로 끝났다. 수술 부위를 충분히 지혈한 후 일단 경막을 봉합하고, 두개골을 고정하는 작업은 니시고오리에게 맡기고 미야마는 수술실을 나갔다.

두개골이 제자리를 찾은 이후에 다시 들어가 최종적으로 지혈하고 봉합했다. 요이치는 어리기 때문에 회복될 것이다.

수술복을 벗고 백의로 갈아입고 나서 대기실에 있는 다카코에게 향했다. 다카코에게 우선 수술 결과를 설명해 안심시켰다. 그리고 이렇게 덧붙여 말했다.

"요이치 학생은 게임 중독이 아닙니다. 게임 중독은 지금 미국에서 정식 질환으로 판정 기준이 나와 있습니다. 요이치 학생은 그 판정 기준에 다 해당되지 않습니다. 현재 학교생활이 너무 따분해서 푹 빠진 듯하네요. 중독과는 다릅니다."

"그런가요?" 다카코는 의외라는 표정을 지었다.

"게임 중독은 그 상황에 도달하게 하는 환경도 크게 작용합니다. 그 점을 바꿔야만 완치가 되죠. 요이치 학생은 중독은 아니지만, 앞으로 그렇게 될 요인이 지금 환경에 존재합니다. 그 점을 바꿔주세요. 그러지 않으면 정말 중독될지도 모르니까요."

조금 강하게 겁을 주었다.

"어떻게 하면 되나요?"

"무엇보다 의사소통이 중요합니다. 싱글맘이라서 혼자 일하느라 바쁘시죠? 그래도 요이치 학생의 인생도 중요합니다. 보호자분의 아이니까 말이죠. 그러니 일을 조금 줄여서라도 소통을 해서 고민을 들어주고 혼자가 아니라는 사실을 철저하게 알려주세요. 아직 어리니까요."

마지막에는 말에 열기가 담겨 있었다. 누구에게 말하고 있는지 미야마도 알 수 없었다.

다카코는 얘기를 들으며 계속 울고 있었다.

마취과 부장에게 찾아가 응급수술에 사람을 보내줘서 감사하다는 인사를 하고 몇 가지 잡무를 처리하고 나서 다시 수술실로 향할 때였다. 미야마를 찾아왔다가 누군가에게 이곳에 있다고 들은 모양이었다. 수술실 앞 복도 벤치에 교복을 입은 마미가 불안한 표정으로 앉아 있었다.

미야마를 보자마자 억지로 미소 지으며 일어났다.

"엄마…… 오늘 수업이 일찍 끝나서 엄마가 하는 수술 볼 수 있을까 싶어서 왔어."

학교에서 확실히 무슨 일이 있는 듯했다. 아침에 집을 나서고서부터 지금까지 어디에서 뭘 하고 있었던 걸까.

아무것도 몰랐다. 알려고도 하지 않았다.

열흘 가까이 함께 살면서 겉도는 대화밖에 하지 않았다. 이 아이는 나를 배려했다. 나한테 걱정을 끼치지 않겠다는 생각으로. 그래서 이 작은 몸에 고민을 가득 담아 보이지 않는 곳에서는 좀 전처럼 어두운 표정을 짓다가, 내 앞에서는 밝고 긍정적인 딸을 연기했던 것이다.

그 사실을 알아차리지도 못하고 일에 대한 자랑만 늘어놓고 레스토랑이나 콘서트에 데리고 가서 잘난 척했던 사람이 나다. 겉만 그럴싸하고 포장된 자랑스러운 엄마인 척하며 희열에 빠졌던 사람이 나였던 것이다. 미야마는 생각했다.

외계인은 나였다.

"갑작스럽게 찾아오는 건 좀 그런가?"

마미가 웃었다. 울고 난 후일지도 몰랐다. 눈이 평소보다 빨갰다.

이 아이는 무엇에 의지하고 있을까. 괴로운 현실을 받아들이고 싶지 않아서 달아나고 있다는 건 틀림없다. 하지만 언젠가는 마주 보고 싸워야만 한다.

그때 곁에 있을 사람은 내가 아니다. 가오루다. 사와키다. 그 사실만큼은 확실했다.

미야마는 몸을 돌려 마미를 등지고 섰다.

"미안하지만 돌아가줄래?"

"응?"

"내 아파트 말고. 아빠랑 엄마가 있는 곳으로 말이야. 네 짐은 나중에 택배로 보낼게."

"왜…… 도대체 왜?"

"앞으로 바빠질 거야. 집도 거의 비우게 될 거고."

"난 괜찮아. 그냥 있을래."

"걸리적거려."

"걸리적거린다고?"

"마미가. 내 일에 말이야."

"말도 안 돼…… 얼마 전까지만 해도……."

미야마는 뒤돌아서서 개의치 않고 말했다.

"미워하지 않아. 사랑해. 하지만…… 나한텐 일이 중요해."

그렇게 말을 마치고 나서 곧장 수술 준비실을 향해 걸어가기 시작했다. 간호사들을 겁에 질리게 만드는 무표정한 여느 때의 '얼음' 같이 차가운 옆모습. 마미가 숨을 죽이는 것을 느낄 수 있었다.

수술 준비실에 들어가면 사와키에게 바로 연락을 할 생각이다. 그리고 데리러 오게 할 것이다. 그는 아마 하던 일을 내팽개치고서라도 바로 달려올 것이다. 아마 가오루도 함께일 테다. 그게 부모다. 나는 불가능하다. 아이에게 힘을 백 퍼센트 쏟을 수 없다. 그들처럼 될 수 없다. 이제 자신은 그렇게 될 수 없다.

돌아보지 말자.

절대로.

미야마는 오로지 그 생각만 하고 있었다.

수술 준비실 문이 멀게 느껴졌다.

◇

미야마는 호텔 풀 사이드에 있었다.

수술은 무사히 성공했고 요이치는 후유증 없이 엄마와 함께 퇴원했다. 게임기를 빼앗긴 건 불만스러워 보였지만, 대신 장기를 배우겠다고 했다. 멋지게 웃고 있었다.

마미는 전남편 집으로 돌아가 학교를 쉬면서 상담을 받고 있다고 한다. 어쩌면 학교를 그만두게 될지도 모른다. 하지만 어쩔 수 없다. 자살하는 것보다는 낫다. 아직 열여섯이다. 몸속 장기와 마찬가지로 얼마든지 재생 가능하다.

물안경을 끼고 풀에 뛰어들었다. 1킬로미터를 한 시간 만에 완영하는 평소와 같은 일상이다. 월요일과 금요일에 1시간 반. 이 루틴만큼은 바꾸고 싶지 않다. 누군가 때문에 생활 리듬이 흐트러지는 게 가장 큰 스트레스였다.

"누군가에게 제약받지 않는다는 것." 이마데가와가 수영의 장점을 묻자 그렇게 대답한 적이 있다. 물속에서는 자유롭다.

누구도 나를 방해할 수 없다. 그리고 한 가지 더 장점이 있는데, 그건 아무에게도 말하지 않았다.

팔다리를 천천히 뻗으며 수면을 가르듯이 자유형으로 나아갔다. 오늘도 역시 마미의 얼굴이 떠올랐다. 병원 복도에서 나를 보고 있던 그 불안한 얼굴 말이다.

눈물이 흘러넘쳤다. 물안경에 찬 물과 함께 풀장 물속으로 섞여 들어갔다. 1킬로미터를 완영할 때 즈음이면 눈물을 다 쏟아내지 않을까. 수심이 아주 조금 높아질 만큼.

그래도 괜찮다. 눈물은 물안경으로 감춘다. 그리고 풀장에서 나올 때는 아무 일 없었다는 양 물안경을 벗는다. 요 20년 동안 늘 해오던 일이다.

헤엄치고 또 헤엄쳐도 눈물이 멈추지 않았다. 오늘은 2킬로미터 코스를 완영해야 할지도 모른다. 하지만 전혀 피곤하지 않았다.

2
장

나는 이미 죽었다

수술이 한창 진행되고 있었다.

"프리어."

수술용 현미경을 들여다보던 구로이와 겐고의 손은 한순간도 멈추지 않았다. 하지만 그는 달변가였다.

"이야~, 거미막* 장난 아닌데."

두개저(頭蓋底)** 뇌혈관문합술에서 거대 뇌동맥류*** 코일색전

---

* 뇌나 척수를 덮고 있는 세 층의 수막(髓膜) 가운데, 중간에 있는 얇고 투명한 막을 뜻한다.
** 뇌를 떠받치는 두개골의 바닥 뼈를 가리키는 말이다. 운동, 감각 정보 처리, 언어, 학습, 기억 등 중요한 업무를 처리하는 두뇌를 보호하기 위해 위쪽은 두개골이, 아래쪽은 두개저가 둘러싸고 있다.
*** 뇌혈관의 내측을 이루고 있는 내탄력층과 중막이 손상되고 결손되면서 혈관 벽이 부풀어 오르는 증상을 말한다. 크기는 대부분 10밀리미터 이하지만 간혹 그보다 큰 동맥류가 발생할 수 있으며 25밀리미터 이상일 때는 특별히 거대 뇌동맥류라고 지칭한다.

술*까지. 신경외과에서도 난이도가 가장 높은 수술로, 등산으로 말하자면 에베레스트에 오르는 것이다. 구로이와는 거침없이 산을 올랐다.

"클램프. 그리고 프리어."

어시스턴트와 소독간호사**, 마취 전문의, 그리고 '세계 최고'의 수술을 견학하려고 모여든 다른 병원 의사들 열댓 명이 구로이와의 주변에 있었지만, 아무도 소리를 내지 않았다. 넋을 놓고 절개 부분이 비춰진 모니터만 바라보고 있었다.

두개저는 말 그대로 뇌 바닥에 생긴 동맥류다. 여기에 도달할 때까지 두개저 부분의 두개골을 현미경을 보며 드릴로 신중하게 뚫는다. 그리고 뇌와 뇌 사이를 헤쳐 나간다. 그곳에는 거미막이라는 거미집 형태의 막이 빈틈없이 덮여 있고, 그것을 의료용 가위로 자르면서 막에 엉켜 있는 가는 혈관과 그 밖의 중요한 혈관, 신경, 세포를 하나도 상처 입히지 않아야 한다.

혈관, 신경, 그중 무엇 하나만 다쳐도 장애가 생기거나 죽음을 맞게 된다. 지뢰밭인 정글 속에서 잎사귀 하나 건드리지 않고 걸어 나가는 것과 마찬가지다.

---

* 뇌혈관이 약해져 꽈리처럼 부풀어 오른 뇌동맥류가 더 커지지 않도록 환자의 허벅지 대퇴동맥에 카테터(고무나 금속제의 가느다란 관)를 삽입해 동맥류 내부에 코일을 채워 넣어 뇌동맥류로 향하는 혈류를 막는 치료법.
** 소독한 수술 도구들을 집도의에게 건네는 간호사.

톰 나이프

그런데 그게 오싹할 만큼 빨랐다.

뇌는 열어보지 않으면 알 수 없다. 종양 적출에 동반되는 주변의 신경섬유의 주행 경로가 이동하거나 뇌척수액 유출에 따라 종양의 위치 자체가 달라지기도 한다. 수술하면서도 불확정 요소 때문에 상황이 점점 변화하므로 수술 중에 수시로 MRI를 찍어 수술 전에 찍은 MRI 데이터와 통합해서 뇌 속 삼차원 데이터를 작성한다. 말 그대로 자동차 내비게이션처럼 GPS 시스템을 사용해서 신경, 혈관, 꽈리의 위치 등을 확인해가면서 수술한다.

내비게이션에는 당연히 오차가 존재한다. 그럼에도 대개 의존할 수밖에 없다. 보통 의사는 그 모니터를 보면서 조심스럽게 진행하지만, 구로이와는 마치 모든 것이 그곳에 처음부터 '있는 것'처럼 거침없이 나아갔다. 모니터를 거의 보지 않았다. 동작 하나하나가 빠르다기보다 담담하게 진행되어 가는 그 주저하지 않는 모습이 경이롭기까지 했다. 그건 그의 뛰어난 공간 인지 능력과 풍부한 경험 덕분이었다.

그리고 압도적으로 출혈량이 적었다. 수술에서 이건 강력한 장점이다. 마치 날카로운 일본도가 피를 흘리게 하지 않는 것과 같았다.

순식간에 두개저의 동맥류에 도달했다.

"오케이. 보이는군. 타이머 세팅해."

구로이와의 목소리가 울려 퍼졌다.

동맥류란 동맥혈관의 일부가 어떤 사정으로 구운 떡처럼 볼록하게 팽창된 상태를 말한다. 떡을 그대로 두면 구멍이 생기는 것처럼 동맥류도 방치하면 파열되고 그 부분에서 출혈이 일어나 죽음에 이르기도 한다. 조치법으로는 통상적으로 팽창된 떡 같은 꽈리의 뿌리에 클립을 끼워 출혈을 막는다. 그러면 꽈리는 자연스럽게 쪼그라든다. 하지만 꽈리가 클 때는 클립으로도 막지 못해 꽈리의 앞뒤 혈관을 일시적으로 막은 다음 그곳에 새로운 '길'을 내, 혈액의 흐름을 우회하게 만들어 꽈리를 제거하는 수술을 진행한다.

팔다리 등에서 다른 혈관을 가져와 그 혈관을 꽈리의 앞뒤 혈관에 연결하여 '길'을 만든다. 그게 뇌혈관문합술이다. 그리고 그게 '신의 테크닉'이라고 불리는 수술이다. 어째서 신의 테크닉일까. 심장과 비교하면 알기 쉽다.

심장외과에도 혈관문합술이 있다. 혈류를 차단하고 혈관과 혈관을 연결해 '길'을 만드는 것은 똑같다. 하지만 난이도가 현저히 다르다.

우선 가슴은 수술 부위를 크게 열 수 있는 데 비해 두개저 수술은 압도적으로 수술 범위가 좁다. 바늘구멍을 들여다보는 듯한 수술로, 당연히 그만큼 손을 움직이는 데도 제약이 따른다. 다음으로 약한 혈관과 신경에 가득 둘러싸여 있는 가운데

서 작업해야 한다. 사소한 실수로 신경을 손상시키는 것만으로도 치명적이다. 게다가 근육으로 이루어진 심장에 비해 뇌는 압도적으로 약한 데다 혈액이 부족한 상태가 되면 위험해져서 일단 혈관이 막혀 파괴되면 원래대로 돌아오지 않는다. 혈류를 막는 사이에 대체할 수 있는 인공심폐도 없다. 그리고 심장에 비해 뇌혈관은 압도적으로 가늘다.

수술 시간도 극히 짧고 뇌 혈류를 막을 수 있는 건 불과 20분이다. 그사이에 혈관이 봉합되지 않으면 환자는 죽는다.

어시스턴트가 디지털 타이머 스위치를 켜자 '20:00'에서 카운트다운되었다. 구로이와의 눈빛이 날카로워졌다.

"서두를게."

구로이와는 환자의 두피에서 채취한 지름 1밀리미터의 혈관을 동맥류 부근에서 뇌간부 옆에 있는 다른 1밀리미터의 혈관에 붙인 뒤 0.5밀리미터 간격으로 아홉 바늘을 꿰매어 붙여나갔다. 수술용 현미경을 들여다보는 큰 눈이 한층 더 커졌다.

"남은 시간 15분!"

구로이와의 테크닉은 쌀에 글자를 새기는 작업에 필적한다. 그것도 20분 내로 말이다. 환자의 죽음을 곁에 두고 뇌 뒷면에서.

천하의 구로이와도 이때만큼은 말이 없어진다.

"남은 시간 10분!"

구로이와가 기어를 올렸다.

빈틈없는 기술이 기분과 속도를 고조시켜나갔다. 그렇게 보인 순간, 구로이와의 손이 멈추었다. 그가 숨을 크게 훅 쉬었다.

"뇌혈관문합술 완료."

구로이와의 손이 화면에서 벗어났다. 공장 제품처럼 깔끔하게 일정한 간격으로 봉합된 혈관이 모니터에 비쳤다.

죽이고 있던 숨을 몰아 쉬는 소리가 모니터를 보고 있던 견학자들로부터 새어 나왔다.

"빨라!"

감탄이라고도 동요라고도 단정할 수 없는 소리가 어시스턴트와 마취 전문의에게서 일었다.

"이런 스피드로도 가능하구나."

고비는 넘겼다.

"오케이! 지금부터는 동맥류에서 지방을 제거할 거야. 빨리 진행할 테니 잘 따라와야 해. 프리어."

구로이와가 아까와 달리 밝은 목소리를 냈다.

소독간호사가 수술용 도구를 빠릿빠릿하게 내밀었다. 여러 종류의 바이폴라, 의료용 시저, 드릴, 프리어…… 수술 도구는 전부 특별히 제작한 구로이와 전용 물품이었다. 구로이와의 큼직한 손에 맞지 않으면 1분 1초를 다투는 섬세한 수술은

톰 나이프

불가능하기 때문이다. 그것은 밀리미터 단위로 수정 제작되기 때문에 전 세계 병원을 돌아다니는 구로이와가 일본에 있을 때는 늘 의료 기기 전문 영업사원이 그를 따라다녔다. 세계 최고의 신경외과 전문의에게 수여되는 톱 나이프 상을 일본인 최초로 수상한 구로이와가 자사 도구를 사용해주는 것은 무엇보다 큰 홍보가 되었다.

"오, 좋은데, 깔끔하게 문합됐네. 주름 하나 없어. 이러면 예상보다 예후가 좋을 거야."

수술이 순조로울 때의 구로이와는 달변가이다. 하지만 그의 말에 반응하는 의료진은 없었다. 구로이와의 매서움은 누구나 알고 있다. 수술실에서 저지른 실수는 절대로 용납하지 않았다. 요구와 다른 클립을 건네 8시간 동안 진행되는 수술 내도록 매도당한 간호사가 결국엔 신경외과를 관뒀다는 소문과, 어설프게 개두(開頭)한 젊은 의사가 그에게 걷어차인 끝에 다른 병원으로 옮기게 되었다는 소문은 누구나 알고 있었다.

"좋았어! 이제 개폐해. 혈압이랑 EVD 카테터 철저하게 관리하고."

구로이와가 손을 떼고 뒤처리를 맡기고 나갔다. 그제야 수술실의 분위기가 조금 누그러들었다.

이곳은 구로이와를 중심으로 돌아가는 세계다.

"이야~, 수술이 의외로 술술 풀렸네. 그래, 내 생각에도 베스트로 꼽힐 것 같아."

수술 후 손을 씻으면서 구로이와는 옆에 있던 어시스턴트에게 쾌활하게 말을 걸었다. 사람을 다스리는 뇌라는, 더할 나위 없이 중요한 장기를 다룰 때 느끼는 이 고양감, 이 흥분감을 구로이와는 그 무엇과도 바꿀 수 없었다. 자신이 예상한 대로 수술이 진행되는 일은 구로이와에게도 드문지 오늘은 한결 더 자신감이 넘쳤다. 한 해에 한 번 있을까 말까 하는 수술이었다. 뇌 속에 아드레날린이 방출되어 그는 어시스턴트의 어깨를 순수한 마음으로 탁탁 두드렸다.

수술실에서 보이는 신중한 노인 같은 냉철함. 수술실 밖에서 보이는 어린아이 같은 철없음. 천재답게 구로이와의 내면에는 어른과 아이가 공존했다. 어시스턴트는 이 변덕스러운 신경외과 황제에게 억지로 웃어 보이는 게 고작이었다.

환자 가족에게 수술 결과를 보고하고 환자가 회복되는 상황을 지켜보고 나서 수술 후 관리를 지시하면 모처럼 휴식을 취할 수 있다. 취재도 없다. 이 달아오른 몸은 술과 여자로 식혀야 한다. 그런 생각을 하자 기분이 더 좋아졌다.

'일이든 유흥이든 최선을 다할 것'이 구로이와의 좌우명이었다. 위스키 향기와 여자의 향수가 자아내는 감미로운 향으로 아드레날린 분비를 억제한다, 그것이 그의 지론이었다.

◇

　"구로이와 선생님, 조금 전에 어떤 여자가 선생님을 찾던데
요. 수술 중이라고 했더니 로비에서 기다리겠다고 하네요."

　수술실에서 나오자 신경외과 차장인 미야마 요코가 말을 걸
었다. 도토종합병원 신경외과 고문 겸 부부장이 구로이와의
정식 직함이었고, 전 세계의 병원으로부터 초빙되어 수술을
진행하는 구로이와는 도토종합병원 말고도 해외에 두 곳, 국
내 세 곳에 적을 두고 있었다. 그중에서도 거점이라고 할 수 있
는 도토종합병원에는 구로이와만이 수술 가능한 특별히 까다
로운 증상을 가진 환자가 전국에서 모여들었고, 그들을 수술
하는 기간 동안에만 도토종합병원에 있었다. 한 해에 3개월 정
도였다.

　"여자? 내 팬인가? 또?"

　여느 때와 다름없는 가벼운 말투에 미야마는 평소대로 차가
운 미소로 답했다.

　"30분 후에 다시 오겠다고 했어요. 나이는 40대 전후였고
술집 마담인 것 같았어요. 외상값 받으러 온 거 아니에요? 환
자는 아닌 것 같았어요. 미리 말해두는데 긴자 술집은 경비로
처리 못 하는 거 알아둬요. 영수증 받아와도 처리 안 해줄 거
예요."

'천하의 구로이와'에게 이렇게 쏘아붙이는 사람은 그녀뿐이었다. 구로이와는 코웃음을 쳤다.

"긴자처럼 노티 나는 데는 안 가. 나는 롯폰기 술집에 가지."

"물장사 하는 여자랑 노는 게 그렇게 즐거워요?"

"호스티스니까 즐거워."

구로이와의 일상은 몸이 열 개라도 부족할 지경이었다.

학회, 국제심포지엄, 워크숍…… 여기저기 부지런히 출석해서 기술을 공개해 홍보해야만 세계적으로 유명해질 수 있다. 게다가 구로이와의 준수한 외모와 날카로운 눈빛, 큰 키, 더구나 '신경외과의 톱 나이프'라는 직함. 매스컴에서 그를 내버려두지 않았다. 필연적으로 수술이 이틀 연속 이어지는데도 취재가 들어왔다. 신경외과 전문의는 가뜩이나 바쁘다. 그런데도 구로이와는 '유흥'까지 집어넣는 과감함을 보인다는 점에서 대단했다.

53세. 돌싱도 아니고 결혼할 마음도 없다. 술집에서만 철저히 유흥을 즐겼다. 순진한 여자는 독신에 돈도 명예도 있는 세계적인 신경외과 전문의에게 언제 파열될지 모를 동맥류와 다름없었다. 조마조마해서 건드리지 않았다. 이 천재 신경외과 전문의는 사실 여자에게는 연수생을 대할 때보다 신중했고, 비열했다.

로비에 마흔이 넘은 머리가 긴 여자가 서 있었다. 생각났다. 요시나가 레이코. 6년 전 롯폰기에서 제일 비싼 술집에 있던 호스티스로, 무명 배우로 활동하면서 한 주에 세 번 아르바이트로 일하고 있었다.

　여배우였기 때문에 2차는 나가지 않았다. 그렇다면 무난하게 데이트를 하자……는 제안에 몇 번인가 식사를 하고 몇 번쯤 관계를 가졌다. 하지만 뜻밖에 야심이 강해서 구로이와의 이름을 팔아 자신을 홍보하려는 속셈이 보여 얼른 관계를 청산했다. 여자가 헤어지기 싫다고 고집을 부렸지만, 구로이와를 돈줄로만 보고 있던 건 명백했기 때문에 얼마 안 되는 위자료를 건네고, 한 달에 100만 엔 이상 쓰는 단골로서 술집 오너를 통해 더 이상 자신에게 집적대지 말라 경고하고 헤어졌다. 무슨 일이 벌어져도 돈으로 해결되는 게 물장사 세계의 장점이지만, 몇 해에 한 번은 사건 사고가 벌어지곤 했다.

　"오랜만이네요." 레이코가 웃음기 없이 말했다.

　"오랜만이야. 무슨 용건으로 왔냐고 묻자니, 나한테 용건이 없을 텐데."

　"당신은 여전히 차갑네요. 최악이라는 점에서는 변함없어요."

　구로이와는 코웃음 쳤다.

　"수술 실력은 최고야." 그리고 이어서 말했다.

"돈이 아직 더 필요해? 넌 늘 스폰서를 찾아다녔지. 스폰서가 도망가서 당장 쓸 돈이라도 빌리러 온 거지? 아냐?"

"착각이 심하시네요. 당신은 나한테 용건이 없겠지만, 나는 있어요."

그때 아이스크림을 손에 든 5, 6세 정도 되는 남자아이가 레이코에게 달려왔다.

"엄마, 이거 뜯어줘."

레이코가 웅크리고 앉아서 아이스크림 껍질을 뜯어주었다. 멀뚱히 서 있는 구로이와에게 레이코는 "아이스크림 하나 더 주세요"라고 점원에게 말하듯이 감정이 담겨 있지 않은 톤으로 말했다.

"아, 이 아이, 당신 아이예요. 그때 생겼어요. 이제부터 당신이 보살펴줘요."

사내아이는 어리둥절한 표정으로 구로이와를 올려다보았다. 동맥류가 파열되는 소리가 머릿속에서 들리는 듯했다.

◇

"근데…… 내가 왜 애를 맡아야 하지?! 난 베이비시터가 아닌데?"

이튿날. 고즈쿠에 사치코는 간호사 오자와 마린에게 불만을 토로하고 있었다.

"목소리가 커! 다 들리잖아."

마린은 간호사 대기실 구석에서 멍하니 앉아 그림책을 보고 있는 다모쓰라는 아이에게 시선을 보냈다.

"구로이와 선생님이랑 닮았어?" 고즈쿠에가 고개를 갸웃거렸다.

"글쎄. 아들은 엄마를 닮는다잖아. 그런데 다섯 살치고는 엄청 순하네. 엄마가 없는 데도 울지도 않고 얌전히 앉아 있고 말이야."

"그렇지? 순한 점은 선생님이랑 눈곱만큼도 안 닮은 것 같아."

"맞아. 선생님 애라면 지금쯤 분명 난리를 부려서 유리 한 장정도는 깼을 거야."

예전에 수술 중에 실수를 저지른 임상검사 기사에게 화가나서 수술 후 복도에 놓여 있던 꽃병을 유리창에 집어던져서 깬 적이 있다. 그 이후 도토종합병원에서 꽃병이 사라진 건 유명한 일화다.

"그런데 구로이와 선생님은 엄청 바쁘잖아. 좌우지간 애를키우기는 힘들겠어."

"애라면 딱 질색이라고도 했으니. 남겨진 저 애가 가여워……." 구석에 있는 다모쓰를 보고 마린이 중얼거렸다.

"아. 맞다, 사탕이라도 줘야지."

고즈쿠에는 누군가가 사온 사탕 봉지에서 사탕을 몇 개 꺼내 다모쓰의 곁으로 다가갔다.

"네 이름이 다모쓰 맞지? 사탕 먹을래?"

다모쓰가 고즈쿠에를 빤히 올려다보았다.

"무슨 맛이 좋아? 포도 맛? 복숭아 맛? 레몬 맛?"

"……사과 맛 있어요?"

"어머? 어쩜 이렇게 예의가 바르니? 사과 맛 있어. 자 여기!"

하고 고즈쿠에가 다모쓰에게 사탕을 건넸다.

"참 착하네. 존댓말도 벌써 쓸 줄 알고. 똑똑해. 영리한 건 아빠 닮아선가?"

그렇게 말한 고즈쿠에의 머리를 쥐어박으며 마린이 작은 목소리로 주의를 주었다.

"말조심해! 애는 아무것도 모르잖아."

아, 맞다! 하고 고즈쿠에가 머리를 긁적이고 있는데 다모쓰가 작게 말했다.

"고맙습니다, 아줌마."

"뭐?! 아줌마?!"

그 말에 웃음을 터뜨린 마린의 앞을 구로이와가 초조한 얼굴로 지나갔다. 다모쓰를 쳐다보지도 않았다.

어제 수술이 끝난 후 폭풍 같은 반나절이 지났다.

"당신 애예요"라고 말하고 다모쓰를 구로이와에게 들이민

순간, 레이코의 휴대전화가 울렸다. 레이코는 전화를 받으러 나가더니 그길로 택시를 타고 가버렸다. 전화를 하고 싶어도 번호를 몰랐다. 하는 수 없이 경찰서에 신고했다. 하지만 경찰은 레이코의 신원을 바로 알아내지 못하고 결국 주소를 알아보겠다는 말만 남기고 귀찮은 듯이 가버렸다.

주변의 간호사나 의국 사람들의 시선도 있고, 병원에 내버려두고 갈 수도 없어서 구로이와는 다모쓰를 집으로 데리고 갔지만 한숨도 자지 못했다. 그리고 아침이 되어 그대로 병원에 데리고 온 것이다. 안절부절못하는 구로이와의 모습을 본 미야마가, 아니 병원 사람들이 킥킥대고 웃었다. 이렇게 굴욕적인 경험은 난생처음이었다. '천하의 구로이와'가 비웃음을 사고 있다니.

구로이와는 진찰실로 향했다.

2년 전에 교통사고 외상을 입은, 즉 차에 치여 뇌좌상*을 입은 중년 남성이 있었다. 때마침 다른 수술을 마친 구로이와가 그 자리에 있었는데, 구로이와만이 환자를 구해낼 수 있는 까다로운 상황이었기 때문에 긴급수술에 들어갔다. 남자는 목숨을 간신히 건졌고 재활 훈련을 포함해 3개월 후에 무사히 퇴원했다. 그 환자가 구로이와에게 재진을 받기를 간절히 원하고

---

* 머리에 외상을 입어 뇌 조직에 출혈이 일어났거나 손상을 입은 상태.

있었다.

그래! 지금은 눈앞에 있는 환자에게 집중해야지. 구로이와
는 자신을 그렇게 타일렀다.

환자는 간베 고이치라는 54세의 남성이었다.

여름인데도 긴소매 셔츠를 입고 외래병동 의자에 넋을 놓고
앉아 있었다. 구로이와는 진찰실에 들어가 환자의 얼굴을 보
자마자 그때의 상황이 선명하게 떠올랐다.

간베는 무역 회사에서 근무하고 서핑이 취미인 '인생을 즐
기는' 돌싱의 중년이었다. 그 점에서 구로이와와 마음이 맞아
재활 훈련 중에 우연히 지나가다가 이야기를 몇 번 나눈 적도
있었다. 쾌활하고 밝은 데다 멋스런 사내였지만, 오늘은 상태
가 달랐다. 머리는 푸석푸석하고 바지 벨트 끝은 칠칠치 못하
게 흘러내려와 있었으며 눈곱까지 껴 있었다. 외양을 갑자기
신경 쓰지 않게 된 것을 보아 우울증일 확률이 높았다. 구로이
와가 미소 지으며 의젓하게 말을 걸었다.

"이야, 간베 씨. 그동안 어떻게 지내셨습니까? 아직도 가끔
아프신가요?"

"선생님……."

간베는 구로이와의 얼굴을 빤히 바라보고 있었다. 상당히
절박한 표정이었다.

"오늘은 어쩐 일이신가요? 무슨 일이라도 있으신가요?"

톰 나이프

"부탁이 있습니다."

"무슨 부탁인가요? 돈은 못 꿔줘요."

여느 때와 마찬가지로 구로이와에게만 허용되는, 의사로서 지나치게 가벼운 말투. 하지만 간베는 표정을 바꾸지 않고 말했다.

"돈 때문에 온 거 아닙니다. 선생님께서 장례식을 열어주셨으면 합니다."

"네? 장례식이라뇨? ……누구 장례식 말인가요?"

"제 장례식입니다."

간베가 조금도 웃지 않고 말했다.

밖에서 경찰차가 다가오는 소리가 들렸다. 소리가 점점 가까워지다 멈췄다.

"아니, 간베 씨 장례식이라뇨. ……무슨 소립니까? 살아 있는 사람의 장례식을 열어 달라는 겁니까? 아직 이렇게 젊으신데."

"살아 있는 사람의 장례식이라니요? 제 장례식입니다. 선생님은 열어주실 의무가 있습니다."

"무슨 소린지 전혀 모르겠군요. 왜 뜬금없이 장례식입니까? 그리고 왜 제가 해야 하죠?"

그때였다. 진찰실 문이 열리고 간호사와 함께 황당한 표정의 제복 입은 두 경찰이 들어왔다. 구로이와는 누군가가 다모쓰 일로 경찰을 부른 거라고 생각했다.

"당신이 구로이와 선생인가요?"

"이봐요, 잠시만요. 아무리 그래도 진찰실까지 들어오면 어쩝니까? 밖에서 기다려요. 금방 나갈 테니까."

"아니요. 못 기다립니다."

"왜요?"

"살인 혐의로 신고가 들어왔습니다."

"네? 뭐라고요? 살인 혐의요?"

구로이와가 붉으락푸르락하는 그때 간베가 아무 표정 없이 손을 들었다.

"접니다. 제가 신고했습니다."

"네에?" 구로이와는 무심코 얼빠진 소리를 냈다.

"저기…… 간베 씨? 대체 무슨 일이죠?"

"그야, 선생님이 절 죽였잖습니까."

"……뭐라고요?"

"전 이미 죽은 사람입니다."

"그건 코타르 증후군이야."

고즈쿠에에게 보고를 받은 미야마가 알려주었다.

'코타르 증후군'은 세계적으로 지극히 드문 질환이다. 자신이 살아 있다는 느낌을 전혀 받지 못하다 끝내는 '나는 이미 죽

톰 나이프

었다' '나는 유령이다' '이미 죽어서 몸이 썩기 시작했다'고 착각하는 뇌 기능 장애 가운데 하나이다. '죽고 싶다'는 자살 충동과 달리 자신은 이미 죽어서 이 세상에 없다고 생각하는 것이다. 천하의 구로이와도 아마 처음 접하는 병일 것이다. 그만큼 희귀하다.

"그래서 구로이와 선생님도 횡설수설했구나." 흥미롭다는 듯이 고즈쿠에가 말했다.

사정을 들은 경찰들이 돌아간 후에 구로이와는 간베를 문진했다. 하지만 말이 통하지 않았다.

"간베 씨, 잠시만요. 죽었다니…… 그럼 지금 제 눈앞에 있는 사람은 누굽니까?"

"간베지요."

"간베 씨라고요? 죽었다면서요?"

"네."

"그런데 저와 이야기를 나누고 있잖습니까. 여기까지 걸어와서 말이죠."

"그렇습니다. 그래도 전 죽었습니다."

"잠깐만요. 죽으면 말을 못 하잖습니까. 지금 이야기하는 건어떻게 설명하실 겁니까?"

"저도 모릅니다. 그래도 전 죽었습니다."

'죽지 않았다' '죽었다'로 30분간 실랑이를 벌인 끝에 구로이

와는 간호사에게 MRI 촬영 지시를 내리고 진찰실을 나갔다고
한다.

우연히 구로이와와 엘리베이터를 함께 탄 미야마가 알고 있
으면서도 일부러 물어보았다.

"평소답지 않게 다 죽어가는 얼굴을 하고 있네요. 늘 요란할
만큼 활기 넘치더니. 그 여자 때문이에요?"

"여자 말고도 남자도 문제야. 지금 재진한 환자 말이야."

"들었어요. 코타르 증후군이라면서요? 그 환자는 우측 전두
엽이 손상됐었죠?"

"응. 내가 죽음의 문턱에서 살려 낸 환자지. 그만큼 손상 입
었는데 불과 3개월 만에 퇴원해서 지금도 쉬엄쉬엄이긴 하지
만 회사에도 나가고 있어. 나 여전히 실력 장난 아니지?"

"그러면 진지하게 진찰해요. 한동안은 일본에 있을 거잖아
요? 당신이 '죽였으니까'요."

이 녀석, 놀리면서 즐기고 있네.

그렇게 생각했지만 천하의 천재 신경외과 전문의도 찍소리
하지 못했다.

◇

폭풍 같은 1주일이 이어졌다.

톱 나이프

다모쓰를 집으로 데리고 갔지만, 일을 해야 하니 우선은 임시로 가사도우미를 고용했다. 그때 발신자 제한으로 레이코로부터 연락이 왔다. 다모쓰가 다니는 유치원을 알려주며 다모쓰의 옷을 택배로 보냈고 3개월 후에 데리러 오겠다고 했다.

"웃기지 마! 육아 방치잖아. 경찰에 신고할 거야!"

협박이 통하지 않는 여자는 일방적으로 전화를 끊었다.

직업상 아동상담소에 지인이 있다. 병원에는 학대가 의심되는 아동들도 오기 때문이다. 구로이와가 전화를 해보자 절친한 상담사도 이런 터무니없는 일은 금시초문이라며 경찰에 신고를 해줬지만, 우선은 구로이와가 돌봐야 한다고 했다. 아동상담소가 얼마나 바쁜지 잘 알고 있는 구로이와는 더 이상 불만을 토로할 수 없었다.

◇

밤. 자택 아파트 침실. 킹사이즈 침대 가장자리에 작은 봉오리가 생겨 있었다.

제기랄······.

구로이와는 아이라면 딱 질색이었다. 말이 안 통한다. 갑자기 떼를 쓰기 시작한다. 변덕이 죽 끓듯 하고 산만하기 그지없다. 말도 안 듣는다. 당직을 서고 있을 때 이틀에 한 번 꼴로 보는, 한밤중에 머리를 찧고 실려 오는 술주정뱅이나 마찬가지다. 주정뱅이라면 신경안정제를 투여해서 진정시킬 수 있지만, 아이에게 그 주사를 놓을 수도 없다.

구로이와는 혀를 차며 일어났다. 기지개를 켜고 가운을 벗었다. 어제는 취해서 가운을 입은 채 잠이 들었다. 거액을 지불해서 고용한 임시 가사도우미는 다모쓰가 잘 때까지 여기에 있기로 했다. 집에 일찍 돌아가고 싶지 않아서 일부러 밤늦게까지 수술 일정을 잡고 단골 술집에 가서 와인 두 병을 따고 돌아왔다.

"알몸으로 자는 거예요?"

갑자기 뒤에서 말을 걸자 구로이와는 흠칫하고 놀랐다.

"까, 깜짝이야. 깼어?"

다모쓰는 표정 하나 바꾸지 않고 구로이와를 빤히 쳐다보고 있었다.

엄마에게 버림받고 1주일간 낯선 아저씨 집에서 묵고 있는데 표정 변화 하나 없이 담담했다. 그리고 가끔 사람을 빤히 쳐다본다.

불편한 애다. 원래도 아이를 싫어하지만 그중에서도 특히 더 싫은 아이다. 구로이와는 속으로 악담을 퍼부었다.

뇌종양이나 간질, 두부외상을 입은 아동을 수술할 때도 있어서 구로이와는 독신인 것치고 수많은 아이들을 접하고 있다. 아이의 뇌는 어른과 비교할 수 없을 만큼 가소성이 있고 손상되어도 놀라울 만큼 회복이 빠르다. 따라서 신경외과 전문의나 응급의학과 전문의는 아이에게 생긴 뇌종양은 어감은 나쁘다 하더라도 즐겁게 치료한다. 회복이 빠를 것으로 예상되는 환자를 치료하고 싶은 것은 의사의 본능이다. 구로이와도 예외가 아니었다. 다만 수술 후에는 성인 환자처럼 깊게 대하지 않는다. 환자가 회복하는 것은 의학적인 즐거움일 뿐이며, 자신이 가진 의술의 결과를 눈으로 확실히 확인하는 데 의의를 둔다. 그 사실을 알아서인지 아이들도 구로이와에게 다가오지 않는다. 하지만 그런 아이들이라도 이렇게 사람을 시험하는 눈으로 보지는 않는다.

"거 참 시끄럽네. 그냥 가운이 벗겨진 거야. ……그런데 아침에 일어나서 인사도 안 하냐?"

다모쓰는 입을 꾹 다물고 구로이와를 쳐다보고 있었다.

"인사. 아, 침, 인, 사. 안녕히 주무셨어요 안 해?"

다모쓰는 침대에서 나오더니 아무 말 없이 욕실로 갔다. 구로이와는 혀를 찼다.

"애가 뭐 저래? 욕실 깨끗하게 써! 깨끗하게 쓰라고, 깨끗하게!"

구로이와는 욕실이 지저분한 게 제일 싫었다. 이 아파트도 호텔처럼 욕실이 깔끔한 점에 끌려서 구했다. 새하얀 벽과 세면대. 한 주에 한 번 수거하러 오는 세탁물. 구로이와는 그 비일상적인 깔끔함을 좋아했다.

마음에 안 드는 꼬맹이지만, 행실만큼은 나쁘지 않다. 그렇게 생각하는 찰나에 졸졸졸졸 하고 수도꼭지를 틀어놓은 듯한 소리가 들렸다.

"잠깐! 뭐하는 짓이야? 야!"

욕실로 달려갔을 때는 이미 늦었다. 흰색으로 통일된 욕실과 세면대* 그 자체를 거대한 변기로 착각했는지 잠이 덜 깬 다모쓰는 세면대 앞에서 대담하게 소변을 누고 있었다.

가사 도우미에게 뒷일을 맡기고 도망치다시피 병원으로 향했다. 역시 이곳이 제일 편하다.

"감정 결과, 나왔습니다."

로비에는 다카기라는 예순쯤 되는 노인이 기다리고 있었다. 같은 롯폰기 술집에서 같은 호스티스를 계속 지명하다 보니 서로 알게 되어 의기투합했다. 가끔 경시청 DNA 감정 의뢰도 받는 대학병원에서 일하고 있기에 친자감정을 의뢰했다. 인터넷에서 보는 감정 의뢰는 샘플을 단순히 해외 감정 기관에 보내는 경우가 많아서 믿을 수 없었고, 도토종합병원에서 고개

---

* 일본의 일반 가정집에는 욕실 내부에 욕조가, 외부에 세면대가 있다.

톰 나이프

를 조아리며 다른 과에 의뢰하는 것은 구로이와의 자존심이 용납하지 않았다. 다카기를 사람 보는 눈이 없는 곳으로 데리고 가 단도직입적으로 말을 꺼냈다.

"결과는요?"

늘 조심스럽게 피임을 하고 있다. 콘돔을 빼먹은 적은 없다. 따라서 이 상황은 있을 수 없는 일이다. 하지만 예상 밖의 대답이 나왔다.

"분명합니다. 친자 확률 99.9퍼센트입니다."

그리 말하고 감정 결과지를 보여주었다. 그 숫자를 보고 구로이와는 선 채로 현기증을 느꼈다.

"저기…… 뭔가 착오가 있는 건 아닐까요?"

"저희 쪽에서는 있을 수 없는 일이죠. 경시청의 공적 감정 기관이기도 하니까요. 아니면 다른 감정 기관에 맡기시는 것도 괜찮을 듯하지만 솔직히 헛수고가 아닐까 싶네요."

'친자 확률 99.9퍼센트 이상'이라는 글자.

자신의 아이…… 내 아이…… 그 아이가 설마?

"구로이와 선생님? 정신 차리세요. 선생님?"

"아, 죄송합니다. 알겠습니다."

"선생님, 살다 보면 별의별 일이 다 있어요. 이럴 땐 홀가분하게 롯폰기에 가시죠. 어때요?"

구로이와는 대답하지 못하고 인사도 없이 휘청대며 사라

졌다.

"다 죽어가는 얼굴을 하고 있네요."

간베의 MRI 사진을 보기 위해 회의실로 향하고 있는데 뒤에서 고즈쿠에가 말을 걸었다. 미야마를 통해서 신경외과 전문의 사람들 모두 사정을 알고 있다. 하지만 이런 신출내기가 나를 가여운 눈으로 쳐다볼 줄이야. '천하의 구로이와'를 말이다.

"앞으로 어쩔 생각이세요? 친자가 아니면 경찰서에 신고하겠다고 하셨잖아요……."

"생각 중이야."

"구로이와 선생님 애가 맞군요. 그러고 보니 코가 닮은 것 같아요."

"갑자기 뭐가 닮았다는 거야."

"분명 닮았어요. 무뚝뚝한 면도 똑같고요."

"시끄러."

구로이와는 회의실로 들어가자마자 컴퓨터로 간베의 MRI 사진을 켰다.

"그렇군. 그런 거였군."

중얼거리는 구로이와의 말에 고즈쿠에가 반응했다.

"뭐가 그렇다는 거예요?"

"잘 봐. 시상하부*와 전두두정(前頭頭頂) 영역의 일부, 즉 저번에 교통사고 외상으로 간베 씨가 손상을 입은 부위야. 수술한 부위 일부에 흉터가 생기고 있어."

"그러면 어떻게 되나요?"

그리 말하고 고즈쿠에가 MRI 사진을 들여다보았다.

"시상하부는 의식적 자각에 깊게 연관된 부분이고, 전두두정엽은 외적 자각과 연관된 부분이야. 이 기능이 저하되고 있어. 즉 외부에서 받는 자극을 전혀 못 느끼는 거야. 맛있다, 덥다, 바람이 세다, 이 사람이 마음에 든다, 밉다, 사랑한다, 증오한다 같은……."

"아. 감정을 못 느낀다는 거네요?"

"그래. 무얼 상대해도 '느낌'을 받지 못한다는 거지."

"인생이 밋밋하겠어요."

고즈쿠에가 인상을 찌푸렸다.

"전혀 아무것도 못 느끼니까 그럴 때 뇌는 자신이 죽었다고 판단하지."

"그건 괴로운 일이네요."

"아마 괴롭다는 감정마저도 못 느낄 거야."

"인간다운 감정을 전혀 못 느끼는 거군요."

---

* 항상성을 유지하기 위한 중추이자, 감정 표출, 배고픔이나 목마름 등의 다양한 행동을 조절하는 중추로 작용한다.

"그게 코타르 증후군이지, '나는 이미 죽었다'는."

두 사람은 간베가 기다리는 진찰실로 향했다.

간베는 여전히 어두운 표정으로 넋을 놓고 있었다.

"간베 씨, 오늘은 경찰서에 신고 안 하셨죠?" 고즈쿠에가 확인을 받았다.

"글쎄요……" 간베는 미심쩍게 대답했다. 구로이와는 그만 주위를 둘러봤다.

"구로이와 선생님, 설명하셔야죠."

고즈쿠에가 재촉하자 마침내 의사의 표정으로 돌아와 MRI 진단 영상을 컴퓨터로 보여주며 설명했다.

"그렇군요." 간베가 무표정으로 대답했다. 당연한 일이다. 뭘 어떻게 듣든 아무것도 느끼지 못하니 말이다.

"그런데 확실히 말하자면 원인을 잘 모릅니다. 아마 이 부분이 문제가 아닐까 짐작만 하는 거죠. 그게 코타르 증후군입니다."

"치료 방법이 있나요?"

이렇게 평범한 대화를 나눌 수 있는 것도 뇌가 가진 신비한 면이다. 자신이 정말로 죽었다고 생각하는데도 대화는 나눈다.

"해외 문헌에는 전기 충격으로 일시적 호전이 가능하다고 나와 있습니다. 그런데 그건 어디까지나 일시적인 겁니다. 서

톰 나이프

서히 회복되는 사람이 있는가 하면 변함없는 사람도 있습니다. 자연히 치유되기도 하지만 흉터가 진 이 부분을 수술로 제거하는 일은 상당히 까다로울 겁니다. 생명에 지장을 줄지도 모릅니다. 그래서 추천하지는 않습니다."

자신이 죽었다고 생각하는 환자는 생명의 위협도 느끼지 못할 테지만 말이다. 그렇게 생각하면서 구로이와는 이어서 말했다.

"간베 씨, 우선은 떠올려보세요. 예전의 자신을요. 그렇게나 유쾌하셨잖습니까."

"그랬어요?" 어째서인지 고즈쿠에가 물었다.

구로이와가 그에 대답하듯이 간베에 대한 이야기를 하기 시작했다. 대형 교통사고로 외상을 입고 실려 와서 간신히 목숨을 건진 후의 이야기. 1인실에 있던 간베에게 수많은 친구들과 지인들이 방문했던 이야기. 눈에 띄는 미인도 많았던 일. 대기업 차기 임원 후보. 훤칠한 돌싱에 이탈리아제 슈트를 입는 멋쟁이였다는 사실. 그는 무엇 하나 부족할 것 없는 생활을 누렸을 테다.

"그런가요……"라고만 할 뿐, 그 말을 들어도 간베의 반응은 무뎠다.

"그러고 보니 여자들이 좋아할 스타일이시네요. 맞아요." 고즈쿠에가 눈치껏 맞춰줬다.

"친한 분들이랑 연락은 주고받으시나요? 회사는 지금 쉬고 계실 테지만, 되도록 사람들이랑 접하는 편이 좋을 겁니다. 친구도 많았잖습니까."

"그럴지도 모르겠네요."

"간베 씨, 이렇게 하도록 하죠. 조만간 한 사람에게 연락해서 식사를 함께하세요. 다음 진찰 때는 그에 대한 보고를 해주시고요. 아시겠죠?"

간베는 고개를 끄덕이지도 않고 구로이와를 가만히 쳐다보고 있었다.

◇

"저, 감탄했잖아요." 고즈쿠에가 간호사 대기실에서 입원 환자 진찰 기록을 보고 있는 미야마에게 말을 걸었다.

"뭐가?"

"구로이와 선생님, 환자분이랑 깊은 대화를 나누시더라고요."

여느 때의 구로이와는 수술 전에 하는 설명도 미야마에게 떠맡기고, 수술 전날에 "괜찮습니다. 꼭 나을 겁니다"라고만 환자에게 전하고서 수술이 끝난 후 의식을 회복한 환자와 악수를 나누고 헤어진다. 그게 일상이었다. 구로이와에게만 허용

되는 특권이었다. 그런데도 사람들은 그를 신처럼 떠받든다. 친절하게 문진을 했다니 해가 서쪽에서 뜰 일이었다.

"간베 씨랑은 연배가 비슷해서 뭔가 남다른 느낌이 드는 걸까요?"

"화려한 독신에 자칭 여자에게 잘나간다는 점에서 공감하는 건가?"

그때였다. 꺅 하는 간호사의 비명이 복도에 울려 퍼졌다.

미야마와 고즈쿠에, 그리고 그곳에 있던 간호사들이 무슨 일인가 싶어 복도로 뛰쳐나왔다.

복도 끝에서 젊은 간호사가 무언가를 보고 겁에 질려 있었다. 미야마가 달려가 보니 4층 로비 계단 난간에 간베가 올라타고 있었다. 난간을 넘으면 천장까지 뻥 뚫린 1층으로 거꾸로 추락할 것이다.

미야마는 눈 깜짝할 사이에 달려가 미식축구에서 태클을 거는 형태로 간베를 난간에서 끌어내려 같이 쓰러졌다. 간발의 차였다. 간베는 저항하지도 않고 단지 멍한 표정으로 미야마를 쳐다보고 있었다.

'자신은 이미 죽었다'고 생각하는 코타르 증후군 환자 중에는 아이러니하게도 '이미 죽었으니 앞으로 무슨 짓을 해도 안 죽는다'고 역설적인 불멸 의식, 전지전능감을 가진 사람도 있다. 간베가 바로 그런 사람이었으며, 그는 엘리베이터에 타는 것도 번거로우니 뛰어내려서 집에 가겠다고 생각했다고 한다. 이것도 일종의 자살 욕구, 즉 자살 충동이다. 간베는 입원해서 심리 상담과 약물 치료를 받기로 했다.

급하게 구한 가사도우미가 감기에 걸려 고열로 부득이하게 쉬어야겠다는 연락이 왔다. '다모쓰가 일어나서 잘 때까지 돌본다'는 조건에 파격적인 대우로 고용했더니 뭐 이런 날벼락이 다 있냐고 한바탕 화를 냈지만 어쩔 수 없었다. 우선 구로이와는 오전 중에 잡혀 있던 수술을 오후로 미루고 다모쓰를 유치원에 보내기로 했다.

구로이와가 빵을 혼자 먹고 있으니 다모쓰가 느릿느릿 일어나 다가왔다.

다모쓰가 먹을 음식은 전혀 준비하지 않았다. 이 집에 자러 온 여자들 중에는 아침을 차리고 싶어 하는 사람이 많았고, 혼자일 때는 커피와 토스트와 야채주스로만 끼니를 간단히 때웠다. 과식은 오전 중에 잡혀 있는 수술에 영향을 끼친다. 공복일 때가 머리가 맑다. 어찌되었거나 구로이와에게는 다른 사람의 식사를 준비한다는 개념 자체가 없었다.

다모쓰는 비난하는 눈으로 빵을 먹고 있는 구로이와를 빤히 쳐다보고 있었다.

"뭐야? 너도 먹고 싶어?"

다모쓰는 아무 말도 하지 않았다. 눈으로 빵만 쫓고 있었다.

"알겠어. 주면 되잖아. 대신 유치원에 갈 준비나 어서 해."

하지만 빵 봉지 안을 보고 이 식빵이 마지막 한 장이었던 게 떠올랐다.

구로이와는 혀를 찼다.

"빵이 없네. 어쩔 수 없지. 유치원에 가는 길에 편의점에서 먹을 거 사줄게."

다모쓰는 원망하는 듯한 서글픈 표정으로 구로이와를 빤히 쳐다보았다.

"사람 피곤하게시리…… 빵이 그렇게 좋아? 알겠어. 그럼 이거 먹어." 구로이와는 먹고 있던 토스트가 올려진 접시를 다모쓰 앞에 놓았다.

"싫어요. 더러워요."

"뭐라고?!"

"새 빵이 먹고 싶어요."

"쫑알쫑알 말이 많네. 뱃속에 들어가면 다 똑같아. 빵 이제 없어."

"그럼 됐어요."

다모쓰는 그리 말하고 거실 소파에 앉았다.

뭔가 뒷맛이 개운치 않다. 요즘에 가뜩이나 다사다난한데 아무것도 먹이지 않았다는 걸 알아차린 유치원 선생이 아동 학대를 의심할 가능성도 있다. 순간적으로 부엌 선반을 쳐다보았지만 구로이와는 불필요한 물건은 절대 올려놓지 않는 주의였기에 사다 놓은 게 아무것도 없었다. 환자 가족에게 받은 카카오 함량 90퍼센트 초콜릿 상자가 달랑 놓여 있을 뿐이었다.

"야! 초콜릿이라면 있어. 먹을래?"

"네? 먹어도 돼요?"

다모쓰는 이곳에 와서 처음으로 기쁜 표정을 지었다.

의외였다. 무슨 생각을 하는지 도통 알 수 없는 아이인 줄 알았는데, 속은 역시 평범한 건가. 그런데 초콜릿은 아이한테 안 좋지 않았던가? 구로이와는 잠시 생각했지만, 아동 학대를 의심받는 것보다는 나을 듯했다.

"그래 먹어. 너무 많이 먹진 말고." 상자를 턱 건넸다.

다모쓰는 상자 안에 담긴, 한 개씩 개별 포장된 초콜릿을 반짝이는 눈으로 보고 있었다.

애들은 참 단순하다. 그래, 맞다, 단순하다. 나도 그랬었다.

조심스럽게 포장을 벗긴 초콜릿이 모습을 드러내자 다모쓰는 또다시 '정말 먹어도 돼요?'라는 듯 구로이와의 얼굴을 슬쩍 쳐다보았다.

구로이와가 고개를 끄덕이자 다모쓰는 초콜릿을 입에 쏙 넣었다.

"어때? 맛있어?"

"……맛없어요."

"뭐어?!"

카카오 함유량이 너무 높아 썼던 모양이다. 다모쓰는 인상을 찌푸린 채 울음을 터뜨릴 것 같았다.

"초콜릿은 됐고 유치원에 가자. 가다가 먹을 거 사줄게. 알았지?"

택시를 타고 유치원으로 향했다. 지하철역으로 세 정거장. 이렇게 가까운 곳에 그 여자가 살고 있었다는 사실에 놀랐다. 왠지 꿍꿍이가 느껴졌다. 그건 그렇고 가는 길에 편의점에 들러 과자와 빵을 사주고 유치원에 도착했다.

낯선 얼굴에 다른 보호자들과 유치원 교사들이 뚫어져라 쳐다보았다. 구로이와는 담임에게 의심받지 않을 정도로 적당히 사정을 설명했다.

"아, 그러세요? 그래서…… 다모쓰는 아침으로 뭘 먹었나요?"

스물을 갓 넘긴 듯한 젊은 교사는 구로이와에게는 눈길도 주지 않고 다모쓰의 상태를 살피며 물었다.

"아, 그게 그러니까, 조금 전에 편의점에서 잼빵이랑 야채주스를……."

"잼빵이요? 그것밖에 안 먹었어요?"

"아, 그거 말고도…… 아, 맞다. 그 전에 집에서 초콜릿을 조금……."

"아침부터 초콜릿을요?"

"아, 초콜릿이라고 해도 카카오 함유량이 90퍼센트인 고급 초콜릿이었는데……."

"그런 건 몸에 해로워요! 아이를 생각하셔야죠!"

"아, 죄송합니다……."

유치원 교사는 처음부터 아동 학대를 의심하고 있었는지 묘하게 까칠하게 나왔다.

"실내화, 월요일은 실내화를 가져오는 날인데요."

"네? 아…… 못 들었네요. 그 주머니에 안 들어 있나요?" 다모쓰가 손에 든 주머니를 가리켰다. 유치원 교사가 안을 살펴보자 꾀죄죄한 실내화가 나왔다.

"이거, 세탁하셨나요?"

"아, 아뇨, 그런 이야기는 못 들어서……."

유치원 교사가 한숨을 쉬었다.

"세탁해서 가져오세요. 규칙이에요. 다모쓰가 가엾잖아요."

"아, 네……."

"앞으로는 신경 써주세요."

"죄송합니다……."

구로이와가 처다보니 다모쓰는 유치원 교사 뒤에서 씨익 웃고 있었다. '요 못된 녀석'이라고 생각하고 있는데, "제 말 듣고 계세요?"라는 유치원 교사의 말에 구로이와는 고개를 떨어뜨리고 "네" 하고 대답했다. 혼이 나는 것은 25년 만이었다.

병원으로 가자 홍신소에서 온 다지마라는 남자가 기다리고 있었다. 지인에게 소개받아 거액을 지불하고 요시나가 레이코의 행방을 캐고 있었다.

"무슨 정보라도 들어왔나요?"

다지마는 숱이 적은 머리를 긁적이며 간사이 사투리로 대답했다.

"네. 백장미 유치원 교사와 보호자들한테 수소문해서 여자가 사는 곳 주소를 알아냈십니더. 시부야 구 아파트였는데예. 그런데 그쪽은 당연히 텅텅 비어 있었고예, 이웃한테는 몇 개월 간 외국에 간다고 했더라고예."

"외국이요?"

"그렇다네예. 그래서 극비로 출국 기록을 조사했는데 외국으로 나간 흔적은 없더라고예. 어디 아는 사람 집에 묵고 있는 게 아닐까 싶네예. 휴대전화도 해지해서 현 상황에서는 찾을 방도가 없십니더."

간사이 사투리는 왜 이리 싱겁게 들릴까.

다지마는 스마트폰에 남긴 메모를 보면서 이어나갔다.

"여지껏 긴자에서 얼굴마담으로 일하고 있었다대예. 사장한테도 외국에 간다면서 이 병원에 온 날을 기점으로 관둔다고 했더라고예."

"용의주도하군……."

"그렇심니더. 남자관계는 복잡했나 보더라고예. 아마 남자 집에 있지 않을까예? 지금까지도 몇 번인가 몇몇 남자가 동거 형태로 그 아파트에 눌어붙어 있었던 적이 있었나 보더라고예."

몇몇 남자라……. 다모쓰는 여태껏 그 모습을 봐왔던 건가. 어린아이답지 않게 그토록 과도했던 경계심과 무표정은 그 탓일지도 모른다.

"현재 아는 건 이게 답니더. 여자가 일했던 술집을 중심으로 정보를 좀 더 캐보겠심니더."

"아파트는 해약했나요?"

"아니예. 아직 그대롭니더. 그래서 거기에 기대를 걸고 있심니더. 어찌 되었건 해약은 본인이 부동산에 가서 해야 되니까예. 만약 해약하려고 하면 그때 잡으면 될 것 같고, 이러니저러니 해도 월에 25만 엔이나 나가는 아파트입니더. 이대로 두지는 않겠지예."

구로이와가 병동으로 돌아오자 간베는 HCU*라는 간호사 대기실에 근접한 통유리로 된 공간에서 자고 있었다. 자살을 염려해서였다.

"간베 씨, 4층에서 뛰어내리려고 했다면서요?"

"네……." 여느 때처럼 간베는 무표정으로 답했다.

"왜 그러셨어요? 이미 죽었으니 또 죽을 필요는 없잖아요." 될 대로 되라는 식으로 말하는 구로이와에게 고즈쿠에가 "선생님!" 하고 작은 목소리로 나무랐다.

구로이와로서는 딱히 해줄 말이 없었다. 전문가의 심리요법과 약물의 힘에 의존하는 수밖에 없는 것이 현재 상황이었다. 신경외과 전문의가 나설 자리가 아니었다.

"솔직히 말해 역시 전 잘 모르겠지만, 자신이 죽었다는 느낌을 받는 건 무얼 해도 즐겁지 않다는 거겠죠?"라고 구로이와가 간베에게 물었다.

"그렇죠……."

"그렇긴 하겠죠. 죽었잖아요. 그런가, 즐거운 일이 전혀 없는 건가……."

"선생님은요?" 갑자기 간베가 물었다.

"선생님은 즐겁나요?"

---

* high care unit. 고도치료실을 뜻한다.

구로이와는 간베가 느닷없이 도발적인 질문을 던지자 고즈쿠에와 얼굴을 마주 보았다.

"그야, 매일이 즐겁지요."

"뭐가요?"

"네?"

"뭐가 즐거우세요?"

간베가 울적한 얼굴로 갑작스럽게 질문을 던지자 구로이와도 당황했다.

"그야 음…… 수술이 즐겁죠. 제 특기는 수술이니까요." 쑥스러워할 만한 발언을 무심코 하고 말았다. 고즈쿠에도 가만히 듣고 있었다.

"수술이 뭐가 즐거워요?"

구로이와는 말문이 막혔다. 수술을 앞두고, 단순히 자신의 의술을 펼쳐 자기만족 욕구를 채우고 목표로 하던 기술을 완성시키는, 바꿔 말해 '하나의 예술 작품'을 완성시키겠다는 신경외과 전문의로서의 일종의 기쁨과 성취감을 맛보고 싶은 욕심 때문이라고는 역시 말할 수 없었다.

"그건…… 환자를 구하는 일이니까요. 당연하잖아요."

"그런가요……. 그럼 저랑 이렇게 대화하는 것도 즐거운가요? 치료해주려고 하고 있잖아요. 그런데 선생님이 도무지 즐거워 보이지 않는군요."

그가 정곡을 찔렀다. 코타르 증후군에 걸린 환자는 어떻게 치료해야 할지 알 수가 없는 데다 솔직히 수술 말고는 뭐가 어떻게 되든 상관없었다.

"아니, 그건 그러니까……."

"뭐가 즐거워요?"

"아, 맞다. 여기저기서 절 찾잖아요. 외국 병원에서도 말이죠. 그래서 전 세계의 환자들이 제 수술을 받고 회복해가죠. 그모습을 보는 게 즐겁다고 할까요?"

"그런데 선생님은 한곳에 안 계시잖아요. 여기에 갔다가 저기에 갔다가 수술 다음 날에는 계시지도 않고요. 환자가 회복될 때까지 진찰하시지도 않잖아요."

그 점에서도 정곡을 찔렀다. 구로이와는 대답할 말이 없었다. 어째서인지 진지한 눈으로 간베가 자신을 쳐다보자 거짓말을 할 수 없었다.

"뭐가 즐겁나요?"

"그야, 음…… 돈 때문이랄까요?"

"돈?!" 고즈쿠에가 황당해하는 목소리를 냈다.

"돈이요?" 간베도 되물었다.

"그야 그렇지 않나요? 제가 버는 만큼 벌면 뭐든 가능하죠. 근사한 차도, 넓은 집도, 맛있는 식사도, 뭐든 원하는 대로 가질 수 있어요. 간베 씨도 얼마 전까지 그랬잖아요?"

"그건…… 그랬을지도 모릅니다……."

"그렇죠? 즐거웠죠?"

"글쎄요. 즐겁다고 착각했을지도 모르죠."

"착각했다고요? 그렇지 않아요. 그럼 맞다. 여자는 어떤가요? 예전에 입원했을 때 많은 예쁜 여성분들이 병문안을 왔었잖습니까."

"그런 것만 용케도 기억하고 계시군요"라고 말하는 고즈쿠에를 구로이와는 무시하고 이어나갔다.

"여자랑 노는 건 즐겁잖습니까."

"선생님, 그런가요?"

"네……?"

"즐거운가요?"

고즈쿠에의 시선을 느꼈지만, 이미 돌이킬 수 없었다.

"그야 즐겁죠."

"여자는 어디서 찾으세요?" 고즈쿠에가 물었다. 그 질문에 그만 대답해버리고 말았다.

"나 같은 경우는 술집이지. 뒤탈이 없어서 좋아. 지금은 롯폰기에만 드나들지만."

"저질이네요."

"근데 왜 네가 질문하는 거야?!"

간베가 이어나갔다.

"거기서 여자들이랑 노는 게 즐겁나요?"

그런 질문을 받자 바로 대답할 수 없었다. 도쿄에 올 때는 시간이 허용되는 한 술집에 간다. 반드시 혼자서 간다. 그리고 호스티스 여러 명에 둘러싸여 희희낙락거리고 마음이 맞는 여자가 있으면 집으로 데리고 가거나 호텔로 간다. 하지만 대부분은 일회성 만남으로 그친다. 그게 정말 즐거울까.

"뒤탈이 없다고 하셨는데 지금 완전 뒤탈이 생기셨잖아요. 그래서 지금 애랑 같이 살고 있고 말이죠."

고즈쿠에가 노골적으로 대놓고 말해 간베와 나누던 대화가 끝났다.

'유치원으로 마중을 가야 한다'는 이유로 오후 수술 뒤처리는 미야마에게 맡기고 구로이와는 병원을 나섰다. 이런 이유로 수술을 맡기는 날이 올 줄은 꿈에도 몰랐다.

5시에 데리러 와 달라고 했지만 20분이나 일찍 도착했다. 그 젊은 유치원 교사에게 싫은 소리를 또 듣고 싶지 않아서였다. 병원에서 발산하던 카리스마가 이곳에서는 전혀 통하지 않았다. 이런 곳에서 일하면 어른이든 아이든 다 똑같아 보일지도 모른다.

유치원 철문은 잠겨 있었다. 비밀번호를 누르는 잠금장치가 달려 있었지만, 당연히 비밀번호를 들은 적이 없었다. 어쩔 수 없이 유치원에 전화해서 열어 달라고 하려고 스마트폰을 꺼냈을 때 놀이터에서 노는 다모쓰가 보였다.

다모쓰는 혼자 모래사장에서 놀고 있었다. 성을 만드는 모양이었다. 근처에서 놀던 두 사내아이가 그곳으로 달려왔다. 함께 노는가 싶더니 한 명이 웃으면서 성을 발로 짓밟아 무너뜨렸고, 다른 한 아이가 일어난 다모쓰의 엉덩이를 두 번 걷어찼다. 그리고 웃으면서 다시 달려갔다. 다모쓰는 딱히 대들지 않고 체념한 듯이 평소의 표정으로 웅크리고 앉아 무너진 성을 다시 쌓기 시작했다.

구로이와는 철문에 걸치고 있던 손에 스스로도 놀랄 만큼 힘이 실려 있는 것을 느꼈다.

데리러 와도 다모쓰는 별달리 기뻐하는 기색도 없이 잠자코 구로이와를 따라갔다. 구로이와는 택시를 타고 단골 가게치고는 비교적 소박한 레스토랑에 들렀다. 다모쓰에게 맞췄다.

"먹고 싶은 거 골라."

"그래도 돼요?"

"응, 뭐든 괜찮아."

다모쓰는 당혹스러운 표정으로 구로이와를 쳐다보았다.

"이런 데는 잘 안 와?"

"네. 엄마 생일 같은 날에만 와봤어요."

"그래? 그럼 먹고 싶은 거 먹어. 고기 좋아해?"

"네."

"어떤 게 좋아? 앵거스 스테이크 먹을래? 아님, '이 주의 특선 메뉴'인 히다 소고기 먹을래? 햄버그랑 새우튀김도 있어."

"음. 그럼 이거 먹을게요."

다모쓰가 가리킨 것은 '어린이용 햄버그 세트'였다.

"응? 이걸로 되겠어? 스테이크 먹어. 좀 더 근사한 걸로."

"아니에요, 이게 좋아요."

"아니, 그래도."

"무제한 음료도 포함돼 있어요."

메뉴판에 '음료 무제한'이라고 쓰여 있었다.

뭐야. 그걸 원했던 거였어?

"아니, 다른 메뉴에도 무제한 음료 포함돼 있어."

"그냥 이걸로 할게요."

구로이와는 어쩔 수 없이 그 메뉴와 와규 스테이크를 주문했다. 점원이 물러나자 다모쓰는 신이 나서 음료 코너로 갔다. 다른 손님이 어떻게 하는지 가만히 관찰하다가 남이 하는 행동을 흉내 내 칼피스소다를 컵에 받고 있었다. 다모쓰는 그 음료를 함박웃음을 지으며 가지고 왔다.

"많이도 떠왔네."

"네!"

이렇게 씩씩할 때도 다 있구나 싶었다. 구로이와가 다모쓰를 떠맡은 지 열흘 남짓 지나자 드디어 천진난만한 표정을 보여주었다. 다모쓰는 신이 나서 빨대로 칼피스소다를 마셨다.

차례대로 나온 음식을 먹으며 구로이와가 물었다.

"너, 조금 전에 모래사장에서 놀고 있었지?"

"네."

"그러다 남자애 두 명이 왔었지? 걔네들 네 친구야?"

"아니요. 그냥 아는 애들이에요."

"네가 만들던 거 부쉈지?"

"네? 아, 그랬죠."

"자주 그래?"

"가끔요."

"널 걷어찼지?"

"가끔요."

다모쓰가 평소의 표정으로 대답했다.

"가끔이라니. 너, 복수 안 해?"

"네."

"네, 라니."

"그냥 무시하면 금방 가버려요."

다모쓰는 그런 이야기보다 눈앞에 놓인 음료에 정신이 팔린 모양이었다. 또다시 음료를 가지러 갔다.

이 아이는 이렇게 여러 가지를 체념하면서 살아가고 있는 건가.

식욕이 급격하게 사라져 구로이와는 스테이크 절반을 남겼다.

아파트로 돌아가 "얼른 자"라고 한마디 하자 다모쓰가 침실로 갔다.

심기가 불편했다. 기운을 차리려고 거실에서 위스키를 스트레이트로 마시고 있는데 침실에서 달그락거리는 소리가 들렸다. 들여다보자 침대 위에서 잠옷을 입은 다모쓰가 작은 장난감 몇 개를 나란히 놓고 가지고 놀고 있었다. 구로이와가 쳐다보는 것을 알아차리자 흠칫하며 다급히 장난감을 숨기려고 했다.

"괜찮아. 계속 놀아. 안 빼앗아."

다모쓰는 구로이와를 잠시 쳐다본 후 안심했는지 다시 놀기 시작했다. 장난감끼리 가상의 전쟁을 하고 있는 듯했다. 위스키 잔을 한 손에 들고 침대 구석에 구로이와도 앉았다. 장난감 하나를 보고 구로이와가 물었다.

"이거, 뭐야?"

"아카이저예요."

"이거는?"

"구로이저고요."

"이 녀석들 몇이서 전대를 이룬 거야?

"네. 곤란한 상황에 처한 지구인을 지켜줘요."

"그렇구나……."

그건 하카이저 시리즈라는 텔레비전 방송 캐릭터인 모양이었다.

"무적이에요. 열 명이 모이면 아무도 못 이겨요."

"늘 모여?"

"아니요. 모이기 힘들어요. 방송 끝에는 모이지만."

"그게 뭐야." 구로이와가 쓴웃음을 지었다.

"이 집에 무서운 곳 있어요?"

"무서운 곳?"

"네. 거기에 놔두면 퇴치시켜줘요."

기쁜 듯이 그리 말하며 "어디 없어요?" 하고 다모쓰가 구로이와의 눈을 진지하게 빤히 쳐다보자 그는 대답하는 수밖에 없었다.

"글쎄, 어디 보자……. 세면대려나?"

"세면대요? 얼굴 씻는 곳이요?"

"응. 대부분 거기서 문제가 일어나. 옛날에 우리 집에서 잤던 여자가 아침에 이를 닦는데 다른 여자가 두고 간 클렌저를 발견했거든. '이거 뭐야? 누구 거야?' 소리를 지르고 난리도 아니었어. 그 전에는 립스틱이 문제였지. 다른 여자가 두고 간 립스

틱을 그때의 여자가 발견했어. 그때는 거울을 깨고 난리였지."

구로이와는 다모쓰가 어리둥절한 표정을 짓고 있다는 사실을 깨달았다. 술기운에 애한테 무슨 소릴 하는 거지.

"아. 이야기는 이제 그만하고 얼른 자. 늦었어. 내일도 유치원에 가야지."

그리 말하고 구로이와는 다시 거실로 돌아갔다.

빈 잔을 부엌에 놓고 이를 닦은 후 자려고 침실로 돌아왔더니 아카이저 하나를 손에 쥔 채 다모쓰가 자고 있었다. 구로이와는 쓴웃음을 짓고 그 장난감을 손에서 떼어내 다모쓰를 안아 들었다. 저녁 무렵에 유치원에 데리러 갔을 때, 탐탁지 않아하는 유치원 교사들에게 환심을 사려고 여봐란 듯이 안아주었는데 그때보다 훨씬 무거웠다.

잠들면 몸이 무거워지나?

왠지 처음으로 살아 숨 쉬는 진짜 생명체를 접하고 있는 것 같았다. 살짝 두려워졌다. 구로이와는 이불 속에 다모쓰를 눕히더니 갑자기 외출복으로 갈아입고 집을 나섰다.

단골 호스티스에게 전화를 걸고서 택시를 타고 롯폰기 술집으로 갔다. 호스티스 네 사람에게 둘러싸여 와인 세 병을 땄다. 평소보다 달렸다. 그 후 다른 가게에 한 번 더 들렀다. 여자랑노는 거야! 꼬맹이 따윌 동정할 게 뭐 있어. 이동하는 택시 안에서 속으로 중얼거렸다.

두 번째 들른 가게에서도 샴페인을 따서 흠뻑 취한 구로이와는 2차를 가자는 호스티스를 뿌리치고 근처에 있는, 옛날에 의국 뒤풀이로 이용했던 바에 들어갔다. 음주 가무를 더 즐기려고 했지만, 갑자기 혼자 있고 싶어졌다. 카운터에서 혼자 온 더록스 잔에 입술을 갖다 대고 있는데 옆에 여자가 앉았다.

미야마였다. 우연이었다.

"어라? 혼자서 어쩐 일이에요?"

구로이와가 기분이 가라앉은 시선으로 미야마를 힐끗 쳐다보았다.

"너야말로 이런 시간에 혼자 온 거야?"

"퇴근하고 집에 가는 길이에요. 누구누구가 게으름을 부리는 만큼 아랫사람이 산더미처럼 쌓인 서류 작업을 해야 하니까요."

구로이와가 코웃음 쳤다.

"그거 참 수고가 많네."

"천만이에요."

잠시 아무 말 없이 각자 술을 마셨다. 미야마도 온더록스로 위스키를 마셨다.

미야마는 문득 생각났다는 듯이 말을 꺼냈다.

"지금 애는 어디 있어요? 다모쓰, 집에 있어요?"

"응."

"어린 애를 두고 한잔하러 나온 거예요? 제정신이에요?"

"생각나게 하지 마. 잊으려고 한잔하는 거니까."

"정말 못됐네요. 유치원에 데리러 간다고 한 건 거짓말이었군요."

"마음대로 지껄여. 그딴 애는 아무래도 상관없으니까."

미야마는 한숨을 쉬었다.

"신은 정말 불공평해요. 이런 못난 인간이 '세계에서 제일 모범적인 신경외과 전문의'로 뽑혔으니 말이죠."

"유치한 소린 집어치워. 의술이랑 인성은 별개야. 수술은 오로지 기술에 달려 있어. 노력의 산물이지."

손에 든 잔을 바라보며 구로이와가 거들먹거렸다.

"애가 그렇게 싫어요?"

"무슨 수로 좋아하라는 거야? 생판 모르는 앤데."

"당신 애잖아요."

"글쎄. 혹시 몰라서 인터넷에서 찾은 친자감정 사이트에 DNA를 보냈어. 틀린 게 분명해."

"어이가 없네요. 정부가 지정한 병원보다 그쪽이 확실하다는 소리예요?"

"어쨌든 저런 애가 내 자식일 리가 없어."

"왜요? 닮은 구석이 없어요?"

구로이와가 입을 다물고 있었다.

"하긴 애가 엄청 착하죠. 얌전하고. 당신처럼 못되진 않았어요."

"나랑 똑같아……."

목소리가 갑자기 낮아졌다. 구로이와는 스스로도 술기운이 도는 것을 느꼈다.

"사람을 염탐하는 듯한 그 눈빛, 무슨 짓을 당해도 저항하지 않는 그 나약함…… 마치 나 같았어. 45년 전의 나 말이야."

미야마는 구로이와의 옆모습을 보고 어렵게 말을 꺼냈다.

"……그래요?"

"응. 아버진 고등학교 수학 선생님이었어. 학교에서는 선생님이라며 존경받았지만, 집에서는 폭군이었지. 술 마시고는 어머니와 나, 여동생을 때리고 차고…… 요즘 말로 하자면 가정폭력이지. 집에 생활비도 제대로 가져다주지 않아서 어머니가 부업을 했었어. 그러다 내가 초등학교 3학년 때 어머닌 여동생을 데리고 집을 나가버렸어. 감감무소식이었지. 그렇게 해야 달아날 수 있었겠지만…… 난 버림받았어."

잔에 담긴 얼음이 녹아서 달그락 소리를 냈다.

"아버진 내가 고2 여름 때 간경변*으로 죽었어. 난 큰아버지에게 돈을 빌리고 학자금 대출을 받아서 의대에 갔어. 지잡대

* 정상 간세포들이 파괴되어 흉터 조직으로 바뀌고 정상 간 조직의 양이 줄어드는 만성 간질환. 일단 걸리면 회복되지 않는다.

였지. 죽을힘을 다해 공부했지만, 알다시피 그 대학에서는 수준이 뻔했어. 그래서 난 외국으로 나갔어. 영어도 서툰데 미국 대학교에서 죽을 만큼 실력을 길렀어. 어딜 가든 최초는 별종 취급을 받지. 그래도 꿋꿋하게 버텼어. 나한테는 그 길밖에 없었으니까. 선배의 기술을 훔치고 다른 사람보다 몇 십 배 노력해서 세계 최고봉에 오른 신경외과 전문의가 됐어. 야자와 에이키치**보다 출세했지."

구로이와는 남아 있던 위스키를 들이켰다.

"야자와 에이키치를 예로 드는 이 엉뚱함. 그런데도 기술에 있어서는 천재. 그게 바로 이 몸이지."

"놀랍기 그지없네요. 그렇게까지 자신을 파악하고 있을 줄이야."

구로이와가 잡은 분위기에 숨이 막혔는지 미야마는 가볍게 농담을 던지려고 했지만, 구로이와의 어두운 눈빛은 달라지지 않았다.

"사람은 어차피 혼자야. 다 그렇지 뭐."

미야마는 구로이와가 우는 것 같아서 더 이상 쳐다볼 수 없었다.

** 일본 록의 전설로, 출세한 가수 대표로 꼽힌다.

아니나 다를까 이튿날 아침에 숙취를 느끼며 잠에서 깼다. 딱히 취하지 않았을 텐데, 머리가 지끈거렸다. 가사도우미가 아침 8시 반에 온다는 연락을 받고, 하는 수 없이 구로이와는 다모쓰를 위해 <u>토스트</u>를 구웠다.

간혹 인상을 찌푸리며 관자놀이를 누르는 구로이와에게 "머리 아파요?"라고 다모쓰가 물었다.

"신경 쓰지 말고 먹기나 해."

토스트를 다 먹은 다모쓰는 여느 때처럼 장난감을 가지고 놀기 시작했다. 머리가 지끈거리기도 했던 구로이와는 신경질 적으로 말했다.

"잘 들어. 아카이저는 막상 어려운 일이 닥쳤을 때 널 안 지켜줄 거야."

다모쓰가 고개를 돌렸다.

"네 몸은 스스로 지켜. 남자는 얕잡아 보이면 끝이니까."

다모쓰는 구로이와를 가만히 지켜보았다.

"뭘 쳐다봐?"

"얕잡아 보인 적 있어요?" 다모쓰가 작게 물었다.

"물론 있지. 완전 얕잡아 보였지."

다모쓰는 다음 말을 재촉하듯이 커다란 눈을 가만히 뜨고 있었다.

"겁났어요?"

다모쓰가 허를 찌르자 그만 진심이 흘러나왔다.

"응…….그래서 실력을 길렀지."

"실력이요?"

"수술 말이야. 수술 실력."

다모쓰는 어리둥절한 표정을 지었지만 구로이와는 멈추지 않았다.

"그래서…… 천하무적이 됐지."

"'수술'이라는 건 강하네요?"

"그래……."

다모쓰는 신기하다는 표정으로 구로이와를 쳐다보고 있었다.

인터폰이 울리는 것을 보아 가사도우미가 도착한 듯했다.

◇

"간베 씨는 어떻게 치료할 생각이지?"

회의실에서 부장인 이마데가와 다카오가 구로이와, 미야마, 고즈쿠에에게 말을 꺼냈다.

"자살 충동은 없고?"

"요새는 침대에 멍하니 앉아 있을 때가 많습니다. 적극성조차 보이지 않는다고 할까요……." 고즈쿠에가 보고했다.

"딱히 호전적인 상황은 아닌 듯하군."

"코타르 증후군 환자에게 효과가 있는 건 전기요법뿐입니다. 다만 일시적이라는 논문도 있으니 추천하지는 않습니다." 미야마가 답했다.

코타르 증후군 자체가 지극히 드문 질환이기 때문에 치료 요법이 세계적으로 확립되어 있지 않았다. 천하의 도토종합병원에서도 처음 겪는 환자다. 모두가 곰곰이 생각에 잠겨 있는데 잠자코 있던 구로이와가 일어섰다.

"간베 씨랑 대화를 좀 나누고 오겠습니다."

그리고 아무 말도 하지 않고 나갔다. 이마데가와, 미야마, 고즈쿠에는 얼굴을 마주 보았다.

"설마…… 수술을 권하러 간 건 아니겠지?" 이마데가와가 떨떠름한 표정을 짓자 고즈쿠에가 작은 코를 벌름거리며 이어서 말했다.

"아뇨. 분명 그럴 거예요. 구로이와 선생님은 수술을 시도해 보고 싶어했어요."

"전 세계적으로 유례를 찾아볼 수 없는 코타르 증후군 수술. 이목을 집중시키기에 최고겠지." 미야마도 동의했다.

그렇게 말했지만 여느 때 뿜어내는 이글거리는 강렬함이 구로이와에게 느껴지지 않았다는 것이 모두의 마음에 걸렸다.

간베는 간호사에게 감시를 받는 HCU 침대에 걸터앉아 멍하니 벽을 바라보고 있었다. 구로이와는 "좋은 아침이네요" 하고 손을 가볍게 들어 올리고 침대에 나란히 앉았다.

"상태는 어때요?" 일부러 거리낌 없이 말을 걸어보았다.

"글쎄요. 딱히 아무 변화도…… 혹시 수술해야 하나요?"

구로이와가 쓴웃음을 지었다.

"간베 씨까지 내 얼굴을 보자마자 수술 이야길 꺼내군요……. 수술이 본업인 건 확실하지만, 안 해도 되는 수술을 하지는 않아요."

"그렇군요……." 간베는 흥미가 없다는 듯이 한숨을 쉬었다.

"아직도 죽고 싶어요?"

"아뇨, 죽고 싶지는 않아요. 이미 죽었으니까요."

간베는 무슨 당연한 소리를 하냐는 듯한 표정을 지었다.

"그렇군요. 그러고 보니 간베 씨한테 가족이 없었던가요?"

"예전에는 있었죠."

"아, 그래요? 이혼했나요?"

"네, 그렇게 됐네요."

"자녀는요?"

"하나 있어요."

"아들인가요, 딸인가요?"

"딸이에요."

"그렇군요."

"벌써 스물이에요."

결혼 생활은 5년 만에 종지부를 찍었고, 아이가 세 살 때 헤어졌다고 한다.

"왜 이혼했어요?"

"제가 바람을 피웠거든요. 고쳐지질 않더라고요. 그래서 결국 아내가 폭발했죠."

"간베 씨도 제법이네요. 후회는 없나요?"

"없네요. 아니, 없었다고 해야 하나……."

"왜죠? 자녀도 있는데."

간베는 한숨을 쉬었다.

"역시 아직 더 놀고 싶었던 게 아닐까요."

"그렇군요. 이해해요. 간베 씨, 인기 많을 것 같으니까요. 저처럼 말이죠."

호쾌하게 웃어 보였지만, 간베는 반응이 없었다.

"그래도 즐거웠었죠? 이혼하고 다시 자유롭게 즐길 수 있게 돼서."

"글쎄요. 지금으로선 잘 모르겠네요." 남의 일인 양 간베가 말했다.

"아 그러네요. 간베 씨는 이미 죽었죠?"

"네, 그렇죠. 노는 게 즐겁나요?"

갑자기 받은 질문에 스스로도 예상치 못한 대답이 나왔다.

"음, 어디 보자……. 질린다고 할까요."

"그렇죠. 질리죠?"

"간베 씨도 그런가요?"

"네. 마흔 넘어서였던가…… 여자랑 놀면서도 갈수록 같은 일만 반복된다는 생각을 했어요."

"그렇죠."

"그렇다고 이제 와서 가정을 꾸리기도 뭣하고 타성에 젖어 있었다고 할까요…… 끝내야 할 때를 모르겠더군요. 내 인생은 이대로 쭉 가나 싶었는데, 같은 회사에서 일하는 임원 애인을…… 어설프게 건드렸다가 끝났죠."

"아이쿠."

"보세요. 입원했는데도 아무도 꽃다발을 안 보내잖아요. 물론 병문안도 안 오고 말이죠. 예전과는 완전 다르죠."

분명 그렇긴 하다. 구로이와는 떠올렸다. 저번에 입원했을 때는 1인실이 꽃으로 차고 넘쳤고, 병문안 손님이 쉴 새 없이 찾아와 병원에서 제한을 뒀을 정도였다. 조직에서 권력을 잃는 건 쉽게 알 수 있을 만큼 잔혹하다.

"이제 아무것도 없어요. 저한테는 아무것도 없단 말입니다. 그러니 때마침 죽어서 다행이죠."

그럴지도 모른다. 유흥을 즐기는 자의 최후는 모두가 하나 같이 그렇지 않을까. 바람둥이였던 간베는 정말로 죽었다. 죽으면 뭐가 남을까. 그건 죽어보지 않는 한 알 수 없다. 아마 아무것도 남지 않을 것이다.

나도 마찬가지다.

구로이와는 자각했다.

나도 간베와 똑같다.

지금까지 죽어 있었다.

이제껏 쭉 유흥을 즐기며 살아왔다. 한 여자에게 속박되는 건 생각만으로도 오싹했다. 오직 현재. 현재를 살아가고 있다고 여겼다. 그런데 그건 죽었다는 걸 뜻하는 게 아닐까.

정신을 차리고 보니 간베에게 다모쓰에 대해 말하고 있었다. 어떤 경위로 시작해서 지금 함께 살고 있는지까지도 말이다.

모조리 쏟아내고 있었다.

"그래서 어떻게 할 건가요?"

죽은 사람이 질문하자 구로이와는 선뜻 대답하기가 곤란했다. 그도 그럴 것이 다모쓰에 대해서 아무 생각도 없었기 때문이다.

"뭘 어쩌겠어요. 난 온 세계를 돌아다녀요. 당장 한 달 뒤만 해도 3개월간 미국에 가 있어야 하고요. 데리고 갈 수도 없는 노릇이네요."

"그럼 두고 가나요?"

"두고 가냐고요? 그건……."

대답하기 난처했다. 생각지도 못했다. 두고 갈 수는 없다. 그렇다면 데리고 가야 하는가? 외국 여러 나라를 3개월 주기로 돌아다닌다. 그에 맞춰 데리고 다닐 수 있을까? 가사도우미를 대동하고? 그건 불가능하다.

그때 흥신소 직원인 다지마가 얼굴을 불쑥 내밀었다.

"구로이와 선생님, 여기 있었네예. 잠깐 괜찮을까예?"

"아, 당신이군요……. 간베 씨, 미안하지만 잠시 자리를 비워야 할 것 같네요. 금방 돌아올게요."

병실을 나섰다.

다지마는 의외의 보고를 했다.

레이코를 찾았다고 한다. 사이타마 오미야에서 따로 아파트를 구해 지내고 있었다고 한다. 그리고 은신처를 찾아낸 다지마를 보고도 도망치지도 않고 뻔뻔하게 '나도 구로이와를 만나고 싶다'고 말했다고 한다.

"왜죠?"

"그건 모르겠어예. 아마 돈이 다 떨어진 게 아닐까예? 그래서 이참에 돈이라도 뜯어내려는 꿍꿍이지 않을까예?"

파렴치한 여자다. 이제는 돈까지 뜯어내겠다고?

분노의 마그마가 분출되는 것과 동시에 생각했다.

그래. 그렇게 된 이상 다모쓰는 내가 키우자. 자식을 일방적으로 떠맡기고 도망친 끝에 돈을 갈취하러 오는 엄마라니. 이런 엄마 밑에서 자라는 걸 가만히 지켜볼 수가 없다. 이대로라면 다모쓰는 학대받게 될 것이다. 아니, 정신적 학대는 이미 시작됐다.

그렇다면 내가 구하자. 다섯 살까지 받은 학대는 기억에서 지울 수 있다고 들었다. 이미 한발 늦었지만 앞으로 최대한 애정을 쏟아부으면 건강하게 자랄 테다. 아니, 키워 보일 테다. 내가.

돈은 줘버리자. 그 대신 레이코의 호적에서 다모쓰를 빼와 내 양자로 삼으면 된다. 돈으로 레이코와 확실히 연을 끊을 수 있다면 싸게 치이는 셈이다.

생각이 단숨에 거기까지 도달했다. 스스로도 예상하지 못한 결론이었다. 하지만 간베에게 털어놓으면서 생각이 정리되어 결단을 내릴 수 있었다. 망설임은 없었다. 해외는 필요할 때만 최소한으로 나가면 된다. 명성은 이미 충분히 얻었다. 그리고 해외 업무를 서서히 줄여나가다 조만간 이곳 도토종합병원이나 다른 병원에 들어가자. 여기저기서 스카우트 제의가 들어올 테니까.

그리고 남은 인생을 다모쓰를 씩씩하게 키우는 데 아낌없이 투자하자. 구로이와는 마음을 다졌다.

나는 살아가는 것이다.

◇

다지마가 연락을 하자 레이코는 사흘 후에 찾아왔다.

가사도우미가 오후에 친정어머니가 병원 검사를 하러 가는
데 따라가야 한다며 애를 보기 힘들 것 같다고 해서 구로이와
는 유치원에서 하교한 다모쓰를 병원으로 데려왔다. 레이코가
오후에 온다고 해서 다모쓰는 간호사 대기실에 맡겨두었다.

"선생님, 여긴 탁아소가 아니에요……."

"부탁할게. 금방 끝날 거야. 진짜 이번이 마지막이야. 알
겠지?"

마린에게 다모쓰를 억지로 맡기고 구로이와는 로비로 향
했다.

"바이탈 체크하러 가야 하는데……." 마린은 옆에 있던 고즈
쿠에에게 말했다.

"나도 외래 보조가 있는데……."

"어쩌지?"

두 사람이 쳐다보니 다모쓰가 "전 텔레비전 보고 있을게요"
라며 가리킨 것은 모퉁이에 있는 휴게실이었다. 휠체어를 타
고 있던 한 노인이 멍하니 있었고, 아무도 보지 않는 텔레비전

이 켜져 있었다. 말이 나오기가 무섭게 다모쓰는 종종걸음으로 걸어갔다.

"애가 정말 착하네."

"구로이와 선생님은 저 아이를 좀 본받아야 할 것 같아." 마린의 감탄에 고즈쿠에도 고개를 끄덕였다.

"큰일이다! 시간이 벌써 이렇게 됐네." 마린이 전자 카르테가 실린 손수레를 밀고 간호사 대기실에서 뛰쳐나갔다. 고즈쿠에도 외래환자를 오래 기다리게 했다는 사실이 떠올라 다급히 뛰쳐나갔다.

간호사 대기실은 한순간 텅 비었다. 옆에 있는 HCU의 간베가 침대에서 상반신을 일으켜 느릿느릿 일어섰다. 링거 바늘을 직접 뽑더니 거북이처럼 걸어서 병실을 나갔다. 지켜보는 사람이 아무도 없었다.

복도로 나왔다. 쭉 걸어가면 비상계단으로 나갈 수 있다. 다시 한 번 더 뛰어보려고 했다. 죽은 자신이 어떻게 되는지 시험해볼 작정이었다. 다행히 이번에는 자신을 나무랄 사람이 없는 모양이었다.

천천히 걸어갔다. 스쳐 지나가는 입원 환자나 병문안객도 아무도 자신을 신경 쓰지 않았다. 죽은 사람이니 당연한 일이다.

이 상황에서 한 가지 생각이 떠올랐다.

그래. 다른 사람과 같이 뛰어내리자. 그럼 그 사람도 죽을까, 아니면 살아남을까. 적어도 그걸로 생과 사를 또렷하게 확인할 수 있을 듯했다. 지금의 자신도 말이다.

간베는 먹잇감을 찾는 기분이었다. 그때 나지막하게 웃는 소리가 들려왔다. 휴게실 텔레비전에서 나는 소리였다. 들여다보자 한 소년이 애니메이션을 보고 있었다. 오래된 애니메이션이었다. 〈톰과 제리〉였던가?

간베는 휴게실로 들어가 소년의 옆에 앉았다. 소년은 텔레비전에 푹 빠져 있었다.

딱 적당하다. 몸집이 이 정도 되는 소년이라면 안고 뛰어내릴 수 있겠지. 오늘은 운이 좋다. 여기는 4층. 창문은 열려 있었다.

간베는 다모쓰의 옆모습을 지그시 바라보고 있었다.

구로이와가 잰걸음으로 로비 옆에 있는 카페로 갔더니 레이코는 다리를 꼰 채 담배를 피우고 있었다. 뻔뻔한 여자다. 하지만 구로이와는 더 이상 화도 나지 않았다. 돈만 주고 나면 이 여자의 얼굴은 더 이상 볼 일이 없다.

자리에 앉자마자 구로이와는 음료도 시키지 않고 말을 꺼냈다.

"얼마면 되는지 말해."

레이코는 한순간 움찔하는 듯한 표정을 지었지만, 이내 비아냥대는 미소로 바꾸었다.

"돈이 필요한 거지? 어느 정도까지는 받아들일 생각이야. 얼마나 필요한지 단도직입적으로 말해."

"돈 때문이 아닌데?"

"그럼 뭐야?"

"다모쓰를 돌려줬으면 해."

레이코의 요구는 뜻밖이었다. 새로운 남자가 생겼고, 그 남자는 능력이 좋아 아이를 데려와도 된다고 했다고 한다. 그래서 다모쓰를 데리고 가겠다고 했다.

"잠깐만. 무슨 소리야? 네가 무슨 말을 하는지 알고서 하는 소리야?"

일방적으로 떠맡기고 새 남자가 생겼으니 데리고 가겠다는…… 염치없는 말이 통할 거라고 생각하는 건가? 정신이 나갔나?

"알고서 하는 소린데? 아주 당연한 일이라고 생각하는데 말이야."

구로이와가 가장 싫어하는 깔보는 듯한 미소를 띠고 있었다.

고함을 지르고 싶었지만 꾹 참았다.

"내 아이야. 당신 같은 여자한테 순순히 넘겨줄 리가 없잖아."

"당신 아이라고?"

웃음소리가 더 커졌다.

"무슨 소리야? 당신하곤 아무 상관도 없는 앤데."

레이코는 거침없이 말하기 시작했다.

다모쓰는 다른 남자 사이에서 낳은 아이로 그 남자는 도박이라면 사족을 못 쓰는 한심한 남자였기에 바로 헤어졌다고 한다. 애를 지우려고 했지만, 시기적으로 늦어서 낳았다고 한다. 얼굴마담으로 하는 일이 버거워서 어디 괜찮은 남자가 없나 물색하던 중에 지금의 남자를 만났다고 한다. 그때 구로이와를 떠올리고 아이를 맡겼다. 버릴 생각이었던 것이다. 하지만 남자와의 관계가 깊어지며 아이에 대해 털어놓자 예상치도 못하게 함께 살아도 좋다고 해서 데리러 왔다고 한다.

"그런데 DNA 감정에서는……."

몹시 놀라서 말문이 막힌 구로이와를 레이코는 한 방 먹였다. 감정은 거짓이라고 했다. 감정을 의뢰한 대학병원에서 일하는 다카기는 레이코가 판 '함정'이었다.

구로이와와 다카기는 롯폰기 술집에서 손님으로 서로 안면을 텄는데, 그곳의 마담과 레이코는 예전에 같은 가게에서 일한 동료였기에 바람잡이로 다카기를 투입시켰다. 구로이와

잘 통할 만한 이야깃거리를 알려줘 접점을 만들어 감정을 부탁하도록 꾸몄다고 했다. 물론 대학병원에서의 직함도, 그에게 보여준 신분증도 사칭이었다. 레이코는 용의주도하게 아이를 떠맡기려고 했지만, 뜻하지 않은 요행으로 다시 데리러 오게 된 것이었다.

"오늘 바로는 안 되겠지만, 1주일 후에 다모쓰를 데리러 올 테니 잘 부탁해. 그동안 고마웠어."

그리 말한 레이코는 오히려 태연하게 사라졌다. 화를 낼 기력도 없었던 구로이와는 쓰러질 것 같은 몸을 간신히 지탱하고 있었다.

복도를 천천히 걷고 있었다. 모든 것이 잿빛으로 보였다. 간베가 말한, 죽은 기분이라는 것은 이런 걸까.

그때 고즈쿠에가 구로이와에게 종종걸음으로 다가왔다.

"선생님! 큰일이에요! 이거 보세요!"

고즈쿠에가 구로이와의 팔을 잡아끌고 갔다. 그녀가 데리고 간 곳은 휴게실이었다.

그곳에서는 다모쓰와 간베가 넋을 놓고 텔레비전을 보고 있었다.

"저기 보세요, 선생님……."

텔레비전에서는 〈톰과 제리〉를 방영하고 있었다. 그것을 보고 간베가 킥킥 웃고 있었다.

"멍청하긴."

간베는 냉소에 가까운 웃음을 터뜨리고 있었지만, 확실히 웃고 있었다.

코타르 증후군에 걸린 환자는 외부에서 오는 자극에 전혀 아무것도 느낄 수 없다. 텔레비전을 보면서 웃고 있다는 것은 코타르 증후군에서 회복되고 있거나 증상이 완화되고 있다는 사실을 의미했다. 이론적으로는 말이 전혀 통하지 않았던 간베가 애니메이션에 등장하는 쥐와 고양이가 움직이는 모습을 보고 웃고 있었다.

"시시해……."

그리 말하면서도 즐거워 보였다.

그렇다. 이 세상의 대부분은 시시한 것으로 가득 차 있다. 이 번에 당한 터무니없는 함정과 그 전말처럼 말이다.

구로이와는 '죽은 머리'로 멍하니 그런 생각을 하고 있었다.

◇

1주일 후 모든 결과가 나왔다. 레이코가 말한 대로였다. 추궁한 결과 다카기는 은행에서 정리 해고를 당했는데 술집 마담에게 외상을 져서 어쩔 수 없이 시키는 대로 따랐다고 자백했다.

얼굴에 철판을 깔고 도토종합병원에 DNA 감정을 의뢰했다. 이젠 아무래도 상관없었다. 결과는 역시 불일치였다. '친자 확률 거의 0퍼센트'라는 무자비한 글자가 이어졌다.

"이야, 그 여자, 무시무시하네예. 선생님보다 한 수 위인 것 같아예. 그런 짓을 용케도 저지르네예. 용의주도해서 그 정도까지 당하면 누구든 미치고 팔짝 뛰지 않을까예. 저도 이 인간 저 인간 다 봤지만, 그렇게 야비한 인간은 없었거든예."

그 후 다시 보고를 하러 나타난 다지마가 참고로, 하고 덧붙였다. 레이코에게 새로 생긴 남자는 여자를 부리는 술집을 몇 곳 경영하는, 역시 물장사를 하는 서른둘 돌싱이라고 한다.

"선생님, 나쁜 여자한테 걸리셨네예. 그래도 다행이지예. 돈을 요구하지는 않았으니까예. 그런데 어떻게 보면 요 두 달은 뭔가 싶네예."

다지마가 구사하는 싱겁게 들리는 간사이 사투리처럼 정말 맥이 빠지는 이야기였다. 구로이와를 제외한 사람에게는 말이다.

간베의 퇴원일도 정해졌다. 휴게실에서 〈톰과 제리〉를 보고 난 후 간베는 서서히 바깥 세계와 유대감을 느끼게 되었다. 본인 말로는 여전히 깊은 호수 바닥에 있는 것처럼 바깥 세계와 거리감을 느낄 때도 있지만, 호수 위의 소리가 확실히 들린다고 했다.

"이 감각은 서서히 익숙해지는 수밖에 없겠죠. 그래도 얇은 종이를 벗겨낸 것처럼 정말 하루가 다르게 여러 감각을 가까이에서 느낄 수 있게 됐어요."

"그게 바로 증상이 누그러들고 있다는 증거지요. 퇴원하면 점점 더 나아질 겁니다."

"그렇다 해도……."

간베는 불안한 표정을 지었다.

"퇴원한다고 해서 저한테 좋은 일이 있을까요……?"

회사에서 직함이 사라진 외톨이 간베에게 있어서 세상은 분명 냉혹한 곳일 테다. 죽는 편이 낫다고 생각할 때도 있을지도 모른다. 하지만 그건 그가 해결해 나가야 할 문제다. 구로이와와는 관계없었다.

"그건 모르죠. 그래도 사람은 좋은 일이 있을 거라 생각하지 않으면 살아가기 힘들지 않을까요?"

대답이라고 하기에는 어설픈 선문답 같은 말을 남기고 구로이와는 간베 앞에서 물러났다.

외래 진찰 스케줄을 미야마에게 맡기고 구로이와는 집으로 돌아왔다.

아파트에는 가사도우미가 다모쓰의 짐을 다 꾸려놓고 기다리고 있었다. 구로이와가 돌아오자 그녀는 나갔다. 이제 곧 레이코가 데리러 올 것이다.

다모쓰는 여전히 표정이 없었다. 사흘 전에 "엄마가 데리러올 거야. 이제 여길 떠나게 될 거야"라고 말했을 때도 그랬다.

"그래요?"라고 말한 채 아무 말도, 아무 질문도 하지 않았다. 그 모습을 봐도 구로이와는 실망하지 않았다. 아마 몇 번이나 이런 일을 반복해왔을 테다. 구로이와는 몇 번째 '아빠'였을까.

"30분 후에 데리러 올 거야."

"네."

구로이와가 문득 둘러보는데 '유치원 준비물'인 물통과 도시락, 젓가락과 더불어 손수건을 세트로 보관할 수 있는 아카이저 그림이 들어간 주머니가 부엌 식기 건조대에 그대로 놓여 있었다. 가사도우미가 허둥대느라 잊어버린 듯했다.

"어이, 이거 없으면 유치원에 못 가잖아."

구로이와는 주머니를 들더니 소파에 얌전히 앉아 있는 다모쓰의 곁에 놓고 무릎을 꿇었다. 주머니에 하나씩 담으려고 했지만, 입구가 어째서인지 꽉 오므라져 있어서 그 끈을 먼저 풀어야 했다.

"이거 뭐야, 왜 이렇게 꽉 묶은 거야."

다모쓰와 눈이 마주쳤다. 이쪽을 가만히 보고 있었다. 구로이와는 말을 꺼냈다.

"저기 말이야…… 나랑 같이 갔던 그 햄버그집 기억해?"

"네."

"그 가게는 내 단골…… 단골이라면 못 알아들으려나. 내가 늘 가는 가게야. 날 잘 알고 있어. 나, 구로이와의……."

아이.

말문이 막혔다. 그건 DNA 검사로 확실히 판명되었다. 자신의 아이가 아니었다. 전혀 모르는 생판 남이다.

"아, 아는 사람이라고 하면 공짜로 뭐든 먹을 수 있어."

"진짜요?!"

한순간 다모쓰가 천진난만한 눈을 했다.

"그럼 진짜지. 그런 걸 '외상'이라고 해. 구로이와 아저씨한테 달아놔 달라고 하면 돼. 얼마든지 가도 돼. 매일 가!"

"네!"

"거기 말고도 또 있어. 롯폰기에 있는 마루비라는 스테이크점, 거기도 내가 자주 가는 곳이야. 도토종합병원의 구로이와 아저씨 지인이라고 하면 버선발로 반겨줄 거야. 긴자에 있는 유라쿠 호텔 3층 바도 마찬가지야. 아차, 바는 못 가겠네. 아 그럼 긴자라면 야마다테라는 레스토랑도 있어. 내 아들이라고 하면 뭐든 배터지게 갖다줄 거야. 긴자 말고도 있어. 메구로든 다이칸야마든 내가 자주 가는 가게는 전부 얼굴만 비추면 통과지."

감정이 북받쳐서 말을 멈출 수 없었다.

"갈래요!"

"그래, 가. 꼭 가! 초등학생이 돼서든 중학생이 돼서든 고등학생, 대학생…… 아니, 몇 살이 되더라도 가! 꼭 가는 거야. 매주든 매일이든……."

목소리가 쉬어서 나오지 않았다. 다모쓰가 걱정스럽게 올려다보았다.

"괜찮아요?"

"응……. 괜찮아……."

"'수술'이 있으니 괜찮은 거죠?"

눈시울이 뜨거워지는 것을 알 수 있었다. 간신히 "응" 하고 대답했다.

구로이와는 무언가를 뿌리치듯이 다모쓰의 양쪽 어깨를 붙잡았다.

"내 말, 잘 들어. 얕잡아 보이지 마. 남자는 얕잡아 보이면 안 돼. 되돌려줘. 알겠지? 내가 옆에 있을 거야. 네가 어디에 가더라도. 누구랑 다투더라도 말이야. 응?"

무슨 말을 하는지 이젠 자신도 알 수 없을 지경이었다. 어떤 감정이 솟구치는지도 알 수 없었다. 다모쓰의 어깨를 붙잡은 손에 힘이 들어가 "아야……" 하고 다모쓰가 말하는 것과 동시

톱 나이프

에 인터폰이 울렸다.

◇

"구로이와 선생님은 어때요?"

악의가 담긴 호기심 충만한 모습으로 니시고오리가 미야마에게 말을 걸었다. 미야마는 이날 구로이와와 함께 해면정맥동* 종양 수술에 참여한 차였다.

평소 남의 일에 무관심한 천하의 니시고오리마저도 구로이와의 안부를 물을 줄이야. 그것도 다 고즈쿠에라는 수다쟁이 때문이다. 다모쓰를 친엄마가 데리고 갔다는 건 모두가 다 아는 사실이었다. 구로이와와 거리낌 없이 대화할 수 있는 사람은 의국에서도 미야마 정도밖에 없기 때문에 모두가 그녀에게 정보를 얻으러 왔다.

"별다른 거 없어. 보통이야. 완전 보통."

"설마요. 소문으로는 애를 꽤 예뻐했다고 하던데요? 그런데 보통 때랑 같다니 너무 심하잖아요."

"응. 맞아. 그런데 그 사람은 그 정도 일로 흔들릴 인물이 아냐. 아이를 보낸 순간부터 집에 들어가지도 않고 호텔에 묵으

* 안구 옆에 있는, 해면으로 된 정맥 굴.

면서 놀러 다니는 것 같던데?"

"헐. 대단하네요."

미야마도 구로이와의 대범함에 정말 혀를 내두를 정도다. 대학병원 신경외과에서 1년 치 하는 수술보다 더, 그것도 전 세계를 배경으로 혼자서 펼쳐나가면서 일본으로 돌아오면 밤마다 유흥을 즐기러 나선다. 미야마는 그건 거의 병이라고 생각했다. 말장난이 아니라, 말 그대로 진짜 병, 질환. 알코올과 온갖 치장을 한 밤거리의 여자만이 해결할 수 있는 그 어떤 질환을 가지고 있다.

그날 밤, 미야마는 고즈쿠에에게 현미경을 사용해 혈관문합술 훈련을 시키다가 너무나도 낮은 완성도에 몇 번이고 소리를 지르는 바람에 녹초가 되어 업무를 대충 마감하고 병원을 뒤로했다. 이럴 때는 한잔해야 잠이 온다. 집으로 곧장 가기 싫어서 평소에 찾는 바로 갔다.

구로이와가 카운터에서 한잔하고 있었다. 곁에는 한눈에도 호스티스라는 것을 알 수 있는 짙은 화장을 한 여자가 있었다. 이 바마저도 2차 공간으로 활용하는 건가. 미야마는 눈으로 가볍게 인사를 나누고 카운터 제일 끝자리에 앉았다. 얼른 한잔하고 집으로 가야겠다는 생각에 모히토를 주문했다.

구로이와는 여자의 허리에 팔을 두르고 얼굴을 가까이 가져다 댄 채 이야기를 하고 있었다. 끝자리에 미야마가 있다는 걸 알면서, 아니 일부러 보라는 건지 더더욱 알콩달콩한 무드를 자아내는 듯했다. 여자가 화장실에 가는 것과 동시에 미야마는 일어나 계산을 부탁했다. 계산하는 동안 구로이와에게 다가갔다.

"아깐 수고했어요. 여전히 건재하시네요. 내일 7시부터 수술이잖아요."

"무슨 소리야, 3시간만 자면 충분해. 아니, 오늘은 잠을 안 재워주려나?" 화장실에서 나온 여자를 보고 구로이와는 눈꼬리를 축 늘어뜨렸다.

"대단하네요. 그래야지 구로이와 선생님이죠. 역시 애랑 있는 것보다 어울려요. 아무렴요."

"그렇지?"

미야마의 말은 진심이었다. 그렇게 보일 만큼 구로이와는 평소와 같았다. 예전에 이곳에서 봤을 때의 모습은 환상이 아니었나 싶을 만큼 말이다. 미야마는 계산을 마치고 밖으로 나가는 문을 열다가 한 번 더 뒤돌아 구로이와를 쳐다봤다.

역시 구로이와는 평소와 같았다. 여느 때보다 더 건재해 보였다.

구로이와는 매일 이상하리만치 기분이 도취되어 있었다. 술

집에서는 샴페인을 세 병이나 땄다. 브랜디를 술집에 킵하고 스시를 배달시켰다. 몇 십만 엔이 나왔지만, 개의치 않았다. 함께 2차를 나간 여자와 가게 문이 닫힌 후에도 서퍼 클럽*에 가서 한바탕 야단법석을 떨다가 여자가 집에 가보고 싶다고 졸라대서 아파트로 함께 돌아왔다. 다모쓰가 나간 후 1주일 만에 집에 돌아온 것이었다.

거기서부터 기억이 어슴푸레했다. 이곳에 데리고 온 호스티스가 백이라면 백 다 같은 반응을 하듯이 우선 화려한 인테리어를 보고 놀라고 깔끔한 방에 또다시 놀란다. "전문가한테 맡겼거든" 정도로만 설명하고 대개 여자와 함께 침대로 이동한다.

하지만 이때는 적잖이 취했는지 그대로 잠이 들었다.

구로이와가 목이 말라서 잠에서 깬 것은 새벽 5시 전이었다. 아직 해가 뜨지 않아 어두웠고, 옆을 보자 여자가 알몸으로 자고 있었다. 평소와 다름없는 광경이었다. 구로이와는 느릿느릿 일어나 입고 있던 셔츠를 벗고 부엌에서 물을 한 잔 마시고 나서 세면대로 향했다.

소변을 보고 손을 씻으며 거울에 비친 얼굴을 바라보았다. 갑자기 늙어버린 느낌이 들었다. 나이에 비해 쓸 만한 얼굴이

---

* supper club. 술을 마시며 정보를 교환하는 소규모 사교장을 뜻한다.

톱 나이프

라며 자부심을 가지고 있었는데, 요 두 달간 오늘처럼 놀지 않아서인가. 아니면 이게 나이에 걸맞은 얼굴이며, 유흥에 취해 나름 괜찮다 착각해왔던 걸까.

아마 후자일 테다. 아무리 화려하게 살고 팔팔하다고 해도 자신은 이미 53세다. 인생의 종반을 향하고 있는 것은 확실하며, 그곳을 홀로 향하고 있는 것 또한 확실하다. 다만 그 길을 선택한 것은 자신이다. 후회는 일절 없다.

이를 닦았다. 양치를 부지런히 해야 속이 후련하다. 입을 헹구고 타월로 닦으려다가 타월이 걸려 있지 않다는 사실을 깨달았다. 가사도우미가 깜빡한 듯했다. 쭈그리고 앉아 세면대 밑에 있는 타월을 꺼내려고 수납함을 열었다.

깔끔하게 개인 채 쌓여 있는 타월 위에 작은 하카이저 장난감 다섯 개가 나란히 놓여 있었다.

다른 서랍도 열어 보았다.

정면 거울 양옆은 거울 뒤편이 작은 수납공간으로 되어 있는데 그곳에도 장난감 두 개가 놓여 있었다. 그리고 잠옷을 넣어두는 서랍장 안에도 마찬가지였다. 총 아홉 개로, 다모쓰가 가지고 있던 것은 분명 열 개였다는 생각을 하는데 마지막 하나가 건조기 안에 우두커니 놓여 있었다.

건조기에서 그 장난감을 꺼냈다.

구로이와는 그것을 물끄러미 바라보았다. 여기가 위험 지대라고 생각한 다모쓰의 소행인 듯했다. 자그마한 장난감은 짧은 팔을 뻗어 구로이와를 지키려고 하고 있었다.

그 장난감에 물방울이 톡 떨어지는 것과 동시에 탄식이 흘러나왔다.

**3
장**

재
능

또 같은 꿈을 꿨다.

　주택가 뒤편에 있는 산 중턱. 신사 경내에서부터 이어지는, 초등학생의 키보다 큰 풀이 무성하게 자란 산짐승이 다니는 길을 15분 정도 걸어가다 보면 갑자기 시내를 한눈에 내다볼 수 있는 전망 좋은 언덕이 나온다. 아무도 모르는 나만 아는 비밀의 장소. 그곳에 온 것은 경치를 내다보기 위해서가 아니다.

　울기 위해서다. 괴로운 일이 생기면 늘 이곳에 와서 운다.

　울면서 걸어온, 산짐승이 다니는 길을 뒤돌아본다.

　그 풀이 우거진 길 끝자락에서 누가 얼굴을 불쑥 내밀지 않을까, 나를 달래기 위해 누가 몰래 쫓아오지는 않았을까.

　하지만 아무도 나타나지 않는다. 우거진 풀만 바스락대며 흔들리고 있었다.

◇

"청신경종양인 아라이 신지 씨 말입니다, 신장 기능이 저하되고 있습니다. 상태를 좀 더 지켜봐야 할 듯합니다."

의국 주요 멤버가 모인 자리에서 니시고오리 다쿠마가 수술 예정이던 환자에 대해 보고하고 있었다. 도토종합병원 신경외과에서는 모든 환자의 용태를 모든 의사가 다 공유하게 되어 있다.

"전략은?" 미야마 요코가 물었다.

"지병인 IgA 신병증* 수치가 조금 더 안정을 되찾고 난 뒤 판단해야 할 듯합니다. 내과 센자키 선생과 의논해보겠습니다. 승인이 떨어지면 진행할 생각입니다."

"잠깐만. 수술하겠다는 거야?" 구로이와 겐고가 대화에 끼어들었다.

"그렇게 되네요."

구로이와는 괜찮겠냐는 눈빛으로 미야마를 쳐다보았다.

---

* 신장은 우리 몸에서 정수기와 유사한 역할을 한다. 정수기의 필터 역할을 하는 것이 신장의 사구체로, 사구체는 모세혈관이 실타래처럼 엉켜 있는 매우 작은 혈관 덩어리인데, 이 사구체를 통해서 혈액이 걸러진다. 한편 우리 몸에는 면역 기능을 유지하기 위해 IgA라는 면역글로불린이 존재한다. 이 IgA 면역글로불린이 혈액 속을 돌아다니다가 신장에서 혈액이 걸러질 때 비정상적으로 사구체에 침착되면 염증 반응을 일으키게 되고 이로 인해 발생하는 신장 질환이 IgA 신병증이다.

톱 나이프

"수술이라니, 니시고오리 선생이 직접?"

"물론이지요."

34세의 젊은 신경외과 전문의는 자신만만한 태도를 취했다.

청신경종양이라고 불리는 큰 뇌종양이 소뇌 및 뇌간을 압박하고 있었다. 그냥 두면 호흡 억제가 발생해 생명에 위협을 줄지도 몰랐다. 게다가 그 청신경종양은 내이도라는 청신경 및 안면신경 통로에도 깊게 자리 잡고 있었다. 수술하다 안면신경이 손상될 위험이 높았다.

환자는 35세로 젊은 데다 사람을 상대하는 직업을 가지고 있다. 안면신경마비는 어떻게든 피해야 한다. 그런 의미에서도 수술하기엔 곤란했다. 방사선 치료로 종양을 죽이든지, 과감하게 개두 수술을 하든지, 결단에 내몰리고 있었다.

"으음, 어렵지 않을까?"

니시고오리를 배려해서 부장인 이마데가와 다카오가 조심스럽게 말했다.

"구로이와 선생은 어떻게 생각해?"

"저라면 안 할 겁니다. 안면신경마비가 일어날 위험이 너무 높습니다. 우선은 사이버 나이프(방사선 치료의 일종)로 치료하며 상태를 지켜볼 겁니다."

"미야마 선생은?"

"이건 자신이 없네요."

이마데가와는 니시고오리를 다시 쳐다보았다. 니시고오리는 동요하지 않았다. 반듯한 이목구비에 삐죽삐죽 헝클어진 머리. 거만한 인상을 더욱 강하게 만드는 콧날이 한층 위로 향했다.

"위험부담은 물론 큽니다. 그래서 신중에 신중을 기할 생각입니다. 사이버 나이프로 언제 나타날지 모를 효과를 기다릴지, 과감하게 메스를 댈지……. 35세, 장래를 촉망받는 젊은이입니다. 망설일 시간이 없습니다. 이 상황에서는 적극적인 치료를 선택해야 하지 않을까요?"

"알겠네. 그럼 검토해보기로 하지."

이마데가와가 이야기를 적당한 선에서 끊었다.

"다음 안건입니다. 오늘 밤에 의국에서 소소하게나마 고즈쿠에 선생의 환영회를 열까 합니다. 1시간 정도 말이죠. 여러분, 시간 내서서 참가하세요."

의국 한쪽 구석에 있는 응접실에 간단한 술과 안주가 마련되었고 종이컵으로 건배를 하면서 환영회가 시작되었지만, 어느새 저마다 각자의 일터로 돌아가 한가한 방사선과 의료진들과 미야마와 고즈쿠에 사치코, 그리고 간호사인 오자와 마린

정도가 남아 있었다.

"아라이 씨가 수술을 받는다고 하던데 진짜예요?"

안주를 먹으며 미야마의 곁에 앉아 있던 고즈쿠에가 물었다. 오징어 냄새가 풀풀 났다. 미야마는 인상을 찌푸리며 종이컵에 따른 맥주를 마셨다.

"글쎄. 우선 상태를 지켜보기로 했어. 그것보다 고즈쿠에 선생, 니시고오리 선생한테 또 호되게 혼이 났다면서?"

"아니, 그 선생님, 너무 무서워요. 정말 못 살겠어요……."

니시고오리가 집도하는 수술실에 보조로 들어가 수술 장면을 기록하는 담당을 맡았다고 한다. 어느 병원에서든지 요즘은 신경외과 수술 영상을 반드시 남겨놓는다. 하지만 고즈쿠에가 기록하던 하드디스크의 용량이 조금밖에 남지 않았다는 걸 확인하지 않아서 절반밖에 녹화가 되지 않았던 것이다. 격분한 니시고오리는 수술이 끝난 후 수술실의 쓰레기통을 걷어찼다고 한다.

"보통, 여자한테 그런 행동을 하는 게 정상인가? 게다가 무슨 일만 있다 하면 혀를 차질 않나."

술이 들어간 탓인지 그녀는 미야마에게도 말을 놓고 있었다.

"왜 늘 그렇게 신경이 곤두서 있을까 말이지."

"'곤두서 있을까 말이죠'라고 해야지." 미야마의 목소리에

노기가 서렸다.

"곤두서 있을까 말이죠."

"구로이와 선생님이랑 미야마 선생님한테도 늘 대들잖아요."

마린이 종이컵을 손에 들고 대화에 끼어들었다.

"맞아. 구로이와 선생님도 미야마 선생님도 오십 중반이 잖아. 니시고오리 선생님은 서른넷이고 말이지. 세대가 다르 잖아."

"참고로 이제 막 쉰이 된 차거든? 오십 중반 아니야." 미야마 의 말에 한층 더 노기가 서렸다.

"에이~, 그냥 넘어가주세요~. 그런데 대드는 건 웃기지 않 아요?"

"그래도 수술에 대한 집념은 무시무시하긴 해요."

마린의 말에 "그렇긴 하지" 하고 미야마도 고개를 끄덕였다.

니시고오리가 레지던트 때부터 풍기던 그 열의는 사람을 깜 짝 놀라게 했다. 신경외과는 두말할 것 없이 일이 고되지만, 니 시고오리는 당직을 소화해내면서도 선배들의 수술실에 되도 록 많이 들어가고 싶어 했다. 수면 시간은 이마데가와가 염려 할 정도였고, 언제 쓰러질지 내기를 하는 선배 의사들도 있을 정도였다. 하지만 주변의 걱정에도 아랑곳하지 않고 도토종합 병원에 입사하고 나서도 여전히 중노동을 이어갔고 31세 최연 소로 신경외과 전문의가 되고 나서는 어느새 주변의 평가는

'젊은 천재'로 달라졌다.

게다가 그는 외과 수술과 혈관 내 치료라고 불리는 카테테르 수술*, 두 가지에 정통했다. 보통은 둘 중 하나도 잘하기 힘든데, 양쪽 다 소화해내는 것은 당연히 공부도 수련도 곱절로 필요하다는 뜻이다. 메이저리그의 오타니 선수처럼 그는 전대미문의 도전을 계속해서 성공시켜나갔다.

"왜 그리 치열하게 사는 걸가요?"

"이건 화제에서 벗어난 말일지도 모르지만, 아슬아슬해 보이긴 해요." 마린이 동조했다. 젊지만 베테랑 신경외과 간호사인 마린은 지금까지 여러 의사들을 지켜봐왔다.

전국에서 톱클래스 신경외과 전문의들이 모여들지만, 어깨에 힘이 잔뜩 들어간 신경외과 의사일수록 어느 날 갑자기 기세가 팍 꺾인다. 우울증이나 공황장애에 걸린 의사도 있다. 신경외과에서는 상대하는 환자가 가뜩이나 중증인 경우가 많고, 수술은 0.1밀리미터의 실수로도 환자를 재기 불가능하게 만들거나 죽음에 이르게 한다. 그 압박감에 무너지는 사람도 많다.

"미야마 선생님 의견도 같아요?" 고즈쿠에가 미야마에게 물었다.

하지만 미야마의 견해는 조금 달랐다.

---

* 가는 관을 혈관이나 체강 등에 삽입하는 수술.

니시고오리는 환자와 거리를 지나치게 두고 있다. 그렇게 느껴졌다.

그 점은 구로이와와 비슷하지만, 구로이와의 강인함과 확신이 뒷받침된 '비정함'에 비해 니시고오리는 좀 더 완고하고 그만큼 취약해 보였다. 현시대의 신경외과 전문의는 소송의 위험부담에 끊임없이 노출되어 있는데, 니시고오리의 태도는 소송의 위험부담에서 벗어나고자 하는 그런 유의 비정함이 아니다. 더욱 본질적으로, 자신을 보호하기 위해 거리를 두는 느낌이었다. 비정함 자체도 칭찬받을 일은 아니다. 하지만 니시고오리의 경우에는 위태로운 느낌이 들었다.

니시고오리는 일찌감치 '환영회'에서 빠져나와 병동의 환자들을 진찰하러 다녔다. 본래는 일이 끝나면 집으로 돌아가지만, 오늘은 당직이라서 그럴 수 없었다.

니시고오리는 뭉치는 거라면 딱 질색이었다. 뭉치는 건 약한 자들이나 하는 짓이다. 신경외과 전문의는 한 마리의 외로운 늑대나 마찬가지다. 그 누구도 의지하지 않는다. 신경외과 전문의는 초진, 검사, 진단, 치료, 수술, 수술 후 관리, 외래 경과 관찰 등 모든 과정에 관여한다. 모든 것이 홀로 완결된다. 그게 좋아서 지망했다. 의사들끼리 가지는 '술자리 친목 도모' 따윈 아무래도 상관없다.

회진하는 동안에도 니시고오리는 검은색 볼펜을 쥐고 있었다. 뒷짐을 쥐고 세 손가락으로 빙글빙글 돌리고 있었다. 바이폴라라는 큰 핀셋 형태의 전기메스를 다루는 연습으로, 능숙하게 다루지 못하면 신경외과 전문의가 될 수 없다. 물론 아주 옛날에 마스터했지만, 레지던트 시절에 저지른 실수로 당시 선배이던 미야마에게 매섭게 혼이 났다. 그 이후 어떤 때라도 볼펜을 놓지 않고 뒷짐진 손으로 빙글빙글 돌렸다.

스물아홉에 미야마가 집도하는 동맥류 수술의 어시스턴트로 참여했을 때 바이폴라 사용법은 자신이 더 능숙하다고 확신했다. 그럼에도 연습하는 습관을 멈추지 않았다.

지금은 기술적인 문제를 지적하는 사람은 아무도 없다. 오늘 제안한 아라이의 거대 청신경 수술. 이 수술에 성공하면 자신에 대한 평가는 아마 미야마나 구로이와보다 위로 상승할 것이다. 신경외과 전문의에게 있어서는 수술 테크닉이 무기다. 톱 나이프가 될 날이 머지않았다.

나는 강하다. 어느 누구보다도.

"어머? 몰랐어?"

의국에서는 니시고오리에 대한 이야기가 여전히 이어지고 있었다.

마린의 말에 따르면 니시고오리의 어머니는 심장외과 전문의이며, 아버지도 소화기 계통 임상전문의 일인자로 방송에서 빈번하게 거론되고 있다고 한다. 나이 차가 꽤 나는 형도 의사인 모양이었다.

"그렇구나. 그래서 그렇게 거만했구나. 피는 못 속이네."

고즈쿠에가 취해서 악담을 했다.

"아니, 이렇게 예쁜 여자한테 그렇게 화를 낼 일이야? '다음에는 조심해'로 끝나야지."

"그런가?" 마린은 받아주지 않았다.

"어쨌거나 모쪼록 잘 보여야지. 그런 무서운 선배는 싫어."

그때 니시고오리가 서류를 두러 의국으로 돌아왔다.

아직도 환영회를 하고 있냐는 듯한 표정으로 그는 힐끗 쳐다보더니 혀를 찼다.

그런 그에게 술에 취해서 눈앞에 보이는 게 없던 고즈쿠에가 말을 걸었다.

"아아, 니시고오리 선배! 이쪽 이쪽!"

니시고오리는 무시하기로 작정했지만, 고즈쿠에가 그가 있는 곳까지 오더니 팔짱을 끼고 억지로 잡아당겼다. 니시고오리는 혀를 더욱 심하게 찼다.

"서머리 정리해야 해. 그리고 난 당직이라서 술은 안 돼. 아까 말했잖아."

"서운하게 무슨 그런 말씀을. 괜찮다니까요. 물 많이 타서 맹

물처럼 만들어줄게요. 딱 한 잔만 해요. 네?"

고즈쿠에는 니시고오리를 억지로 미야마의 옆에 앉혔다. 고즈쿠에는 탁자 위에 놓여 있던 버번 위스키를 잔에다 붓고 물을 타기 시작했다.

"아까 말이 나왔던 아라이 씨 수술 말인데."

미야마가 다시 이야기를 꺼냈지만 니시고오리는 "괜찮습니다. 가능합니다"라고밖에 대답하지 않았다.

미야마는 요즘 들어서 그가 늘 시비조로 나오는 것 같다는 생각이 들었다. 자만하는 건가. 서른넷에 칭찬을 이렇게나 들어왔으면 확실히 자만하게 될 듯하다.

"그냥 지켜보고만 있으세요. 결과가 나쁘지는 않을 테니까요."

니시고오리가 미야마의 눈을 다시 쳐다보는데 고즈쿠에가 말을 걸었다.

"위스키, 엄청 연하게 탔어요" 하고 종이컵을 건넸다. 도전적인 시선으로 미야마를 응시한 채 잔을 받아 니시고오리는 단번에 들이켰다.

숨이 턱 막혔다.

"고즈쿠에 선생님, 여기에 뭘 탄 거야?!" 마린이 물었다.

"어라? 연하게…… 탔는데?"

"연하게라니, 이거 물 아니거든? 소주라고!"

버번 위스키에 소주를 탄 술을 원샷. 니시고오리는 알코올이 급격하게 뇌를 장악하는 것을 느꼈다. 동시에 눈앞이 캄캄해졌다.

◇

링거를 맞고 있던 니시고오리는 눈을 떴다.

"앗, 괜찮으세요?"

링거 양을 살피고 있던 마린이 말을 걸었다.

"큰일 날 뻔했어요. 하마터면 급성 알코올중독에 걸릴 뻔했어요. 미야마 선생님이 바로 구토하게 하고 응급실로 옮겼어요."

하필이면 트리아제룸*에 누워 있었다. 새벽 3시를 지나고 있었다.

"그 녀석! 고즈쿠에는?!"

"조금 전에 퇴근했어요. 이제 괜찮겠지 라면서요."

가만 안 두겠다며 상반신을 일으킨 순간 심한 두통이 머리를 가로질렀다.

"무리 안 하시는 편이 나아요. 베테랑인 이와시타 선생님이

---

* 응급으로 이송된 환자가 초기 진료를 받는 곳.

톰 나이프

오늘 응급실을 지키고 있으니 더 누워 계시라고 조금 전에 말씀하셨어요."

웃기지 말라고 그래. 내가 왜 남의 도움을 받아야 하는 거지?! 니시고오리는 일어나서 제 손으로 링거 바늘을 뺐다. 머리가 아직 어질어질했다.

"당직실에 가 있을게. 무슨 일 있으면 연락해."

제기랄, 그 애송이, 가만두지 않을 거야.

화가 나서 몸을 부들부들 떠는데 당직실에 들어온 순간 온콜 전화가 울렸다. 응급실에서 온 연락으로 빌딩 3층에서 추락했다고 한다. 두부 타박상도 입었을 테니, 신경외과 전문의가 진찰해서 뇌가 무사한지 체크를 해야 한다. 니시고오리는 트리아제룸으로 서둘러 갔다.

"네기시 마리에 씨, 39세, 상가빌딩 3층에서 추락. 원인 불명. 의식 레벨 E1V1M2**, 혈압 120에 65, SpO2*** 95. 나무가 완충작용을 했는지 찰과상과 늑골골절은 있지만, 다리는 부러지지 않았습니다."

응급의학과 전문의의 설명을 들으면서 마리에의 머리를 진찰했다. 술 냄새가 진동했다. 얼핏 보면 무사해 보이지만, 우선 CT실로 보냈다. 구급대원의 보고에 따르면 취해서 자살 미

** E는 Eye opening, V는 Verbal response, M은 Motor response를 뜻한다.
*** SpO2는 산소포화도를 뜻한다.

수로 그친 듯하다고 했다. 바에서 술을 마시다가 "나 죽어버릴래" 하고 가게를 나가 그길로 가까운 빌딩 위에서 뛰어내렸다고 한다.

니시고오리가 받은 CT 사진에는 뇌좌상도 뇌출혈도 보이지 않았다. 좌측 전두엽에 작은 그림자가 있는 게 마음에 걸렸지만, 이건 정밀 검사를 해야만 알 수 있다. 그것 말고는 딱히 문제가 없었기에 어찌됐든 응급은 아니었다. 두부 표면의 찢어진 상처만 세 바늘 꿰매고 응급의학과 선생님에게 인계하고 당직실로 돌아갔다.

1시간 후 환자의 의식이 돌아왔다는 연락을 받았다. CT에서 그림자를 보기도 했기에 신경이 쓰였던 니시고오리는 병동으로 향했다. 머리가 여전히 지끈거렸다. 고즈쿠에를 떠올리자 다시 분노가 치솟았다.

침대에 누워 있는 마리에에게 가볍게 인사를 하고 MRI를 찍어 꼼꼼하게 검사하는 편이 좋을 것 같다고 말하자 마리에는 "휴우……"라고 애매한 대답을 한 후 갑자기 웃기 시작했다.

"하하하. 나, 살아 있네? 다치지도 않았고. 최악이야."

목소리가 왠지 고즈쿠에와 비슷했다. 니시고오리는 그만 짜증이 나서 언성을 높였다.

"자살 미수 환자도 구급차에 자주 실려 오지만, 대부분 죽을 마음이 없긴 하죠. 애초에 3층은 어중간한 높이기도 하고요."

마리에의 낯빛이 순식간에 바뀌었다.

"진짜 죽을 마음이 있었다면 다른 방법을 생각하는 게 좋을 것 같네요."

의사로서 말이 지나치다고 생각했지만, 어쩔 수 없었다. 술 기운도 있었다. 분위기가 거북하게 느껴져서 협탁의 전등을 마음대로 끄고 개인실에서 나왔다.

역시나 마음에 걸려 2시간 후 상태를 살피러 갔더니 달빛만 창문으로 비쳐 들어오는 어두컴컴한 병실에서 마리에는 천장을 멍하니 보고 있다가 인기척을 느꼈는지 니시고오리 쪽을 힐끗 쳐다보았다. 괜찮은가 보네……. 발길을 되돌리려는데 그녀가 나지막하게 중얼거렸다.

"누가…… 와주지 않을까 싶었어. 지금처럼."

마리에는 천장을 올려다본 채 누구에게랄 것도 없이 이야기하기 시작했다. 지방 4대 명문대를 졸업한 후 상경해서 부동산 회사에 입사했지만, 이어지는 격무로 우울증에 걸려 퇴사를 했고, 그 이후에는 파견 사원으로 여러 회사를 전전했다고 한다. 최근에 정사원으로 승진시켜주겠다던 이야기가 갑자기 물거품이 되어 자주 가는 바에서 단골들과 한잔하다가 갑자기 자포자기하는 심정이 들었다고 한다.

"3층 옥상에 올라가서 난간을 넘어 뒷짐을 지고 있었어. 그때 뒤에 누가 와주지 않을까 생각했어."

그만해. 어리석은 행동은 집어치워. 자신을 소중히 여겨야지.

누가 그리 말해주지 않을까 생각했다고 한다.

마리에는 희미하게 웃었다.

"그런데 아무도 오지 않았어. 뭐, 당연한 일이지만."

"아무도 안 와……."

니시고오리는 저도 모르게 소리 내어 말하고 있었다. 하지만 그 목소리는 조금 전과 달리 나지막했다.

"누가 올 리가 없잖아."

마리에가 니시고오리를 쳐다보았다.

"사람은 혼자야. 아무도 안 와. 그걸 깨달으면서 강해지는 거야."

병실이 어두워서 니시고오리는 누구에게 말하고 있는지 알 수 없었다.

그는 다시 발걸음을 되돌려 나가려고 하고 있었고, 마리에는 멍하니 어둠을 바라보고 있었다.

톰 나이프

아침에 시작될 외래 진찰이 있기 전까지 니시고오리는 2시간 정도 선잠을 잤다.

또 꿈을 꿨다.

열한 살인 니시고오리가 집 뒷산에 혼자 오르고 있었다.

울기 위해서다. 그 누구에게도 들키지 않도록. 학교에서 우울한 일이 있으면 니시고오리는 혼자 뒷산에 올라가 울었다. 울면서 돌아보아도 그곳에는 아무도 없었다. 단지 초목이 바람에 흔들렸다.

그쯤에서 잠이 깼다. 숙취로 인한 두통 때문에 이런 꿈을 꾸는 거라며 혀를 찼다. 이튿날, 아니 몇 시간 후인 아침에 출근한 고즈쿠에를 발견하고 니시고오리는 어제의 추태에 대해 소리를 질렀다. 고즈쿠에는 폴더폰처럼 몸을 접어 사죄했다.

비교적 간단한 수술을 마치고 니시고오리가 병동으로 돌아오니 11시를 지나고 있었다. 1인실 병동에서 진료가 얼추 끝나 마리에가 퇴원하려던 차였다. 술김에 충동적으로 자살을 시도했다고 판단되어 정신과 전문의도 퇴원해도 문제없다고 했다. 실제로 마리에는 마린과 상냥하게 웃으며 이야기를 나누고 있었다.

"아, 니시고오리 선생님."

니시고오리는 허탈해졌다. 어제 봤던 어두운 낯빛은 없었다. 그것도 술기운이었던가.

"술이 깨서 밝아진 건가요?"

"선생님도 마찬가지고요." 마리에가 장난스럽게 웃었다.

"뭐라고요?" 니시고오리가 마린을 노려보자 그녀가 다급히 부정했다.

"제가 말 안 했어요. 조금 전에 고즈쿠에 선생이 링거를 갈러 왔다가 그때……."

니시고오리에 대해 있는 말 없는 말 다 끌어모아 했다고 한다.

"그 녀석 정말……."

"아, 저는 정산에 대해 물어보고 올 테니 잠시 기다려 주세요." 마린이 다급히 나갔다.

"재미있네요~. 술이 약한가 봐요?"

그녀가 킥킥 해맑게 웃었다. 성격이 의외로 밝은 모양이었다. 밝고 언뜻 보면 씩씩한 성격이기에 한번 무너지면 걷잡을 수 없이 약해지는 건가. 웃으니 의외일 만큼 애교가 있었다.

"술은 봐가면서 마셔야겠죠."

겸연쩍었던 니시고오리는 고작 그렇게 말할 뿐이었다.

"둘 다 조심해야죠."

마리에는 웃었다. 사람을 허물없이 대하는 시선이었다. 환자가 이렇게 친근하게 다가오는 건 처음이었다. 아무래도 고즈쿠에가 엮이면 일이 이상하게 돌아가는 듯하다.

톰 나이프

마린이 돌아와서 정산 수속에 대해 이야기하기 시작했다. 얼마 후에 외래로 머리 부상 회복 상태를 진료받고 만약을 위해 MRI를 찍을 수속을 밟았다.

"그런데 병원분들께 엄청 민폐를 끼쳤네요……. 죄송합니다."

마리에는 갑자기 사과를 하더니 응급의학과 전문의에게까지 가서 꾸벅꾸벅 인사를 하며 퇴원했다.

◇

마리에는 1주일 후 니시고오리가 담당하는 날에 외래 진료를 받으러 다시 나타났다.

"아, 못살아. 얼마 전에 그렇게 멍청한 짓이나 저지르고. 정신이 나갔었나봐."

니시고오리는 인상을 쓰며 치료한 부상을 진찰하고 있었다.

"뭐, 술주정은 누구나 하는 거니까."

마리에가 의미심장하게 근처에 있던 마린을 쳐다보며 말하자 마린이 킥 하고 웃었다.

"생각해보니 요전번에 취한 채 내 머리를 꿰맸던 거네?"

환자가 자신에게 반말을 하는 건 처음 겪는 일이었다. 늘 불쾌한 듯이 찌푸리고 있는 얼굴이 환자들을 두렵게 만들기 때문일 것이다.

"정신 멀쩡했어. 게다가 사고로 어쩌다 마신 거고. 우선 아무 문제없어. 설령 취했더라도 이쯤 되는 치료는."

"천재니까?" 마리에가 장난스럽게 웃었다. 여자 환자가 애교를 부렸을 때 느껴지는 불쾌함은 없었다. 그건 그렇고 고즈쿠에는 대체 무슨 이야기를 한 걸까. 심사가 뒤틀렸지만, 그 말에는 대답하지 않고 담담하게 이야기했다.

"문제없어. 그리고 MRI 찍고 와. 예약해뒀지?"

"저기 말이야, 이번에 여성 잡지에서 젊은 의사에 대한 특집 기사를 다루는 모양인데, 인터뷰 안 할래?"

"여성 잡지?"

"응. 이번 달에 두 사람 더 캐스팅 못 하면 곤란한가 보더라고. 부탁이야. 몇 안 되는 내 친구의 부탁."

마리에는 잡지기자로도 활동한 적이 있는데 그때 이어진 인연이라고 했다. 사실 니시고오리는 이런 제안을 직접적로든 간접적로든 많이 받았다. 구로이와가 취재라면 마다하지 않아서 그를 취재하러 온 방송국 사람이나 잡지기자가 니시고오리를 눈여겨 볼 때가 많았다. '젊은 천재'라는 직함과 요즘 세대에게 잘 먹히는 외모 때문일 테다. 흥미가 전혀 없는 니시고오리는 평소에는 눈길도 주지 않았지만, 마리에의 의뢰는 정신을 차리고 보니 받아들인 상태였다. 약속 장소가 병원 근처라는 것도 한몫했지만, 그녀에게는 마음의 갑옷을 푸는 포근한

톱 나이프

봄바람 같은 느낌이 있었다.

"고마워~. 덕분에 살았어~. 너라면 편집자도 좋아할 거야."

마리에는 그다음에는 일에 대한 불평을 살짝 토로했다. 지금은 그 출판사 일을 돕고 있지만 전례 없는 출판계 불황 때문에 언제 잘려도 이상하지 않을 정도라고 했다. 니시고오리는 다음 진료 날짜를 컴퓨터에 입력하면서 무심코 물었다.

"취미 같은 거 없어?"

"취미라…… 음악 정도라고 해야 하나?"

"그렇구나."

"이래 보여도 옛날에는 가수가 되고 싶었거든. 싱어송라이터 같은?"

"그냥 마음뿐이었던 거야?"

"그야 그렇지. 콘테스트에 응모한 적도 있긴 한데……."

"그래?"

"천재들을 위한 세계니까 뭐."

확실히 그럴 것 같았다. 일 말고는 취미가 없지만, 음악 정도는 가끔 듣는다. 그런 니시고오리도 상상이 된다. 절대음감이라는 말도 있고, 노력보다도 압도적인 재능이 권력을 가지고 있는 세계일 것이다. 전자 카르테를 보자 '임신 경험 있음, 출산 경험 없음'이라고 되어 있었다. 39세. 그녀 나름대로 고생을 했을 테고, 더 이상 꿈을 꿀 나이도 아니다. 컴퓨터에 진료 결과를 다 입력하자 마리에는 돌아갔다.

　그 후에 외래환자를 열 사람 정도 더 진료했고, 마지막이 그 청신경종양에 걸린 아라이 신지였다. 어머니인 가즈코와 함께 진단 결과와 설명을 들으러 왔다. 모자가정이었다. 가즈코는 미간을 찡그리며 니시고오리의 설명을 듣고 있었다. 대부분의 사람이 그러하듯이 이 나이를 먹을 때까지 뇌종양에 대한 설명은 들은 적이 없을 것이다. 오로지 "네……"라고밖에 말할 수 없을 테다. 신지는 오히려 차분했다.

　여기서부터가 의사의 진가가 드러나는 순간 중 하나로, 수술 동의서를 쓰게 되는 것은 주치의가 이야기를 끌고 가는 방식에 달려 있었다.

　"이 종양은 자각 증상이 드러날 무렵에는 크기가 5~6센티미터일 경우가 많습니다. 상당히 알아차리기 힘듭니다."

　"네……."

　"수술이 상당히 까다로울 듯합니다."

　"저기…… 꼭 해야 하나요?"

　가즈코가 머뭇거리며 물었다.

　"방사선치료도 가능합니다. 다만 환자분의 경우 종양이 꽤 커져서 효과가 얼마나 있을지는 장담 못합니다."

　이 말은 사실이다. 거짓말을 해서는 안 된다.

　"그렇군요."

"효과가 나타나기 전에 최악의 상황에 처할 수도 있습니다."

"최악이라면?" 가즈코가 물었다.

"호흡이 멎어 숨을 거두는 겁니다."

가즈코가 순간 숨을 멈추었다. 몇 번이나 설명을 들었을 텐데 이렇게 얼굴을 마주하고 들으니 역시 충격인가 보다.

"선택지는 두 가지네요."

웨딩 업체에 근무하고 있다는 신지는 냉정하게 물었다. 그는 신랑과 신부에게 상품을 권유하는 일을 하며 현장에서 헤드셋을 끼고 있을 때가 많은데, 그게 들리지 않게 된 것이 청신경종양을 알아차리게 된 계기였다.

"네. 그래도 수술하는 쪽이 성공률이 높을 겁니다. 위험부담이 큰 수술이라는 건 변함없지만 말이죠."

신지는 컴퓨터에 비친 자신의 MRI 사진을 가만히 보고 있었다.

"알겠습니다. 수술 부탁드립니다."

"그럼 일정을 짜서 날짜가 정해지면 알려드리겠습니다."

니시고오리가 자료를 정리하기 시작하는데 가즈코가 입을 열었다.

"저기…… 이 수술은 누가 하시나요? 구로이와 선생님인가요?"

"아니요. 제가 합니다. 꼬박 하루가 걸릴 겁니다."

"그런가요?"

가즈코는 할 말이 더 있는 듯했지만, 니시고오리는 재빨리 일단락 지었다.

◇

'사윗감으로 삼고 싶은 독신남 베스트 100'이라는 노골적인 타이틀이 붙은 여성 월간지의 인터뷰는 마리에가 자주 간다는 병원 근처 카페에서 진행되었다. 마리에의 일 처리 솜씨가 훌륭해서 카메라맨에게 필요한 사진을 찍게 하고 편집자가 인터뷰를 끝내는 데 30분도 채 걸리지 않았다. 마리에는 병원으로 돌아간다는 니시고오리를 억지로 불러 세워서 "한잔 마시고 가" 하며 차를 권했다. 점내에는 모니터가 여러 개 놓여 있었고, 서양 밴드 뮤직비디오가 흘러나오고 있었다.

"아, 그러고 보니 곡을 만들었어."

"곡?"

니시고오리는 저번에 나눈 대화를 까맣게 잊고 있었다. 신지의 수술 준비도 해야 해서 대화를 기억하고 있을 경황이 없었다.

"아, 전에 뭐라 말했었지?"

"너무해. 이래봬도 열심히 만들었어. 그런데 그랬더니 나도

톰 나이프

놀랄 만큼 괜찮은 곡이 완성됐어."

"그래?"

"컴퓨터에 저장했는데, 완성도가 너무 높아 뜻하지 않게 시디에 녹음까지 했어."

그 말을 하며 둥근 시디를 테이블에 올려놓았다. 마리에의 이름이 쓰여 있었다. 마리에는 그 케이스를 사랑스럽다는 듯이 어루만지고 있었다.

"역시 사람 일은 알다가도 모르는 거네. 이런 완성도로 나올 줄 몰랐어."

"시간을 둬서 괜찮게 나온 거 아닐까? 수술도 마찬가지야. 나중에 아, 그 실수는 그게 원인이었구나 하고 알 수 있거든."

"그럴지도 모르겠네. 아무튼 정말 즐거웠어. 그것만으로도 큰 수확이야. 들어줄래?"

"응, 알겠어. 그럼 내일 오후 1시에 외래 진료 받으러 와."

니시고오리는 시디를 손에 들었다. 환자가 주는 선물은 보통 고집스럽게 사양한다. 처음으로 받아들인 선물이었지만, 스스로도 그 사실을 알아차리지 못했다.

"대단해…… 아마추어가 만든 곡이라고요?!"

점심시간. 집에 플레이어가 없던 니시고오리는 수술 시 누군가가 사용하는, 의국에 있던 먼지가 살짝 쌓인 시디플레이어로 마리에의 노래를 틀었다. 그러자 그 곡의 멜로디에 고즈쿠에가 "누구 노래예요?" 하고 반응을 보여 환자가 만든 곡이라고 대답하자 많은 사람이 모여들었다.

"거짓말!" "설마요?!" 젊은 간호사들이 웅성거렸다. 아마추어인 니시고오리가 들어도 확실히 선율이 멋졌다. 요즘 시대에 유행하는 업템포 사운드이면서 그루브 감각도 있었다. 어쨌거나 프로 못지않았다. 무뚝뚝한 니시고오리가 노래를 틀었다는 사실만으로도 남몰래 니시고오리의 팬을 자처하던 젊은 간호사들이 괜히 술렁였다.

"이거 분명 보통 솜씨가 아니에요."

그중에서도 밴드를 쫓아다닌 적 있다는 음악 마니아 마린이 흥분하고 있었다.

"정말 대단해……."

"프로가 될 만한 레벨이에요?" 니시고오리가 물었다.

"프로가 된다고 해도 전혀 이상하지 않을 정도예요. 아니, 오히려 프로가 돼야 할 것 같은데요?"

"그렇군요."

하지만 점심을 대신해 삼각김밥을 볼이 미어지게 먹으면서 환자의 진료 기록을 컴퓨터로 보던 니시고오리의 얼굴이 흐려졌다.

마리에의 MRI 사진의 좌측 전두엽에 불길한 그림자가 찍혀 있었다.

"그 곡 어땠어?"

진찰실에 들어오자마자 마리에가 말을 꺼냈다.

"들었어. 좋더라."

"그렇지? 놀랐지?"

진료를 보조하고 있던 고즈쿠에가 말에 끼어들었다.

"음반 회사에 보내 봐요. 아마추어인 저희도 알아차릴 만한 완성도라면 레벨이 상당하지 않을까요?"

그때 PHS가 울렸고 고즈쿠에가 "실례하겠습니다"라고 말하며 나갔다.

두 사람만 남게 되자 마리에가 갑자기 입을 다물었다.

의아한 표정을 짓는 니시고오리에게 쓴웃음을 지으며 시선을 내리깔았다.

"아니, 그래도 음반 회사에 보내는 건 좀……."

"뭐가 문제야. 앞으로 계속 작곡할 거잖아."

"그건 그렇지."

"프로가 될 수 있으면 되고 싶잖아."

"응."

"그러면 뭘 망설여. 꽉꽉 밀어붙여."

"그래도…… 역시 막상 나서면 두렵잖아. 만약 거절당하면 어쩌나 싶고."

마리에는 처음으로 자신 없는 표정을 지어 보였다.

"나약하네."

니시고오리의 목소리가 진지해졌다.

"나약해. 그렇게 나약해서 어쩌려고 그래?"

마리에가 고개를 들었다.

"신경외과 전문의도 마찬가지야. 미지의 병에 도전하지 않으면 실력이 늘지 않아. 매일 도전의 연속이지. 도전하는 건 두려워. 가능하면 하고 싶지 않지. 하지만 하지 않으면 자신을 뛰어넘을 수 없어."

스스로도 이상하다 싶을 만큼 말이 술술 나왔고 열기를 띠고 있었다.

"다들 처음부터 강한 건 아냐. 주눅 들지 마. 도전하면 분명 길이 열릴 거야."

니시고오리는 자신의 내면에 이런 뜨거운 무언가가 있다는 사실에 내심 놀랐다. 게다가 그 사실을 생판 남에게 이야기했다는 것에도 놀랐다.

"응. 해볼게. 알겠어."

마리에는 굳어진 표정을 누그러뜨리고 살짝 웃었다.

"술친구 중에 음반 회사 OB가 있거든. 그 사람한테 들려줘야겠어."

"그래. 꽉꽉 밀어붙여."

그렇게 말한 후에 니시고오리는 검사가 더 필요하다는 말만 전했다.

"아니, 대수롭지 않은 것일지도 몰라. 아직 잘 몰라. 혈관 조영 검사라고 해서 좀 더 자세히 살펴보는 검사가 있어. 그 검사를 해보자."

니시고오리는 억지로 밝게 말하고 검사 날짜를 정하기 위해 간호사를 불렀다. 설명은 더 이상 하지 않았다.

"이건…… 종양내 출혈이네요."

조영 MRI를 보낸 방사선기사가 니시고오리와 함께 컴퓨터 화면에 떠 있는 마리에의 두부 사진을 보고 말했다. 좌측 전두엽의 섬엽이라는 부위 부근에 크기가 3센티미터나 되는 종양의 그림자가 또렷하게 찍혀 있었다. 게다가 최근에 종양 내부에서 출혈이 발생한 상태였다.

"저번에 했던 검사 사진이 이겁니다. 이때는 아직 출혈이 일어나지 않아서 사진으로 알아내기 힘든 상황이었습니다."

요 한 달 사이에 출혈이 일어났다는 확실한 영상 소견이 나왔다.

"출혈이 일어난 만큼 수술은 확정이죠?"

니시고오리는 무심코 신음했다. 종양은 '섬엽'이라는 까다로운 부위에 있다. 각성하 수술이 필요하고 수술 스케일이 나름 커질 테며, 상황에 따라서는 후유증도 고려해야 한다.

곡이 완성됐다며 신나게 떠들어대던 마리에의 미소가 뇌리에 떠올랐다.

◇

"있잖아 들어봐! 그 사람도 엄청 좋대! 분명 프로가 될 수 있댔어. 당장 현역인 사람한테 소개시켜주겠대."

진찰 날, 마리에는 옷차림까지 점점 화사해지고 있었다. 자주 가는 술집 단골인 대형 음반 회사 OB에게 큰맘 먹고 다섯 곡이 담긴 시디를 건넸다. 그랬더니 바로 이튿날 아침에 전화가 걸려왔다고 한다.

"이거 정말, 마짱…… 아, 나 그 가게에서 마짱이라고 불리는데, 마짱이 만들었냐면서 엄청 흥분하더라고. 그래서 나도 놀랐어. 이걸 이틀 만에 만들었다면 '천재'라며 이노우에 요스이* 이후에 등장한 천재라고 했어. 이노우에 요스이라니 촌스

---

* 70년대 일본 포크송계를 이끌며 현재까지도 활발히 활동하는 거물 싱어송라이터.

톰 나이프

럽지?"

무심하게 말하면서도 내심 기쁜 듯했다.

"당장 오늘이라도 현역 디렉터들한테 들려주겠대. 대단하다고 난리도 아니었어. 아, 이건 또 만든 곡이야."

그녀는 케이스에 담긴 흰 시디를 니시고오리에게 건넸다.

"노래 엄청 좋아. 다섯 곡 들어 있어. 곡이 자꾸자꾸 머릿속에 떠올라."

"그렇구나."

"악상이 확 떠올라서 한밤중에 일어나 컴퓨터에 악보를 그리기도 해. 나 천잰가봐."

니시고오리는 재잘대는 마리에에게 일부러 냉정하게 말하기로 마음먹었다.

"알겠어, 들어볼게. 저기 말이야, 얼마 전에 찍은 조영 MRI 결과 말인데…… 심상치 않은 그림자가 찍혀 있었어."

"뭐?"

니시고오리는 뇌종양에 대해 설명했다. 대부분의 환자가 그러하듯이 마리에도 실감이 나지 않는 모양이었다.

"종양이라고?"

"부위가 딱히 좋지는 않아."

그리고 수술하는 편이 낫다는 사실과 그때의 위험부담에 대해 설명했다.

"수술 말고 다른 방법은 없어?"

"방사선치료도 있긴 한데……."

"그럼 그걸로 할래."

"아니, 그게 말이야……."

마리에는 딱 잘라 말했다.

"방사선으로 할래. 머리에 칼 대기 싫어. 그것보다 지금 입원하는 건 말도 안 돼. 요전번에 네가 말했잖아. 꽉꽉 밀어붙여야 한다고. 음반 회사 사람도 들어주기로 했다니까? 우선 지금은 병을 생각할 여력이 없어."

"방사선으로 상태를 살펴보는 것도 괜찮지 않을까 싶습니다."

회의실 모니터에는 마리에의 MRI 사진이 떠 있었다. 니시고오리는 방사선을 선택한 이유를 상세히 말했지만 미야마는 이해할 수 없었다. 방사선과에서 "네기시 마리에 씨의 수술 일정을 아직도 정하지 않아도 괜찮냐"는 말을 듣고 다급히 사진을 보고 있는 것이었다. 니시고오리는 보고조차 하지 않았다.

"아직 39세야. 이 종양이 형성되는 과정을 봤을 때 점점 커질 가능성이 있어. 아라이 신지 씨와 마찬가지야. 그런데 왜 방사선치료지?"

"제가 내린 진단입니다."

"왜?"

설마 고즈쿠에를 비롯한 의료진들이 뒤에서 숙덕대는 것처럼 마리에에게 반했다고는 생각하지 않았다. 그의 이상하리만치 금욕적인 사상을 피부로 느끼고 있었다.

"왜 수술을 안 하는 거지? 환자한테 무슨 일이라도 있어?"

"QOL*입니다."

"QOL?"

"네기시 씨는 작곡을 하며 마침내 인생을 긍정적으로 받아들이기 시작했습니다. 그런 차에 느닷없이 수술을 받아서 모든 것을 헛수고로 만들어서는 안 된다고 생각합니다."

니시고오리의 입에서 퀄리티 오브 라이프가 나온 것도 처음이거니와 환자의 '인생'이라는 단어를 들은 것도 처음이었다.

종양 크기에서 보건대 납득할 수 없는 부분도 있었지만, 주치의는 니시고오리다. 그 판단을 일방적으로 뒤집어서도 안 된다.

"알겠어. 그럼 다음 MRI 결과는 반드시 알리도록 해. 종양이 조금이라도 커지면 즉시 수술해야 하니까."

그 후 회의실에서 나온 미야마에게 마린이 말을 걸었다. 의논하고 싶은 일이 있다고 했다. 다른 방에 들어가서 목소리를

* 단순히 수명을 오래 이어가며 살아가기보다는 어떻게 하면 쾌적한 생활을 누릴 수 있을지를 중시하는 사고방식. quality of life의 약자.

죽이고 이야기하기 시작했다.

"외래 진료 환자 네기시 마리에 씨와 관련된 일인데요……."

마린의 손에는 어째서인지 아이패드가 들려 있었다.

◇

다른 큰 수술, 아라이 신지의 청신경종양 절제술 날짜도 다가오고 있었다. 수술 계획을 수술에 참여하는 마취 전문의, 간호사, 어시스턴트들을 앞에 두고 니시고오리가 설명했다. 수술에 입회하는 미야마뿐만 아니라 이마데가와, 구로이와도 동석했다.

"만전을 기해 수술에 본격적으로 들어가기에 앞서 EVD 카테터를 삽입합니다. ……이상입니다. 질문 있으십니까? 없으면 이만 마치겠습니다."

메모를 하고 있던 간호사들이 일어났다.

제일 뒤에서 듣고 있던 미야마는 옆에 있던 구로이와를 쳐다보았다.

"어떻게 생각해요?"

"으음, 딱히 다른 의견은 없어. 없긴 한데……."

"없긴 한데요?"

"왠지 미심쩍단 말이지. 그 말로밖에 설명을 못하겠어."

톱 나이프

구로이와는 헛기침을 한 번 했다.

"이건 직감이야."

신경외과 전문의의 실력을 가르는 것은 노력과 공간 인식력, 섬세한 손놀림, 경험, 다양한 수술 경험 횟수…… 등 여러 갈래로 나뉜다. 하지만 가장 중요한 것은 센스다. 어디에 무엇이 있는지. 어디를 얼마나 공략하면 위험해지는지. 내비게이션 시스템이 아무리 발달해도 인간의 뇌에는 절대 당해내지 못한다. 그리고 언어화할 수 없는 것, 즉 감이라는 것, 그쪽이 언어화할 수 있는 것보다 훨씬 뇌의 넓은 부분을 차지하고 있다는 사실을 신경외과 전문의들은 알고 있다.

난감한 표정을 짓고 있는 미야마에게 허둥대며 다가온 고즈쿠에가 만사태평하게 물었다.

"미야마 선생님, 걱정되세요?"

"시끄러. 입 다물어."

"괜찮아요. 저도 수술에 참여하니 마음 느긋하게 먹으세요. 알겠죠?"

미야마가 고즈쿠에를 진심으로 패려고 마음먹었을 때 어떤 사실이 머릿속에 떠올랐다. 마리에와 관련해서도 마음에 걸리는 점이 있었다.

"아, 맞다."

미야마는 손짓해서 고즈쿠에를 가까이 다가오게 불렀다.

"부탁이 있어."

인상을 쓰며 작은 목소리로 말하자 고즈쿠에의 낯빛이 순식간에 변했다.

"설마······."

"······확실히 말하자면 의사 업무는 아니긴 해."

"솔직히 힘들 것 같아요."

"뭐?"

"아무리 그래도 못해요! 저 병원에 이제 막 취직했어요! 니시고오리 선생님 대리라고요?! 무슨 소리세요~ 무리예요, 무리."

얼굴 앞에서 손바닥을 팔랑거렸다.

"죄송해요! 마음만 받을게요! 감사합니다."

고개를 숙인 그 뒤통수를 탁 쳤다.

"누가 니시고오리 선생을 대신해서 집도하라고 했어? 설레발치지 마."

"네? 아니에요? 어라?"

"사는 곳 주소가 ○○였지?"

"네? 아, 맞아요. 4초메 32-4번지요. 우편번호는······."

"그건 됐어. 시간은 언제든 괜찮으니 들러줬으면 하는 곳이 있는데."

"네? 어딘데요?"

톰 나이프

"내가 갈 수 있다면 갔을 텐데……. 카페야."

미야마는 고즈쿠에에게 한 가지 '일'을 의뢰했다. 그건 마린이 한 말을 확인하는 것이기도 했다.

◇

RY 음반 회사 응접실. 마리에는 그곳에 긴장한 표정으로 혼자 앉아 있었다. 테이블 위에는 악보가 있었다. '꿈의 조각을 찾아서'라는 제목이 붙어 있었다. 두근거리는 마음으로 그 악보를 손에 쥐고 다시 바라보았다. 괜찮다. 분명 잘될 것이다. 그로부터 주변에 있는 몇 사람에게 들려줬다. 굉장하다. 놀랍다. 멜로디가 너무 감미롭다. 칭찬만 들었다. 다들 아마추어니까 솔직 담백하게 감상평을 들려주었다. 그리고 아마추어가 놀랐다는 것은 자신이 만든 곡이 그만큼 대단하다는 뜻이다.

그렇게 자신을 타이르고 있는데 노크 소리가 들리고 문이 열렸다. 곡을 맨 처음에 들려준 이곳의 OB인 전직 디렉터와 그리고 현 디렉터인 40대의 장발남이 들어왔다.

"네기시 씬가요? 편안하게 앉으세요."

일어난 마리에를 앉히고 두 사람도 건너편에 나란히 앉았다.

"결론부터 말씀드리겠습니다."

심장이 고동쳤다.

"곡이 훌륭해요. 이른바 '현재'를 구현하고 있네요. 이야기를 구체적으로 해보고 싶군요."

꿈으로 향하는 문이 열리는 소리가 들렸다.

◇

니시고오리는 의국 자신의 책상 의자에 앉아 있었다. 인상을 쓰며 컴퓨터로 전송된 MRI 사진을 보고 있었다. 책상 위에 있는 이동식 플레이어에서 마리에의 노래가 흘러나오고 있었다.

"네기시 마리에 씨의 영상 이거야?"

미야마가 다가왔다.

"영상 보여줘."

니시고오리는 아무 말 없이 미야마 쪽으로 화면을 돌렸다.

종양은 명백하게 커져 있었다. 예상대로였다.

"······어쩔 생각이야?"

니시고오리가 일어났다.

"상태를 좀 더 지켜보겠습니다."

"어디 가?"

"병동에요."

"잠깐 기다려."

미야마는 나가려는 니시고오리의 뒤를 쫓아갔다. 니시고오리는 걸음을 멈추지 않았다.

"크기가 그 정도면 얼른 적출해야 해. 잘 알잖아."

"그렇다고 단정 지을 순 없죠. 견해가 다를 수 있잖아요."

"그럼 왜 아라이 씨의 수술은 예정대로 진행하는 거야? 모순되잖아."

"모순 아닙니다."

"이대로라면 언제 어떻게 될지 몰라. 그건 용납 못해."

복도를 걸어가던 니시고오리는 멈춰 서서 미야마 쪽으로 몸을 돌렸다.

"그 사람은 지금 싸우고 있어요."

"싸우다니? 누구랑?"

"자신의 재능과 말이죠."

"무슨 뜻이야?"

니시고오리는 대답하지 않고 다시 걷기 시작했다.

"아무도 말릴 수 없다는 겁니다. 그 사람의 인생을 건 승부니까요."

그때였다. 간호사가 다른 방향에서 달려왔다.

"응급이에요!"

"무슨 일이야?"

"응급 환자가 이송됐어요. 실신해서 두부 타박상을 입었대요. 의식이 돌아왔는데 여기 신경외과에 다니고 있다고……."

니시고오리는 이상한 예감이 들어서 말이 끝나기도 전에 뛰기 시작했다.

트리아제룸 침대에는 마리에가 누워 있었다. 머리에 피를 흘려 응급의학과 전문의가 조취를 취하고 있었다. 그녀를 이송한 구급대원이 상황을 설명했다.

"지하철 플랫폼에서 갑자기 쓰러져 역무원이 119로 신고했습니다. 네기시 마리에 씨, 39세입니다."

응급의학과 전문의가 다음 말을 이어나갔다.

"GCS* E3V5M6, 다른 신경학적 이상은 없는 듯합니다. 처음에는 의식이 있었고, 우리 병원 신경외과에 다니고 있다고……."

"제 환잡니다."

"아, 그래요? 경면** 상태인 걸 보니 급성 경막하혈종일 가능성이 있는 것 같습니다."

니시고오리는 출혈이 일어난 환부를 살짝 봤다.

---

* 글래스고 혼수 척도(Glasgow coma scale)의 약자이다.
** 약한 자극에도 의식을 되찾을 정도인 가벼운 의식장애의 일종으로, 얼핏 보기에는 꾸벅꾸벅 조는 것처럼 보여도 노루잠과는 다르다.

탑 나이프

"아뇨, 우선은 괜찮습니다. 좌측 전두엽 뇌종양이라서 증후성 간질***일 겁니다. 뇌좌상이 아니라면 말이죠."

"그래요?"

"제가 CT실로 데리고 가겠습니다. 나머지는 제가 인수인계하겠습니다."

니시고오리는 마리에를 스트레쳐카에 옮겨 CT실로 향했다. 달려온 미야마, 고즈쿠에도 스트레쳐카를 밀었다.

"이래도 수술 안 할 생각이야?"

스트레쳐카를 밀면서 미야마가 말했다. 니시고오리는 입을 꾹 다문 채 대답하지 않았다.

"신경외과 차장으로서 가만히 두고 볼 수 없어."

"본인에게 확인하겠습니다. 분명 반대할 것 같지만 말이죠."

"환자가 동의서를 쓸지 안 쓸지는 주치의 설명에 달렸다고 했을 텐데."

니시고오리는 대답하지 않았다.

"못했다면 어쩔 수 없지. 주치의를 바꿀게. 내가 할게."

"안 됩니다."

"무슨 권리로 이러는 거야?"

니시고오리가 거칠게 말했다.

*** 뇌 병변에 수반하여 일어나는 간질을 뜻한다.

"목숨보다 중요한 게 있단 말이야!"

그것은 노성이라기보다 외침에 가까웠다.

역시 마리에는 뇌종양으로 인한 증후성 간질로, 하루 입원해서 안정을 취하고 나서 이튿날 재검사를 받기로 했다. 우선 생명에 지장은 없었다. 내일 니시고오리는 아침부터 아라이 신지를 수술해야 한다. 미야마는 당직을 서겠다는 니시고오리를 억지로 귀가시켰다. 이런 일로 내일 긴 시간 동안 해야 하는 수술에 지장을 줘서는 안 된다. 어쩔 수 없이 그를 대신해 늙은 몸을 채찍질해가며 미야마가 당직을 서게 되었다. 주치의를 바꾸는 건 니시고오리가 도무지 받아들이질 않았다. 정말로 이대로 마리에에게 떨어지지 않을 기세였기 때문에 우선 그 건은 내일 이후에 의논하기로 약속하고 니시고오리를 집으로 돌려보냈다.

◇

그날 밤, 잠시 잠들었던 니시고오리는 또 그 꿈을 꿨다.

뒷산이었다. 니시고오리가 당시에 살고 있던 번화가 뒤편에 아담한 산이 있었다. 그곳에 혼자 올라갔다. 여전히 열한 살이었다. 울기 위해 이 산에 오르고 있었다.

유치원에 다닐 무렵부터 니시고오리는 약했다. 그래도 나름 대로 친구가 있어서 즐겁게 지냈다. 상황이 달라진 것은 초등학교 4학년 때 이사하고서부터였다.

응급에 특화된 병원에 엄마가 스카우트되어 가족 모두 이사했는데 번화가인 만큼 분위기가 삭막했다. 성적보다 운동이나 싸움을 얼마나 잘하는지가 권력이 되는 동네로 니시고오리는 압도적으로 약했다. 더군다나 부모님 모두가 의사였고, 허름한 집에 살고 있는 급우들 사이에서 유달리 고급스러운 니시고오리가 사는 주택은 더더욱 눈길을 끌어 질투를 충분히 살 만했다.

처음엔 아이들이 니시고오리의 곱슬머리를 놀리기 시작했다.

당시의 니시고오리는 지금으로서는 상상할 수 없을 만큼 소심했다. 반발다운 반발도 하지 않는 비실비실한 사내아이는 그들에게 좋은 먹잇감이었다. '조롱'은 머지않아 급격히 심해져서 학교에서 기르던 새장에 갇힌 채 밖에서 뿌린 물을 뒤집어쓰는 일도 있었다.

"너희들 적당히 해."

당시 33세였던 담임은 그 상황을 거의 방치했다. 니시고오리의 부모님이 학부모 회의가 열렸을 때 담임의 방침을 대놓고 비난한 적이 한 번 있었다. 그 이후 담임은 니시고오리에게는 차가운 시선을 보내게 되었다. 초등학교에서는 중학교에서와 다르게 전 과목을 담임이 가르친다. 그런 담임에게 미움을 사는 것은 지옥을 의미했다.

그런 와중에 유일하게 변함없이 친구가 되어주던 남자아이가 있었다. 마쓰노라는 그 아이는 니시고오리와 마찬가지로 곤충을 좋아하는, 요즘 말로 하자면 오타쿠였다.

그리고 니시고오리보다 상냥하고 소심했다.

불량한 아이들은 그에 눈독을 들였다.

어느 날 니시고오리를 한산한 교정 구석으로 불러냈다. 그곳에 마쓰노가 먼저 와 있었다. 그리고 아이들은 둘이서 싸우라고 위협했다.

마쓰노는 밝게 웃고 있었지만, 니시고오리는 하는 수 없이 마쓰노의 따귀를 날렸다. 난생처음 느끼는 감촉이 손에 남았다. 그런데도 마쓰노는 웃고 있었다. 눈에는 눈물이 고여 있었다. 니시고오리는 그를 한 번 더 때렸다. 하지 않으면 자신이 당한다. 마쓰노는 반격하지 않았다. 불량한 아이들은 "뭐야, 시시하게"라며 질려버린 장난감을 버리듯이 어딘가로 바로 사라졌다.

니시고오리가 마쓰노와 둘만 남게 되어 사과하려던 그때 마쓰노는 "괜찮아" 하고 평소대로 말하며 살짝 웃었다. 하지만 눈은 맞추지 않았다. 그리고 발걸음을 되돌렸다. 그 이후 대화

톰 나이프

가 단절되었다.

그런데도 괴롭힘은 이어졌다. 친구는 아무도 없었고, 그는 모두에게 괴롭힘을 당하고 있었다.

'괴롭힘을 당한' 후에는 집으로 곧장 돌아가고 싶지 않았다. 집에는 엄격한 엄마와 거의 집에 들어오지 않는 아빠, 그리고 나이 차가 많이 나는 똑똑한 형밖에 없었다. 마음을 터놓을 수 있는 상대가 없었다. 그럴 때는 뒷산에 올라갔다.

누가 오기를 기다렸다. 울고 있는 자신을 보고 위로해주고 어깨를 감싸줄 사람이 나타나기를 기다렸다. 하지만 그런 사람은 결코 나타나지 않았다.

나타나지 않는다는 사실을 알아차렸을 때부터 니시고오리는 강해졌다. 괴롭힘을 당해도 표정으로 드러내지 않았다. 어떤 때든 평정심을 유지했다. 머지않아 괴롭힘을 당하는 일이 사라졌지만, 그와 동시에 누군가에게 마음을 터놓는 일도 사라졌다. 미친 듯이 공부를 하기 시작해 그 공립학교에서는 유일하게 중고등학교가 통합된 명문 사립 중학교에 진학해서 도토대학교 의학부를 거쳐 도토종합병원 신경외과 의국에 합류했다.

식은땀을 흘리다가 잠에서 깼다.

이런 꿈을 꾸는 건 아라이 신지 수술에 대한 압박감 때문일까.

지금까지도 막다른 곳에 몰리면 이 꿈을 꿨다. 의대 수험생이던 시절, 졸업 시험을 보던 때, 국가고시를 칠 때, 신경외과 전문의 자격증 시험을 앞두고 있을 때…….

하지만 수술을 앞두고서는 꿈을 꾼 적이 없었다. 처음부터 뭐든지 잘했다. 옛날부터 손재주가 좋았고 그림도 잘 그렸다.

우수한 외과의사는 그림을 잘 그린다고 한다. 공간 인식력이 뛰어나기 때문일 테다. 니시고오리가 새내기였던 시절에는 도제제도도 옛날만큼 엄격하지 않았고 일찌감치 다양한 수술을 맡아 내공을 쌓다보니 문득 '천재'라고 불리고 있었다.

눈을 뜨자마자 니시고오리는 아라이 신지의 수술 순서를 연습했다.

'수술은 네 번 한다.' ……그것은 미야마의 가르침이다. 우선은 외래로, 그리고 수술 전 검사로, 그리고 수술실로 향하는 손 세척실에서. 환자와 소통을 충분히 하고 나서 본게임에 임한다. 네 번째가 진짜 수술을 의미한다고 한다. 니시고오리는 선배가 가진 장점은 적극적으로 흡수했다. 아라이의 수술은 이미 몇 번이나 머릿속에서 집도했다. 그런데도 그 꿈을 꿨다는 것은 상당히 불안하다는 뜻인가.

수술 전 손 세척실에서 손을 씻다가 문득 니시고오리는 헷갈리곤 했다. 씻어내고 있는 것은 더러운 손일까, 아니면 마쓰노를 때린 감촉일까. 그건 절대 씻어낼 수 없을 것 같았다. 지금도 여전히.

◇

HCU에서 눈을 뜬 마리에에게 미야마는 사태의 전말을 알려주었다. 쓰러진 전후의 기억이 사라져 있었다.

"그랬군요. 니시고오리 선생님이……."

"계속 지켜보겠다는 걸 내일 일찍 출근해야 해서 제가 돌려보냈습니다."

마리에가 쓴웃음을 지었다.

"이 자리에서만 하는 말이지만 드문 일이에요. 그 선생님은 평소에 꽤 쿨하거든요."

마린이 덧붙여 말했다.

"그래요? 오늘 있었던 일 들려주고 싶었는데 아쉽네요. 아, 그래도 내일이면 만날 수 있겠네요."

"오늘 무슨 일 있었어요?"라고 마린이 물었다.

"네, 좀요."

마리에는 음반 회사에서 있었던 일을 해맑게 말했다. 누군가에게 몹시 들려주고 싶었던 모양이다.

"그거…… 다행이네요."

미야마는 복잡한 기분으로 말했다.

"그런데 어디서 쓰러졌는지 기억나질 않네요. 아, 맞다. 저기 있는 스마트폰 좀 주시겠어요?"

미야마는 마리에가 가리킨 협탁에 놓인 스마트폰을 건넸다. 구글의 타임라인이라는 앱을 사용하면 그날 어디에 갔는지 전부 알 수 있다고 한다. 스마트폰을 들고 이동한 경로가 전부 기록되는 모양이었다. 하지만 링거를 맞고 있었기 때문에 스마트폰을 다루기 힘들었다.

"아, 그냥 계세요. 제가 할게요." 마린이 대신해서 그녀가 말한 대로 앱을 켜보자 그날 이동한 경로와 시간이 나왔다. 그것을 보고 마리에가 말했다.

"아, 가미야초네…… 거기서 쓰러졌구나."

"정말 편리하네요. 저도 잠깐 봐도 될까요?" 미야마가 물었다. "나이가 드니 갈수록 기계치가 되더라고요."

"얼마든지 보세요. 어차피 거의 직장이랑 집만 왕복하고 있으니까요."

"그래요? 남자친구랑 데이트도 하지 않나요?"

마린이 장난스럽게 미소 지었다.

"남자친구 없어요. 그거 보면 다 나와요."

앱에는 마리에의 타임라인이 나와 있었다. 요일별로 걸어간 경로였다. 역시 가미야초 역에서 쓰러졌다. 그날그날에 따라

특별한 표시가 있다는 사실을 알 수 있었다.

"아, 작곡한 날을 표시한 거예요. 영감이 확 솟구친 특별한 날이요"라고 말하며 마리에는 웃었다.

그것을 보고 미야마는 확신했다. 얼마 전에 마린에게 힌트를 듣고 그것을 확인하기 위해 고즈쿠에를 '그곳'에 보냈다. 그리고 지금 의심은 확신으로 바뀌었다.

니시고오리는 큰 착각을 하고 있다. 아니, 마리에가…….

◇

니시고오리는 잠에서 깼을 때 이 꿈도 오늘로 끝이라고 확신했다.

오늘 아라이 신지의 수술을 성공시키면 모든 것이 끝난다. 나는 강해진다. 나는 천재가 된다. 병원에 도착해 마취를 하기 전에 신지와 보호자인 가즈코에게 인사를 했다.

"선생님…… 정말, 정말 잘 부탁드립니다."

가즈코는 고개를 몇 번이고 숙였다.

"다 괜찮아질 겁니다. 든든한 마음으로 기다리세요. 오늘 수술은 길어질 테니 무리하지 마시고 쉬고 계세요." 니시고오리는 가즈코의 어깨에 손을 얹었다. 같은 자리에 있던 미야마는 그런 니시고오리를 보는 게 처음이었다. 고즈쿠에와 마린도 놀라서 니시고오리를 보고 있었다.

수술은 오전 8시에 시작된다.

신지는 전신마취를 하고 수술대에 가로누워 있었다.

"오른쪽으로 좀 더 기울여주세요. 네네…… 그 정도면 돼요."

의료진들이 신지의 몸을 미세하게 이동시켰다. 그리고 고정하는 데 1시간이 걸렸다. 신경외과 수술은 맨 처음에 하는 체위잡기가 아주 중요하다. 머리를 어느 위치에 두고 개두하는가로 그 안에 도달하는 속도가 결정된다. 한번 고정시키면 이제 더 이상 옮길 수 없기에 실패는 용납되지 않는다. '체위잡기가 신경외과 수술의 모든 것'이라고 단언하는 의사도 있다. 니시고오리도 평소보다 더 신중하게 체위를 잡아나갔다.

"좋았어. 이 상태로 가죠."

뒤에서 보고 있던 미야마도 체위가 나쁘지 않다고 생각했다.

청신경종양 적출 수술 난이도는 종양 표면을 드러내는 접근 방식에 달려 있다. 종양은 뇌 뒷면에 있다. 청신경종양은 후두개 아래, 귀 아랫부분에 있다. 소뇌와 추체골 사이에 2밀리미터 되는 브레인 스패출라를 사용해 소뇌를 살짝 고정한 틈으로 종양을 볼 수 있지만, 서툰 의사가 하면 소뇌를 망가뜨리고 말아 뇌가 부어 출혈을 일으킨다. 힘을 절묘하게 조절해서 고정시켜 종양까지 도달해야 한다. 그리하여 종양에 도달했다고 하더라도 종양 주변에는 다수의 뇌신경이나 혈관이 지나다니

톰 나이프

고 있다. 더군다나 그 안에는 호흡 기능을 비롯한 생명유지에 필요한 모든 것을 관장하는 뇌간이 있다. 이 부위에 상처를 내면 바로 식물인간이 되거나 사망한다.

니시고오리는 EVD 카테터로 뇌척수액을 소량 뽑아내면서 최대한 부드럽게 소뇌를 압박하며 신중하게 종양까지 도달했다.

"크네."

목소리가 무심코 흘러나왔다. 수술 전에 아무리 꼼꼼하게 검사를 해도 실제로 개두하면 검사 영상 이상으로 크거나 위치가 다를 때도 많다.

여기서부터는 종양을 적출해나간다. 탁구공 같은 것을 그냥 도려내기만 하면 된다는 이야기가 아니다. 커지려면 종양에도 영양을 공급하는 혈관이 필요하기에 종양 안에도 종양 혈관이 많은데, 이 혈관은 보통 혈관과 다르게 불규칙적이고 약해서 쉽게 출혈된다.

뇌출혈은 바이폴라로 응고시켜 지혈하지만, 탄력 있는 혈관과 달리 종양 혈관은 혈관이 수축되지 않아 지혈하기 힘들다. 대량으로 출혈이 나면 당연히 수술 부위가 새빨갛게 물들어 보이지 않게 된다. 그렇게 되면 뇌간이나 신경과 혈관을 박리 보존하는 데 지장을 가져온다.

니시고오리는 마이크로스코프라는, 수술 부위를 보기 위한 현미경에서 눈을 떼고 출혈을 최소한으로 막아가며 신중하게 진행했다. 여기까지는 순조로웠다.

이것보다 더 중요한 것은 종양에 압박 받아 투명하게 펼쳐져 종양에 들러붙어 있는 안면신경과 청신경 위치를 확인하는 것이다. 청신경은 신경 중에서 가장 약하고, 눈으로 봤을 때 섬유가 남아 있다고 해도 박리 수술 결과에 따라 실패할 가능성도 있다.

"ABR(뇌간유발반응 테스트)."

임상검사 기사가 자극을 주기 시작했다. "티디디디디디디디……" 하는 소리가 울려 퍼졌다. 환자는 전신마취를 하고 있어도 청각 기능은 반응한다. 그것을 모니터 파형으로 확인하고 청신경이 정상적으로 활동하는지를 체크하는 것이다.

"바이폴라."

출혈이 조금 일어났다. 니시고오리는 꼼꼼하게 흡입해나갔다. 신중에 신중을 기해. 그리고 종양을 조금씩 떼어냈다.

안면신경도 마찬가지다. 전기 자극 프로브라는 의료 기기를 종양에 막처럼 둘러싼 피막에 대고 모니터링을 하면서, 그 피막 안 어디에 안면신경이 지나다니는지 체크하며 그곳을 피해 신중하게 종양을 제거해나간다. 제거하고는 시간을 들여 지혈을 하고 작업으로 다시 돌아온다. 오로지 그 작업을 반복한다. 정신이 아득해질 만큼 긴 시간 동안 집중력이 요구된다. 보통은 몇 번인가 손을 쉬어가며 어시스턴트에게 환부를 고정하게 해서 어깨를 풀어주거나 스트레칭을 해서 뭉친 근육을 풀어준다. 그렇지 않으면 팔이 경직된다. 하지만 니시고오리의 손은 한순간도 쉬지 않았다. 무서운 집중력을 발휘하고 있었다.

5시간이 지났다. 이마저도 이례적인 속도였다.

구로이와가 들어왔지만 니시고오리는 알아차리지도 못했다.

구로이와는 뒤에서 보고 있던 미야마의 곁으로 갔다.

"부장이 보고 오라고 하더군." 그가 작은 목소리로 말했다.

"내이도 종양 적출. 드릴."

그렇게 말하는 니시고오리를 보고 구로이와도 무심코 소리를 냈다.

"와아, 빠르네."

드디어 마지막 마무리다. 여기까지는 순조로웠다. 이제 한 고비만 남겨두고 있다.

니시고오리는 더욱 집중했다.

가즈코는 보호자 대기실에서 혼자 마음을 졸이고 있었다. 그녀는 건강한 몸이 자랑거리였다. 이 나이가 되기까지 맹장 수술 때 말고는 병원 신세를 진 적이 거의 없었다. 그런 만큼 자식의 건강운까지 자신이 가져가 버린 게 아닌지 지금은 불안에 휩싸여 있었다. 시간이 지나면 지날수록 불안감이 더해 갔다. 언제 끝나는지 이제나저제나 기다리다 정신을 차리고 보니 식사를 걸렀다. 물도 마시지 않았다.

◇

"좋았어. 이거면 됐어."

수술용 현미경을 보면서 니시고오리가 중얼거렸다.

그건 수술 완료를 전하는 말이었다. 뇌종양을 모두 적출해 내고 안면신경을 박리 보존했다. 청각반응 모니터 체크에도 문제가 없었다.

이제 남은 건 열었던 머리를 닫는 작업이며, 그건 어시스턴트라도 할 수 있다.

오후 5시. 수술을 시작한 지 9시간이 지났다.

"대단해……" 한 어시스턴트가 무심결에 감탄사를 외쳤다. 예기치 못하게 마취 전문의, 모니터링 기사, 간호사들이 박수를 쳤다.

미야마도 박수를 치고 있었다. 구로이와도 마찬가지였다. 다만 니시고오리 자신은 녹초가 되어 환호성을 들을 여유가 없

톰 나이프

었다.

일을 모두 끝내고 ICU*로 신지를 옮길 무렵에는 저녁 8시를 지나고 있었다. 가즈코는 울면서 니시고오리의 손을 부여잡았다. 이제 안심해도 되니 얼른 쉬라는 말을 전하고 니시고오리는 의국으로 향했다. 하지만 지칠 대로 지쳐서 복도 벤치에 무심코 앉았다.

이례적인 속도로 거대 청신경종양을 완벽하게 제거했다. 안면신경뿐만 아니라 청각도 보존할 수 있었던 것은 기적이라고 해도 좋다. 이번처럼 큰 종양일 때는 통상적으로 대부분 보존될 수 없다. 34세라는 젊은 나이를 생각하면 누구든 '천재'라고 칭찬해줄 테다.

하지만 니시고오리는 평소 같은 성취감이 느껴지지 않았다. 처음으로 미지의 최고 난이도의 수술을 마쳤는데, 단지 멍한 기분밖에 남아 있지 않았다.

1밀리미터 더 청신경이 비켜나가 있었다면, 0.5밀리미터 더 안면신경이 얇았다면, 바이폴라로 지혈이 잘 되지 않았더라면.

같은 결과는 나오지 않았을 테다. 이번에는 '기적'이 일어난 것이다. 아슬아슬한 줄타기와 마찬가지였다. 우연히 '이쪽'으

* 중증 환자나 대수술을 받은 환자를 24시간 계속 지켜보며 필요에 따라 구급 조치를 신속히 하기 위해 마련된 공간이다.

로 떨어졌을 뿐이다. 반대쪽으로 떨어졌더라면 모든 것이 끝났다. 신경외과에서 하는 초고난이도 수술은 이만큼 혹독하단 말인가.

'천재'라는 말은 참으로 그럴싸하게 들린다. 타인이 다룰 줄 모르는 재주를 가지게 되었을 때 사람은 그에 천재라는 라벨을 붙인다. 하지만 상대가 누구든 간에 일을 거뜬히 해내는 것이 천재일 테다. 자신은 그 정도가 될까?

"잠깐 시간 괜찮아?"

미야마가 왔다. 입을 떼는 것도 번거로웠지만, 다음 말을 듣고 정신이 번쩍 들었다.

"네기시 씨에 대한 일인데 말이야."

"무슨 일 있어요?"

당황하는 니시고오리의 얼굴을 보고 미야마는 쓴웃음을 지었다.

"괜찮아. 상태를 말하는 게 아냐. 상태는 안정됐어. 내일 검사받으면 오후에는 퇴원할 거야."

"아…… 다행이네요."

미야마가 옆에 앉았다.

"그러면요? 다른 일이라도 있어요?"

미야마는 말하기 힘겨운 듯 시선을 떨어뜨렸다. 보기 드문 표정이었다.

"왜 그러세요?"

"네기시 씨, 음반 회사에서 돌아가는 길에 쓰러졌다는 건 알고 있어?"

"네. 요전번에 말했거든요. 계약할 것 같다고요."

"관두는 게 좋을 거야. 니시고오리 선생이 관두라고 말해."

"네? 무슨 소린지 도통 모르겠는데요……."

미야마는 한숨을 쉬었다.

"그 환자는 자신의 힘으로 곡을 만들고 있는 게 아냐."

"무슨 소리예요? 무슨 뜻인지 도무지……."

"그 환자는 서번트 증후군을 앓고 있어."

"네에?" 니시고오리는 되물었다.

"좌뇌에 뇌종양이 생기는 바람에 후천적 서번트 증후군에 걸렸어. 그래서 한 번이라도 들은 곡이라면 순식간에 재현할 수 있게 된 걸로 보여."

서번트 증후군을 앓는 환자는 대부분이 자폐증 같은 장애를 가지고 있으면서 지극히 특정된 분야에서 특출한 능력을 발휘한다. 영화 〈레인맨〉에서 더스틴 호프만이 연기했던 한 번 보기만 해도 트럼프 패를 기억하거나 몇 만 자리 계산을 순식간에 해내는 재능을 말한다. 그 능력이 표출되는 방식은 다양하며 2천 곡이나 되는 오페라 악보, 악기, 노랫소리를 모조리 기억해서 충실히 재현하는 '음악 서번트'라고 불리는 사람들도 있다.

지극히 드물지만 후천적 서번트라고 해서 머리에 병이 생기거나 부상을 입어 갑자기 특수한 능력을 발휘하게 되는 경우도 있다. 대개 기억력이 비상한데, 어째서 그런 능력을 발휘할 수 있게 되었는지는 수수께끼 같은 부분이 많다.

"즉 그 환자가 작곡하는 건 오리지널 곡이 아냐. 원곡이 따로 있어. 그걸 완전히 카피하고 있어. 아마 무의식적으로."

니시고오리는 말문이 막혔다.

"말도 안 돼."

"좀 신경 쓰였었어. 너무 갑자기 그렇게 연달아 곡이, 게다가 그렇게 굉장한 곡이 어느 날 느닷없이 만들어지나 싶었거든. 귀에 익은 곡도 있었고 말이지."

서양 음악을 좋아하는 마린도 알아차렸다. 마리에가 만든 곡을 듣고 마음에 걸리는 점이 있어서 유튜브를 검색하자 같은 곡이 있었다고 한다.

"그래서 그 환자의 행동 범위를 스마트폰으로 봤어. 니시고오리 선생도 간 적 있지? ○○카페."

니시고오리가 인터뷰를 했던 카페였다.

"그 환자는 그 카페에서 나가고 나면 반드시 곡을 만들었어. 그 카페는 전 세계의 인디음악이 나오는 유튜브 채널을 모니터로 틀어놓고 있어. 음반 회사 디렉터라도 전 세계의 모든 음

톱 나이프

악을 망라하고 있진 않아. 들어도 몰랐을 거야. 그러다 자칫 음반이라도 내면 큰일이겠지."

"말도 안 돼……."

니시고오리는 놀라서 말도 나오지 않았다. 그럼 그녀의 '재능'은 뭐였던 말인가. 전부 다 거짓, 가짜였다는 건가.

"좌측 전두엽의 종양을 떼어내면 아마 서번트 증상은 나타나지 않을 거야."

그건 지금의 마리에의 '죽음'을 의미했다.

"말이 되는 소릴 하라고……. 그럼 이제부터 그 여자는 어떻게 살아가야 한단 말이야?!"

목소리가 커졌다. 무심코 나온 반말에 미야마는 조용히 대답했다.

"그건 모르지. 우리가 간섭할 문제가 아니야."

의사가 환자의 인생까지 관여할 수 없다. 책임져야 할 이유도 없다. 그건 명백한 이치인데도 어쩌다 관여하게 되는 경우가 있다. 젊을 때는 더 그렇다.

여전히 멍하니 허공을 바라보고 있는 니시고오리에게 미야마가 말했다.

"주치의는 너, 니시고오리 선생이야. 그 환자한테 네가 말해."

미야마가 일어났을 때 구로이와가 잰걸음으로 다가왔다.

"어라? 아직 안 갔어요?"

"아, 가려는데 간호사가 붙잡더라고."

의아한 표정을 짓는 미야마에게 구로이와가 말했다.

"조금 전의 그 뭐였더라, 아라이 씨의 어머니, 쓰러졌나 보더라고. 뇌경색일지도 모른다네."

가즈코는 긴급으로 수술실에 옮겨졌다. 이미 의식이 없었다. ICU 보호자 수면실에서 선잠이라도 자려고 가다가 쓰러졌다고 한다. 두부 CT로 지주막하출혈*이라는 사실이 밝혀져 출혈 부위를 상세히 확인하기 위해 MRI 촬영실로 보낸 차였다.

구로이와와 미야마가 수술을 준비하고 마취과와 연락을 취하고 있으니 니시고오리가 "제가 하겠습니다"라며 들어왔다. 니시고오리는 10시간에 육박하는 수술을 끝낸 직후였기 때문에 구로이와와 미야마 두 사람은 얼굴을 마주 보았지만 니시고오리는 자신이 하겠다며 고집을 부렸다. "아, 그래? 그럼 나머지 잘 부탁해~" 하며 구로이와는 얼른 그 자리를 떠났다. 어쩔 수 없이 미야마가 어시스턴트로 참여하기로 했다.

---

* 뇌를 감싸고 있는 뇌막은 경막, 지주막, 연막으로 구분되는데, 이중 중간에 있는 막이 지주막이며 가장 안쪽에 있는 연막 사이에 있는 공간이 지주막하 공간이다. 이 지주막하 공간은 비교적 넓은 공간으로, 뇌에 혈액을 공급하는 대부분의 큰 혈관이 지나다니는 통로이다. 그래서 뇌혈관에서 출혈이 생기면 가장 먼저 지주막하 공간에 스며들게 되는데, 이렇게 어떤 원인으로 지주막하 공간에 출혈이 일어나는 질환을 지주막하출혈이라고 한다.

톱 나이프

하지만 촬영된 MRI 영상을 보고 그곳에 있던 마취과 전문의를 비롯한 의료진 전원이 놀라서 소리를 냈다.

"이거 뭐야?!"

"어떻게 된 거지?!"

니시고오리와 미야마도 눈을 크게 떴다.

동맥류가 세 개나 있었고, 그중 하나가 파열된 것으로 보였다. 지금은 일시적으로 출혈 부위가 응고되어 지혈되었을 테지만, 또 언제 파열될지 알 수 없었다. 애초에 MRI 영상만으로는 세 개 중 어느 동맥류가 파열됐는지 판단하기 어려웠다. 즉 세 개 다, 류(瘤) 꽈리의 뿌리를 핀으로 집는 클리핑이라는 기술로 파열되지 않도록 조치를 취해야 했다.

뇌로 향하는 동맥은 보통 네 개가 있다. 경동맥 두 개와 추골동맥 두 개이다.

그런데.

"하나밖에 없어!"

니시고오리가 무심코 외쳤다.

동맥이 하나밖에 없는 기형이었다. 뇌는 3분 동안 혈류가 흐르지 않으면 죽음에 이른다. 동맥류 치료는 보통은 동맥이 네 개 있기 때문에 그중 하나를 몇 분간 임시로 막아도 문제가 없다. 혈류를 막아, 이른바 강의 흐름을 막아, 무너진 제방을 복구하는 작업과 같다. 하지만 동맥이 하나밖에 없으면 혈류를 막을 수 없다. 즉 흐르는 강 속에서 제방 복구 작업을 해야 한다. 게다가 세 개씩이나.

"어떻게 할까요……?"

마취과 전문의가 반쯤 울다시피 하며 물었다.

"어떻게 하다뇨…… 하는 수밖에 없잖아요!"

니시고오리는 고함을 질렀다. 혈관 상태에서 보건대, 방치하고 살피고 있을 여유는 없었다. 한시라도 빨리 조치를 취해야만 했다. 전대미문의 긴급수술이 시작되었다.

응급실에서 온 마취 전문의와 어시스턴트들이 요령껏 조치를 취해 나갔다. 어느새 머리를 밀고 니시고오리가 체위를 정하더니 개두에 들어갔다.

어시스턴트로 참여한 미야마는 무슨 일이 생기면 바로 교대할 생각이었지만, 니시고오리는 조금도 피곤하지 않다는 듯이 움직였다.

"빨라."

어시스턴트 한 사람에게서 감탄사가 새어 나왔다.

어느새 첫 번째 동맥류에 도달했다.

수술용 현미경을 들여다보는 니시고오리의 인상이 험악해졌다. 미야마의 눈에는 그의 어깨에 힘이 지나치게 들어간 듯보였다. 평소보다 긴장하고 있었다.

현미경으로 엉겨 붙은 채 응고된 동맥류가 보였다. 진가를 발휘해야 하는 순간이다. 여기를 한 번에 클리핑해야만 한다.

클립을 쥔 손이 미세하게 떨렸다.

갑자기 예기치 못한 광경이 니시고오리의 뇌리에 떠올랐다.

초등학교 4학년 때 그 교정 한구석에 펼쳐진 광경이었다.

불량한 아이들에게 위협을 받아 절친인 마쓰노를 때렸다.

뺨을 때렸다. 그 손의 감촉. 마지막까지 웃고 있던 마쓰노의 눈.

그때 불었던 뜨뜻미지근한 바람.

"니시고오리!"

미야마가 외치는 것과 동시에 현미경에 비치던 동맥류의 꽈리가 찢어졌다.

수술 부위가 순식간에 새빨갛게 물들었다.

"석션!"

니시고오리의 말에 어수선하게 움직이기 시작한 소독간호사들.

미야마도 현미경 아래를 비춘 모니터를 보고 있었다. 하지만 수술 부위는 이미 피 때문에 보이지 않았다.

"동맥류가 파열됐어……."

어시스턴트 한 사람이 소리를 냈다.

"아…… 제기랄!"

니시고오리는 필사적으로 석션으로 피를 빨아들이려고 했지만, 도저히 따라잡을 수 없었다.

"마이크로 석션으로는 무리야. 머리를 개폐할 때 쓰는 굵은 걸 쓰는 편이 좋을 거야."

미야마가 말했지만, 니시고오리에게는 아무것도 들리지 않았다.

"니시고오리!"

멈춰 있었다. 니시고오리의 손이. 제정신이 아닌 것이다. 몸이 뻣뻣해져서 전혀 움직일 수 없었다.

미야마는 어시스턴트에게 고함을 질렀다.

"비켜! 교대한다!"

그때였다.

"위험한 상황이라면서?"

수술복을 입은 구로이와가 들어왔다. MRI를 보고 귀가하는 구로이와를 누군가가 불러 세워 데리고 온 것이었다.

수술 부위를 비추는 모니터를 보자마자 상황에 걸맞지 않는 엉뚱한 소리를 냈다.

"이야~, 이거 짜릿하겠는데. 내가 교대할게."

구로이와는 마치 아무 일도 없었다는 듯이 니시고오리를 비키게 하고 마이크로스코프를 들여다보았다.

"이거 철철 넘치네. 우선 뇌간 방향으로 출혈이 퍼져나가는 걸 막아볼까. 큰 거즈 줘."

소독간호사가 어수선하게 건넸다.

"어이 정신 차려, '큰' 거즈라고 했잖아. 진정해. 진정하고 서둘러. 알겠어?"

간호사가 다른 거즈를 건넸다. 구로이와는 피를 빨아들이기 시작했다.

"혈압 떨어뜨릴까요?" 마취과 전문의가 물었다.

"안 돼. 임시 클립을 사용할 거야. 혈압 높여. 지금 바로."

모니터 안에서 추골동맥이 다시 보이기 시작했다.

"15밀리, 일자형 차단 클립."

간호사가 건넸다.

구로이와가 혈관 주위를 클립의 날에 끼워 멈추게 했다. 출혈이 멈췄다.

"좋았어. 시간 알려줘. 1분마다. 에다라본 투여."

동맥류 주변의 응혈 덩어리를 빨아들여 나갔다. 구로이와의 주변에만 다른 시간이 흐르고 있는 것처럼 보였다.

"1분!" 어시스턴트가 외쳤다. 뒤에서 다른 간호사들이 속닥거리는 소리가 미야마에게도 들렸다. "고작 몇 분밖에 안 남았는데?!" "그사이에 클립 결찰술을 한다고?! 안 될 거야, 보통은 30분이나 걸리잖아."

어시스턴트가 또 외쳤다.

"2분!"

"10밀리 바이오넷 클립."

구로이와의 목소리의 톤이 달라졌다.

"3분!" 어시스턴트의 목소리가 이제 거의 비명에 가까웠다.

소독간호사가 포셉에 클립을 장전하려고 했지만, 양손이 떨려서 잘 되지 않았다.

"클립! 어서!" 미야마가 고함을 지르고 있었다. 간호사를 대신해 클립을 잡고 포셉에 장전해서 건넸다.

구로이와는 동맥류의 뿌리에 그것을 가져갔다.

"4분!"

"MEP* 진폭이 좁아지고 있습니다." 기사가 외쳤다.

심음(心音) 모니터가 삑삑삑 하고 격렬한 소리를 냈다.

뇌가 산소 부족을 앞두고 있었다.

"오케이. 차단 클립, 뺄게."

추골동맥을 막고 있던 클립을 뺐다. 조치가 완벽하지 않으면 그곳에서 또다시 출혈이 일어난다. 이 상황에서 일어나는 출혈은 타임아웃을 뜻한다.

동맥류가 있던 동맥에 혈액이 몰려들었다. "신이시여……제발" 하고 누군가가 중얼거렸다.

동맥류 클립은 계속 유지되며 출혈을 일으키지 않고 순조롭게 흘러갔다.

---

* 전극으로 자극을 주어 기록된 진폭을 기준으로 환자의 상태를 확인하는 기기.

톰 나이프

모두가 마음을 놓은 표정을 지었다.

"나머지 두 개, 2분 만에 할 거야. 시간 재"라고 구로이와가 말했다.

"2분이요?!" 마취 전문의가 놀랐다.

"안 그러면 뇌가 못 버텨. 동맥 촉감에서 보자면 다시 한 번 더 추골동맥을 막았을 때 2분이면 견딜 수 있어. 차단 클립 한 번 더!"

미야마가 간호사를 대신해서 다급히 조금 전의 차단 클립을 내밀었다.

"뇌 보호제는요?" 마취 전문의가 구로이와에게 물었다.

"만니톨이랑 스테로이드 주입해."

"1분!" 어시스턴트가 또 외쳤다.

"남은 1분 만에 두 개를……."

"하나 막았어!"

현미경이 그대로 비치고 있는 모니터를 잡아먹을 듯이 보고 있던 간호사가 외쳤다.

구로이와의 이마에 맺힌 땀이 빛났다. 역시 말이 없어졌다.

"2분! 2분 지났습니다!"

마지막 동맥류. 그 뿌리에 클립이 끼워졌다. 그리고 추골동맥의 차단 클립이 제거되었다. 동맥류가 있던 동맥에 혈액이 흐르기 시작했다.

"완료······."

미야마의 입에서 깊은 한숨이 나왔다.

현미경에서 구로이와의 얼굴이 벗어났다.

"머리 닫아. 난 이제 가도 되지?"

"네, 가세요. 이제 충분해요. 머리 닫을게요."

"아, 피곤해. 이거 수당을 별도로 받아야겠는데?"

말이 끝나자마자 구로이와는 얼른 수술모를 벗고 나갔다.

그곳에 멀거니 서 있던 니시고오리를 쳐다보지는 않았다.

"어제 힘들었지?"

이마데가와가 만사태평한 표정으로 니시고오리에게 수고했다고 말했다. 그 말을 대충 흘려듣고 ICU에 얼굴을 내밀었다. 신지도 가즈코도 상태가 안정된 듯했다.

병동으로 향하는 복도를 걷다가 미야마와 스쳐 지나갔다.

"네기시 씨는?"

"네. 지금 갈 겁니다."

"그래?"

니시고오리는 마리에가 있는 개인실로 들어갔다.

침대 위에서 상반신을 일으키고 마리에는 쾌활하게 콧노래를 부르고 있었다.

"아, 선생님."

마리에의 목소리는 신이 나 있었다.

"들어봐! RY 음반 회사가 내 곡을 사겠대! 드디어 데뷔하는 거야!"

니시고오리는 희미하게 웃었다. 그 모습을 보고 마리에가 토라졌다.

"그 미소는 뭐야?! 더 기뻐하라고! 엄청나지? ○○나 △△에도 참여한 디렉터야! 있잖아, 내가 만든 곡이 전부 다 엄청 신선하대. 믿을 수 없대! 그러니 이런 곳에 누워 있을 여유 없어. 얼른 나가게 해줘."

니시고오리는 마리에를 가만히 보고 있었다.

"왜 그래?"

어째서인지 죄책감을 느끼고 있었다. 그녀가 서번트 증후군인 것이 자신의 탓인 듯한 느낌이 들었다. 자신과 마찬가지다. 자신처럼 약하니까 당하는 것이다.

"틀렸어……."

"응? 뭐가?"

"틀렸어, 그게……."

말이 잘 나오지 않았다.

"뭐가 틀렸다는 거야? 내 병?"

"아니. 그게 아니고……."

니시고오리는 목소리를 쥐어짰다.

"뭐가?"

"너한테…… 재능은 없어."

"……뭐?"

마리에의 표정은 변하지 않았다.

니시고오리는 후천적 서번트 증후군에 대해서 설명했다. 마리에의 번뜩이는 아이디어는 뇌종양 때문에 나오는 거라는 사실. 작곡한 곡은 무의식적으로 들은, 카페에서 흐르던 유튜브 곡을 그대로 재현해낸 것이라는 사실. 오리지널 곡이 아니라 모방에 지나지 않는다는 사실.

"이게…… 그 곡이야."

니시고오리는 스마트폰을 보여주었다. 거기서 흘러나오는 곡은 마리에가 들려준 곡과 별반 다르지 않았다.

"수술받자."

방심한 듯이 멍한 표정으로 듣고 있던 마리에에게 말했다.

"이 종양은 바로 제거하는 편이 좋을 거야. 수술 계획 세울게. 내가 제거할게."

마지막에는 목소리가 거의 기어 들어갔다.

마리에의 얼굴을 똑바로 쳐다볼 수 없었다.

"어떻게……."

"……응?"

"앞으로 어떻게 살아가야 할까? 나……."

대답할 수 없었다.

"어떻게……."

마리에의 눈에서 눈물이 뚝뚝 떨어졌다.

"모르겠어……."

니시고오리는 간신히 대답했다.

"나도 마찬가지야. 잘 모르겠어……."

마리에는 고개를 들어 니시고오리를 쳐다보았다.

"나도 지금…… 어떻게 해야 할지 모르겠어……."

믿었던 것을 잃고 사람은 과연 살아갈 수 있을까.

그럼에도 살아가야만 하는 걸까.

니시고오리도 알 수 없었다.

병실에서 나가려고 발걸음을 되돌린 니시고오리의 귀에 마리에의 목소리가 들렸다.

"있어."

돌아보았다.

마리에는 악보에 무언가를 그리기 시작했다.

"재능…… 있어……."

닥치는 대로 무언가를 악보에 그려나가고 있었다. 그건 아마추어라도 어설픈 움직임이라는 사실을 알 수 있었다.

니시고오리는 미야마에게 마리에의 수술에 대해 전했다. 그리고 한밤중에 가즈코의 수술실에서 저지른 실수를 사과했다.

"죄송합니다. 저는 그 정도밖에 안 되는 의사입니다."

주눅이 들지도 정색하지도 않았다. 그냥 담담하게 심정을 이야기했다. 갑옷이 벗겨진 채 어딘가로 흘러갔다.

"부장님께 보고해서 해고하셔도 됩니다. 일단 현장에서 벗어나 생각해보는 게 좋을지도 모릅니다. 진심으로 그렇게 생각합니다."

"그래?"

"저 스스로도 절망적이라 생각합니다."

미야마는 한숨 돌리고 대답했다.

"나도 그래."

"……네?"

"나도 구로이와 선생을 보고 늘 절망해. 모든 게 다르거든. 무엇보다 감각이 달라. 그렇게 출혈량이 많았는데도 일단 차단해서 파열된 동맥류뿐만 아니라 나머지도 전부 클리핑했어. 결과적으로 정답이었고. 교과서 어디에도 실려 있지 않아. 역시 천재라고 생각해."

미야마는 말을 이어나갔다.

"그래서 나도 매일 절망적이야. '재능'에 도무지 당해내지 못하겠어."

이렇게 미야마와 대화하는 건 처음이었다. 이 병원에 오고 나서 누군가와 이렇게 이야기하는 것 자체가 처음이었다.

아니, 마쓰노를 때린 이후로 누군가와 이야기하는 게 처음일지도 몰랐다.

"그래도 어쩔 수 없지. 그런데도 살아가야 해. 모든 걸 받아들이고 살아나가는 수밖에."

그렇게 말을 끝내고 미야마는 물러났다. 이렇게 목소리가 나지막한 사람이었구나, 하고 니시고오리는 생각했다.

3주 후, 신지와 가즈코는 퇴원했고 마리에도 수술을 받았다.

마리에의 좌측 전두엽 종양은 무사히 적출되었고 2주 후에 퇴원했다.

들었던 곡을 재현하는 능력은 이제 사라졌다. 퇴원하는 날이 신기하게도 그녀의 마흔 번째 생일이었다.

◇

그날 밤, 니시고오리는 꿈을 꿨다.

열한 살인 니시고오리가 뒷산에 가서 혼자 울고 있었다.

그때 뒤에서 소리가 났다.

돌아보았다.

키 높이만 한 풀만 바람에 흔들리고 있었다.

가만히 보고 있었다.

그러다…… 발소리가 그 건너편에서 들려왔다.

그 발소리는 천천히 다가왔고, 이윽고 풀 속에서 얼굴을 드러냈다.

니시고오리였다. 서른네 살의 니시고오리였다.

멍하니 보고 있던 열한 살의 니시고오리에게 서른네 살의 니시고오리는 다정하게 말을 걸었다.

"이제 괜찮아."

희미하게 미소 짓고 있었다.

"이제 괜찮아. 많이 애썼어."

"……."

"집에 가자."

울고 있는 니시고오리의 어깨를 포근하게 감쌌다.

열한 살의 니시고오리는 고개를 끄덕였다.

서른네 살의 니시고오리가 열한 살의 자신의 어깨를 감싼 채 두 사람은 풀숲을 내려갔다.

망망대해처럼 펼쳐진 풀들만 흔들리고 있었다.

4
장

뇌와 사랑

'그날 오전 9시'

고즈쿠에 사치코는 양손을 위로 들고 수술실로 향하는 복
도를 씩씩하게 걷고 있었다. 신경외과 수술 집도의. 의사 중에
서도 선택받은 자에게만 허용되는 영예. 그것을 오늘 누리게
된다.

수술실 안에는 소독간호사와 순환간호사*들, 마취 전문의,
임상검사 기사, 어시스턴트들이 주역의 등장을 기다리고 있다.
이거다. 이 쾌감. 내가 가야만 모든 것이 시작된다. 주역의, 스
타의 등장을 이제나저제나 기다리고 있다. 그 감각. 옛날에 모

---

* 수술실과 외부를 오가며 소통하는 간호사.

의고사에서 늘 1등을 차지해 그 세계에서 유명해져 몇몇 아이들이 선망의 시선으로 힐끗힐끗 쳐다보던 와중에 의연하게 시험장으로 들어갔었다. 그 상황과 비슷하다. 고즈쿠에는 일부러 더 폼을 잡고 침착하게 걸어가서 폐달을 밟아 수술실 문을 열었다.

"오래 기다렸죠?"

그곳에는 간호사와 어시스턴트가 있었다.

"'오래 기다렸죠'가 뭐야! '잘 부탁드립니다'겠지!"

야단을 맞았다. 어시스턴트라는 이름의 악마 교관, 미야마 요코에게. 기선을 제압당했다.

"꾸물대지 마! 언제까지 느럿느럿 손이나 씻고 있을 거야?! 게다가 폼은 왜 잡고 있어? 연수의도 할 수 있는 수술인데!"

고즈쿠에는 들리지 않도록 몰래 혀를 찼다. 들키면 작살나겠지만 말이다. 마음속으로 악담을 퍼붓는데 간호사가 그녀에게 수술용 장갑을 끼워주었다.

"그럼…… 지금부터 만성경막하혈종 제거 및 카테터 유치 수술을 시작하겠습니다."

"이미 알고 있어."

오자와 마린이 중간에 끊듯이 끼어들었다. 오늘은 소독간호사 역할을 맡고 있다.

"빨리 좀 움직여. 환자분이 기다리시잖아. 요코하타 씨, 죄송합니다."

의식이 있는 73세 요코하타 야에 씨에게 미야마가 말했다. 만성경막하혈종 수술은 국소마취를 한다. 시트 아래에서 요코하타 씨가 느긋하게 말했다.

"아, 괜찮아요. 천천히 하세요."

"죄송하게도 오늘 집도의가 새내기 의사입니다. 그래도 제가 똑똑히 지켜보고 있으니 안심하세요."

"곤란할 때는 서로 도와야죠." 미야마를 향해 요코하타가 웃었다.

이 태평한 분위기가 고즈쿠에의 심기를 불편하게 했다.

"메스."

그렇게 말한 고즈쿠에에게 미야마가 나지막한 목소리로 타박했다.

"메스 주세요, 라고 해."

"……메스 주세요."

메스를 받아들고 마침내 피부를 갈랐다.

"잠시만." 미야마가 말했다.

"고즈쿠에 선생, 겨땀이 심하네."

분명 겨드랑이에서 땀이 흠뻑 나고 있었고, 수술복이 검게 물들어 있었다. 이러니저러니 해도 처음으로 사람 머리에 구멍을 뚫는 거다. 긴장하지 말라는 게 이상하다. 그래도 이런 상황에서 지적할 건 없잖아, 하고 고즈쿠에는 또다시 마음속으로 악담을 퍼부었다.

"어머? 괜찮아요? 겨땀? 겨땀이 뭐지?" 요코하타 씨도 걱정스러운 표정을 지었다.

"겨드랑이에서 땀이 나는 걸 말해요." 마린이 설명해주었다.

"아~ 겨드랑이에서 나는 땀. 그렇군요."

"조금 전에 조깅을 하다 왔거든요."

미야마에게 대답하고 피부를 절개했다. 5센티미터 정도 되는 절개. 메스를 조심스럽게 밀어 넣었다.

"단면이 울퉁불퉁해져. 뼈까지 더 깊숙이 절개해."

호통치는 미야마. 한 번에 절개하는 양이 너무 적으면 같은 곳을 여러 번 절개해야지 피부를 충분히 벌릴 수 있다. 한 번에 거뜬히 같은 깊이로 절개하는 것이 이상적이지만, 아무리 노력해도 절개하기 시작하면 끝부분으로 갈수록 얇아지기 쉽다.

그건 그렇고…… 환자는 국소마취를 해서 깨어 있다. 좀 더 작은 목소리로 혼내도 좋을 텐데.

"요코하타 씨 죄송합니다. 제가 빈틈없이 지도하겠습니다."

"미야마 선생님, 괜찮아요. 선생님의 지도라면 안심입니다."

미야마와 신뢰 관계가 형성되어 있었다. 그래서 집도의에게 호통을 쳐도 아무렇지도 않은 건가.

피부를 절개하고 나면 두개골에서 피부를 벗겨내는 작업을

톰 나이프

한다.

"브레인 스패출라…… 주세요."

브레인 스패출라를 사용해 골막을 살살 벗겨낸다. 다음은 리트렉터라고 하는 파스타를 집을 때 쓸법한 집게 형태의 개창기(開創器)로 상처 부위를 벌린다. 두개골이 확실하게 보였다. 여기서부터는 핸드 드릴로 구멍을 뚫는다. 양손으로 손잡이를 빙글빙글 돌리면 끝부분도 함께 돌아서 뚫린다. 어느 정도 뚫고 나면 일단 멈춰서 얼마나 뚫었는지를 확인한다. 과감하게 뚫는 바람에 푹 하고 관통되면 뇌가 찔려 뇌 손상이 일어나기 때문이다. 너무 두렵다. 고즈쿠에는 사실 소심하다. 멈추고서는 스무 번 돌렸다가 확인하고, 다시 스무 번 돌리고. 그 작업을 반복했다.

느려 터졌다. 지나치게 확인하느라 굼뜬 작업에 미야마가 붉으락푸르락하는 것은 알고 있었지만, 뇌에 구멍을 내서는 안 될 노릇이다. 고즈쿠에는 여기서는 신중했다. 마침내 구멍을 뚫었다. 뚫은 구멍에는 뼛가루가 조금 생기기 때문에 큐렛이라는 가느다란 스푼 같은 도구로 긁어낸다. 이건 노하우를 재빠르게 습득해서인지, 아니면 드릴이 주는 압박감에서 해방된 탓인지 고즈쿠에는 신나게 뼈의 파편을 치워나갔다.

하지만 서툰 사람이 하면 이때 파편이 탁탁 튄다. 아니나 다를까 그 조각 하나가 미야마의 이마 쪽으로 튕겼다.

"윽."

미야마가 몸을 뒤로 젖혔다.

"왜 그러세요?" 고즈쿠에의 태평한 말에 미야마는 짜증이 솟구쳤다.

"뼈 튀기지 마! 맞으면 위험해!"

"아…… 죄송합니다."

미야마가 혀를 차는 소리가 들렸다. 만약 전신마취를 해서 환자에게 의식이 없었더라면 분명 걷어차였을 테다. 미야마의 발차기는 '16문킥*'이라고 불린다는 사실을 고즈쿠에는 들어서 알고 있었다. 무슨 말인지는 모르겠지만 말이다.

마침내 혈종을 둘러싸고 있는 막을 절개한다. 여기까지 순조롭게 진행되어 안심한 고즈쿠에는 과감하게 메스를 갖다 댔다. 그러자 피가 뿍 하고 힘차게 고즈쿠에의 얼굴로 튀었다.

"으아아아악!"

무심결에 비명이 나왔다.

"시끄러!"

"왜? 무슨 일 있어요? 나, 괜찮은 거죠?" 요코하타가 물었다.

"아, 별일 없습니다. 괜찮습니다, 괜찮아요" 말하며 미야마는 살기가 담긴 눈으로 고즈쿠에를 쳐다보았다.

* 몸을 날려서 차는 전설의 프로레슬러 자이언트 바바의 주특기로, 16문은 그의 발 크기를 나타내지만 실제 크기는 13문 정도였다고 한다.

톰 나이프

만성경막하혈종은 외상으로 인해 두개골 내에 소량의 출혈이 일어나 그게 1~2개월에 걸쳐 천천히 확대되다가 최종적으로 혈종이 형성되는 질환이다. 두개골 내에는 애초에 뇌가 딱 맞게 담겨 있기 때문에 그곳에 새로운 핏덩어리가 생기면 내부 압력이 당연히 높아진다. 그래서 메스로 혈종의 막을 살짝 절개하는 것만으로도 피가 분출되기도 한다. 물론 이론적으로는 알고 있지만, 막상 호러 영화처럼 눈앞에서 피가 튀면 겁을 집어먹게 된다.

"카테터 얼른 삽입해."

지옥의 밑바닥에서 들려오는 듯한 중저음으로 미야마가 지시했다. 꾸물대고 있으면 혈종이 흘러나와 두개골 내에 공기가 들어가 기뇌증이 발생한다. 그러면 혈종이 재발하기 쉬워지기 때문에 공기가 되도록 안에 들어가지 않도록 카테터라는 관을 삽입해 구멍을 막는다. 수술 후에 카테터에서 하룻밤에 걸쳐 혈종을 밖으로 빼내기 때문에 두개골에 구멍을 뚫은 채 그대로 둔다. 혈종이 다 빠져나오면 인공 두개골이라는 이른바 '뚜껑'을 구멍에 덮어 막는다.

"다음, 지혈."

마침내 동요하던 마음을 가라앉히고 카테터를 삽입한 고즈쿠에는 바이폴라라는 큰 핀셋 형태의 의료 도구로 절개한 두피의 단면 등 전체를 지혈한다. 전기로 출혈점을 지져나가는 것이다.

"세워서 핀셋 끝부분 사이에 출혈점을 끼우고 지지는 거야. 면이 아니라 점을 지져나가는 느낌으로."

"네에…… 네에……."

"대답은 한 번만!"

"네."

눈앞에 닥친 작업에 온 힘을 쏟느라 몇 번 대답했는지 세지 않았다. 마침내 상처를 꿰매고 나자 수술이 완료되었다.

"완료……."

정말이지 녹초가 되었다.

"요코하타 씨, 끝났습니다~."

미야마는 이럴 때만 밝은 목소리로 말했다.

"벌써요? 고마워요. 이젠 다 끝난 거네요?"

"네, 소란을 피워 죄송해요. 정말 실례가 많았습니다."

"신경 쓰지 마요. 아직 젊잖아요. 그럼 당연하지."

고즈쿠에는 한숨 돌렸다. 좋은 사람이라서 다행이다. 무엇보다 그 사실을 내다보고 미야마는 고즈쿠에에게 집도를 시킨 걸까.

문득 쳐다보자 미야마가 뱀 같은 눈으로 자신을 노려보고 있었다. 이다음에는 호되게 설교를 듣게 될 테다.

어설픈 피부 절개, 엉망진창인 큐렛 사용법, 겁이 많아 위기가 닥쳤다 하면 질러대는 비명. 신경외과 전문의로서 있을 수 없는 일이다.

1시간 동안 혼났다.

씩씩한 고즈쿠에지만 타격을 입었다. 그리고 생각했다. 생각해보니 이 병원에 온 이후로 혼나지 않은 날은 단 하루도 없었다.

애초에 이곳에 왜 왔을까?

유년 시절부터 성적은 늘 1등이었다.

시험지를 돌려받고 "으악, 70점 받았어" 하고 아우성치는 같은 반 친구에게 "왜? 교과서에 실려 있던 것만 나왔는데?"라고 말해서 분위기를 싸하게 만든 것이 초등학교 3학년 여름이었다. 이후 계속 1등을 하다 중고등학교가 통합된 여학교에 들어갔다. 남학생을 신경 쓰지 않아도 되는 여학교라서 눈에 맞지 않은 렌즈 대신 동글뱅이 안경을 쓰고 BL 장르의 음란한 동인지 만화를 몰래 그리곤 했던 것이 이 무렵이었다. 그곳에서 도토대학 의학부를 거쳐 연수 기간을 마치고 이번에 대학병원 신경외과 의국에 배치되었다. 신경외과 랭킹으로는 도쿄 내에서 최고 수준. 그래서 왔다.

고즈쿠에는 살아오면서 그것 말고 다른 선택은 한 적이 없다. 제일 좋은 중고등학교, 제일 좋은 대학교, 제일 좋은 의학부……. 부모님이 의사인 것도 아니다. 어렸을 때 사고로 죽을 뻔했던 걸 신의 손을 가진 의사가 살려주었다, 사랑하는 엄마가 암에 걸려 남은 시간이 얼마 남지 않았을 때 기적적인 치료를 받아 건강해졌다는 식의…… 너무나도 흔해 빠진 사연이 있는 것도 아니다. 가장 어려웠기 때문에, 아니 가장 편차치가 높았기 때문이다. 그 이유만으로 의사가 되었다.

이런 사람은 주변에 상당히 많다. 그리고 6년간의 의학부 생활, 2년간의 연수를 마쳤을 때 학부장이 권한 것이 신경외과였다. 그곳에서 학부장의 절친이라는 도토종합병원 신경외과 부장인 이마데가와 다카오를 만났다.

"일본에서 제일 들어가기 어려운 과가 우리 신경외과야."

이마데가와가 단언했다.

최고의 난이도에 도전하는 것은 고즈쿠에의 타고난 천성이었다. 지금 생각해보면 이마데가와는 그 사실을 꿰뚫어 보고 있었을지도 모른다. 하지만 사실 그때 이미 진즉에 정해진 과가 있었다. 연수의로 있었던 피비린내 나는 외과, 뜻대로 되지 않아서 짜증이 났던 내과, 두 쪽 다 진절머리가 나서 차라리 말이 없는 세포를 상대하는 병리학자가 되려고 했다.

예의상 만나긴 했지만 어떻게 거절할지, 어떤 변명을 해야 할지 생각하던 고즈쿠에에게 이마데가와가 나직이 말했다.

"자네, 사랑해본 적 있나?"

"네?"

"사랑 말이야, 사랑. 연애해본 적 있냐고."

"……아뇨."

왜 그런 질문을 하는지 영문을 알 수 없었다. 당혹스러워하는 고즈쿠에를 이마데가와는 몰아세웠다.

"그럼 신경외과로 오는 편이 좋을 거야. 뇌는 마음이거든. 마음을 알아야지. ……안 그래?"

무엇이 "안 그래?"인지 도무지 알 수 없었다. 알 수 없었지만, 벼락을 맞은 듯이 몸에, 아니 뇌에 전류가 흘러 신경외과에 가기로 정했다. 그렇게 미래를 정한 것은 태어나서 처음 있는 일이었다.

하지만 생각해보면 최고 학부의 최고 계열의 최고의 난이도를 자랑하는 신경외과에 도전하는 것이다. 자신에게 이만큼 걸맞은 직장은 없을 것이다. 그렇게 생각을 고쳐먹고 자신을 납득시켜서 도토종합병원 신경외과 의국에 온 것이 3개월 전이다. 그 이후 칭찬을 받은 적이 없다. 지금까지 칭찬만 받으며 26년을 살아왔는데…….

◇

"별일이네. 선생님도 주눅 들 때가 다 있네?"

진료 기록을 멍하니 보는 둥 마는 둥 하며 걷고 있는데 이런 일에는 눈치가 빠른 마린이 다가왔다.

"무슨 일 있어? 미야마 선생님한테 혼났어? 늘 있는 일이잖아. 난 선생님이 혼나는 모습밖에 못 봤는걸?"

"팔자 편한 간호사랑 동급으로 취급하지 말아줄래?"

"고즈쿠에 선생님한테는 팔자 편하다는 소리 듣고 싶지 않은데? ……그래서 무슨 일인데?"

고즈쿠에는 자신이 신경외과에 있으면서 하는 고민들을 대충이나마 털어놓았다. 자존심이 센 그녀지만 지푸라기라도 붙잡고 싶은 심정이었기 때문이다.

"나, 신경외과에 잘 맞을까? 가능성은 물론 많지만."

"……잘난 척 하나는 최고지. 안 맞아."

"그렇게 쉽게 말하기야……?"

"애초에 선생님은 병리학자가 되고 싶었다고 했잖아?"

병리라는 것은 수술 등을 하면서 떼어낸 병변의 일부를 현미경으로 관찰하면서 병의 원인을 더 상세히 찾아내는 분야다. 이른바 24시간 내도록 세포를 상대하기에 의사라기보다 학자에 가깝다.

"병리학자는 현미경만 들여다보잖아? 왜 그런 분야의 학자가 되고 싶었어?"

"임상은 힘들잖아? 환자를 상대해야 하고. 그런데 병리 검사는 세포를 상대하잖아. 절제된 병변을 보고 무슨 병인지 진단

하는 거…… 효율적이잖아."

"효율적이라고?"

"난 인생을 효율적이고 합리적으로 살아가지 않으면 직성이 안 풀려."

"에휴. 그런데도 용케 의사가 됐네."

마린이 어처구니가 없다는 듯이 말했다.

"머리가 너무 똑똑했으니까. 필연적으로 편차치가 제일 높은 학부에 시험을 봤는데, 그게 도토대학교 의학부였어. 그뿐이지."

"그래서 신경외과에 왔다는 거네."

"응. 우리 의국은 넘버원이라며 부장님이 꼬드겼거든. 자네 같은 사람이 병리학자로 있기에는 아깝다면서. 얼마나 끈질기셨는지 몰라."

"……그게 다야?"

"응?"

"이유가 그게 다냐고. 신경외과가 넘버원이니까?"

고즈쿠에는 말문이 막혔다.

'자네, 사랑해본 적 있나?'

그 한마디에 끌렸다고는 도저히 말할 수 없었다. 왜 끌렸는지도 알 수 없었기 때문이다. 고즈쿠에는 이해할 수 없는 것을 제일 싫어했다. 이렇게 된 마당에 마린에게 '사랑'에 대해 물어볼까 싶었지만, 자신보다 어린 상대에게 '연애' 상담을 하는 건 자존심이 용납하지 않았다. 고즈쿠에는 다급히 얼버무렸다.

"그렇지 뭐. 역시 태어났을 때부터 쭉 1등이었으니까. 최종적으로는 신경외과에 와야 하는 거 아니겠어? 그러니 여기서도 넘버원이어야 하는 게 당연한데, 괴물들이 많아서 주인공을 방해하고 있지."

"선생님은…… 분명 조만간 벌 받을 거야."

"벌? 왜? 와이? 예뻐서?"

"'마음'이란 걸 아는 편이 좋을 거야. 사람의 마음이라는 걸. 그게 뇌를 아는 길이거든."

"마음? 마음은 어디에 있는데? 의식을 말하는 거야? 그건 어차피 시냅스의 전기신호잖아."

"아……"라고 말하며 마린이 고즈쿠에의 등 뒤를 쳐다보았다.

덩달아 마린의 시선이 향한 곳으로 돌아보자마자 휘둘러진 몽둥이가 고즈쿠에의 머리를 강타했다.

너무 빨리 벌 받은 거 아냐? 맞으면 정말 별이 보이는구나, 라고 생각하며 머리가 핑글핑글 돌더니 이윽고 의식이 멀어졌다.

"아, 눈 떴다!"

고즈쿠에의 시야에 그녀를 들여다보는 마린, 미야마, 그리고 니시고오리 다쿠마 세 사람의 얼굴이 들어왔다.

"뇌진탕이야. 뭐, 괜찮을 것 같지만, 일단 CT 찍으러 가."

"네? 아…… 내가 어쩌다…….'"

대체 무슨 일인가 싶어서 몸을 일으키려는데 마린이 막았다.

"그대로 있어, 그대로. 선생님, 환자한테 목발로 맞았어."

"뭐어?! 응? 이건 뭐지?!"

티슈로 콧구멍을 막아놓은 상태였다.

"쓰러지는 바람에 얼굴을 벽에 박아 코피가 났어. 아직은 그대로 둬."

몇몇 의료진들이 저 멀리서 고즈쿠에를 빤히 쳐다보고 있었다.

"○○제약 회사 직원분들이야. 아, 이 친구는 얼마 전에 우리 병원에 들어온 신입 고즈쿠에 선생이에요" 하고 미야마가 소개하자 "잘 부탁드립니다" 하며 다섯 사람 정도가 고즈쿠에게 고개를 숙였다.

아니, 하필이면 이럴 때! 코를 막고 있는 티슈를 신경 쓰면서 고즈쿠에는 마지못해 가볍게 인사했다.

"딱 됐네. 이 환자 담당해."

"네?"

"반측공간실인증 환자야. 좌측 절반을 인식 못해서 목발을 휘둘렀을 때 고즈쿠에 선생이 부딪힌 거지."

반측공간실인증이란 뇌졸중 등으로 뇌 일부가 손상되어 자신의 오른쪽이라면 우측, 왼쪽이라면 좌측 공간을 인식할 수 없는 증상을 말한다. 좌우 어느 쪽인지는 손상된 뇌 부위에 달려 있다. 공간을 '인식하지 못한다'는 것은 '보이지 않는다'는 것과 다르다. 굳이 따지자면 보이기는 하지만 뇌가 인식하지 못하는 상태이다.

환자는 좌우 절반을 인식하지 못하지만, 대화는 무난하게 주고받을 수 있다. 상당히 특이하지만, 신경외과 세계에서는 흔한 증상이다.

이 환자는 보호자인 부인을 어째서인지 뿌리치기 위해 짚고 있던 목발을 인정사정없이 휘둘렀다가 때마침 앞에 있던 고즈쿠에를 쳤다. 운이 나쁘다고밖에 설명할 길이 없었다.

◇

마에카와 요조는 침대에서 상반신을 일으켜 앞에 있는 흰 벽을 멍하니 보고 있었다. 나이치고는 풍성한 백발을 가지런히 뒤로 빗어 넘겼고, 위로 치켜 올라간 굵은 눈썹이 고집스러운 성격을 나타내고 있었다. 꿈쩍도 하지 않는 마비된 왼팔이

시트 위에 덩그러니 놓여 있는 것을 제외하면 환자로는 보이지 않을 만큼 정정했다.

옆에는 부인으로 보이는 여윈 여성이 쓸쓸한 표정으로 앉아 마에카와를 바라보고 있었다. 말라서인지 마에카와보다 연상으로 보였다.

"어이, 마실 거."

마에카와는 퉁명스럽게 아내에게 말했다.

하지만 마에카와의 바로 왼쪽 옆의 협탁에는 페트병 차가 몇 병이나 놓여 있었다.

"저기 있어요. 당신 왼쪽이요⋯⋯."

"거짓말하지 마. 얼른 가져와."

"⋯⋯."

부인은 포기한 듯한 표정으로 그중 하나를 가져와서 건넸다.

마에카와는 아무 말 없이 마시기 시작했다.

"마에카와 요조 씨, 76세. 저번 달에 우뇌 AVM(뇌동정맥기형)으로 뇌출혈이 일어나 긴급 이송. AVM 적출과 혈종 제거가 이루어졌고 현재 재활 치료 중. 왼팔에 마비가 남아 있어."

개인실 입구에서 마에카와를 보고 있던 고즈쿠에게 마린이 설명했다.

"즉 우뇌 손상으로 인한 좌반측 무시지. 그래서 아까 부인을 뿌리치려다가 마에카와 씨 왼쪽에 있던 선생님을 친 거야."

"그렇구나."

고즈쿠에는 머리에 난 혹을 만졌다.

"아, 미리 말해두겠지만 아까 있었던 일, 마에카와 씨는 이해 못해. 언급하면 안 돼."

마린은 그렇게 말하더니 마에카와가 누워 있는 침대로 향했다.

"안 맞은 걸로 해야 한다고? 그건 좀……." 투덜대면서 고즈쿠에도 뒤를 쫓아갔다.

"마에카와 씨. 실례할게요. 몸은 어떠세요? 식욕은 좀 돌아왔어요?"

마에카와는 마린을 본 후, 뒤에 있던 고즈쿠에를 향해 시선을 옮겼다.

"아, 신입인 고즈쿠에 선생님이에요. 앞으로 무슨 일 있으면 이 선생님께 말씀하세요."

"잘 부탁드립니다. 아까 전에 봤었죠?" 고즈쿠에가 비꼬듯이 말했지만, 마린이 노려보고 있는 것을 보고 다급히 미소 짓고 마에카와에게 말을 걸었다.

"마에카와 씨, 어떠세요? 왼팔 상태는요? 전혀 못 움직이겠어요?"

너무 직설적인 질문에 마린이 흠칫한 표정을 지었다. 그 말이 나오기가 무섭게 마에카와의 입에서 예상외의 말이 나왔다.

"선생님……."

"네?"

"이건…… 제 팔이 아닙니다."

마에카와는 말하면서 자신의 왼팔을 보고 있었다.

"저기…… 무슨 말씀이시죠?"

"이건…… 제 팔이 아니란 말입니다."

고즈쿠에는 도무지 영문을 알 수 없어서 잠시 멍해졌다.

◇

"이른바 외계인 손 증후군입니다."

회의실, 즉 의사들이 환자의 치료 방침을 정하는 곳에서 화이트보드를 앞에 두고 미야마가 설명했다. 고즈쿠에는 착실하게 메모했다. 마린도 합세하고 있었다.

"마에카와 씨의 왼팔은 AVM에 따른 뇌출혈 후유증으로 완전히 마비된 상태입니다. 그리고 수술 후 AVM이 재발했습니다. AVM 적출 후 재발하는 현상 자체는 드물지 않지만, 좌상지(左上肢) 마비 사실을 본인의 뇌가 인식하지 못하는 상황에 이르렀습니다. 그렇기에 '외계인 손', 즉 타인의 팔이라고 착각하는 겁니다."

"자신의 왼팔을 생판 남의 팔이라고 착각하고 있다는 건가요?"

"응. 뇌라는 것은 반드시 이치를 따르고 싶어 하지. '이유'를 붙이고 싶어 하는 거야. 자기 앞에 제 팔이, 그것도 움직이지 않는 팔이 있어. 하지만 자신에게 뇌출혈이 일어났다는 기억도 없고, 그 탓에 몸이 마비되어 움직일 수 없다는 사실도 이해하지 못하지. 그래서 완전 타인의 팔이라고 뇌가 착각을 하는 거야."

멍한 표정으로 듣고 있던 고즈쿠에에게 마린이 말참견을 했다.

"시시하게 연구 자료를 읽어서 알고 있는 거지?"

"그렇긴 한데……. MRI를 봤는데 딱히 문제가 있어 보이지는 않았어. 왼팔 말고 다른 이야기를 나눌 때는 완전 정상이었고, 이해 못하는 걸로는 안 보였어."

미야마와 마린이 서로 마주 보고는 훗 하고 웃었다.

"그러니 마에카와 씨가 현재 상황을 제대로 파악하고 거기에 있는 게 자신의 왼팔이라는 사실을 이해할 수 있도록 도와. 되도록 얼른."

"누워서 떡 먹기죠."

고즈쿠에가 자신만만하게 답했다.

톱 나이프

"게다가 마에카와 씨의 오른쪽 두정엽*에 있는, 재발한 AVM을 제거하는 수술을 하는 편이 좋을 거야. 그 동의서도 받아와."

"옛 썰! 맡겨만 주세요."

고즈쿠에는 가슴을 탁 쳤다.

미야마는 고즈쿠에가 하는 행동이 늘 미묘하게 올드하다고 생각했다.

◇

"미야마 선생님은 왜 이혼하셨을까?"

"응? 뜬금없이 그건 왜?"

고즈쿠에는 마에카와에 대한 일은 잠시 잊고 '사랑'에 대해서 생각하고 있었다.

"구로이와 선생님도 결국에는 농락당했잖아. 니시고오리 선생님도 의외로 여자한테는 약하고 말이지……."

마린도 잠시 생각하는 표정을 지었다.

"그건 그러네. 신의 손을 가진 의사들도 의외로 사생활에서는 여린가봐."

* 체감각, 시각, 청각을 통해 입수된 정보를 통합하여 공간적 소재나 신체 부위의 위치 등을 인식하고 운동 능력을 조절하는 통합 중추다.

"그렇지? 의외로 다들 서툴단 말이지. 즉 사실은 바보가 아닐까?"

"고즈쿠에 선생님은…… 하룻강아지 범 무서운 줄 모르네……."

"아니, 잘 들어봐. 내가 정의하는 영리한 사람은 모든 걸 컨트롤할 수 있는 사람이야. 인간한테는 이성이라는 게 있으니까. 그걸 사용하면 컨트롤 못할 게 없지. 못한다는 건 요컨대 이성이 결여되어 있다는 뜻이고."

마린이 어처구니없는 표정으로 말했다.

"뇌가 모든 것을 지배한다. 그 사고방식은 어떤 의미에서는 타당하고 어떤 의미에서는 근본적으로 틀렸어."

"어라? 다 아는 사람처럼 말하네?"

"뇌는 쉽게 틀리고 착각하고 오해해. 뇌가 컨트롤할 수 있는 건 신체의 아주 일부야. 신경외과 전문의로 살아가려면 기억해두는 편이 좋을 거야."

"무슨 소린지 전혀 모르겠네."

같이 병실로 향하고 있던 마린이 하얀 수술 동의서를 고즈쿠에에게 내밀었다.

"그럼 시범을 보여주시죠. 이 정도는 척척 해내야지? 컨트롤할 수 있지?"

"오키도키."

이런 게 오타쿠 말투일까.

마린이 궁금해하던 차에 마에카와의 병실에 도착했다.

"마에카와 씨, 잠시 몸 상태 좀 체크할게요."

고즈쿠에는 마에카와에게 밝게 말을 걸었다. 이렇게 까다로운 환자에게는 가능한 한 여자만의 강력한 무기를 최대한 살리는 게 노하우다. 그 정도는 2년간 연수의 생활을 하면서 마스터했다.

"아, 그래요."

다행히 지금은 기분이 좋은 듯했다. 기회일지도 몰랐다. 보호자인 부인은 차를 타고 있었고 마에카와는 영어로 쓰인 투자 관련 도서를 읽고 있었다.

"어라? 이거 『펀드매거진』이네요?"

영어로 쓰인 제목을 은근슬쩍 읽자 마에카와는 놀란 표정을 지었다. 고즈쿠에에게 영어는 식은 죽 먹기였다. 마찬가지로 놀란 표정을 지은 마린을 향해 의기양양하게 훗 하고 웃었다. 동공이나 안구의 움직임에서 신경학적인 진찰을 시작하면서 마에카와가 투자 펀드를 운용하고 있다는 사실, 주로 해외 투자를 유치한다는 사실을 알아냈다. 고즈쿠에는 출발이 순조롭다며 스스로 만족했다.

"와아, 투자 펀드를 하시네요?"

"아, 네에. 그래서 외국에 가끔……."

"케이맨인가요?"

고즈쿠에의 질문에 마에카와는 놀란 표정을 지었다.

"잘 아시는군요."

의사라고는 하나 자신보다 한참 어린 고즈쿠에에게 쓰는 공손한 말투는 마에카와를 보다 신사적으로 보이게 했다.

"하버드에서 MBA를 딴 동기가 있거든요. 아, 대학 시절 친구예요. 그 친구가 펀드 회사를 차렸어요."

"동기요?"

"네, 같은 도토대 출신인데 그 친구는 경제학을 전공했어요. 아, 도토대는 여학생이 적은 편이라서 두루두루 친해질 수밖에 없어요."

"대단하네요. 미인인 데다 도토대를 나온 의사라니."

"그런 말을 자주 듣긴 하는데, 공부는 열심히 안 했어요. 헤헤헤."

노골적으로 '쳇'하는 표정으로 마린이 혈압과 산소포화도 등을 재고 있었다.

"분명 우수한 의사 선생님이겠군요."

"그렇게 말씀하시는 마에카와 씨도 지적 수준이 아주 높으실 것 같아요."

"지적 수준이라니⋯⋯." 마린이 작은 목소리로 중얼거렸다. 하지만 고즈쿠에에게는 들리지 않았다.

톱 나이프

"그래서 말이죠,"

고즈쿠에는 몸을 앞으로 쑥 내밀었다. 마에카와가 '어라?'하는 표정을 지었다.

"퀴즈예요. 이 왼팔은 누구 팔일까요?"

고즈쿠에는 마에카와의 왼팔을 건드렸다.

마에카와는 갑자기 입을 다물었다.

"팔에 감각이 없어졌을 당시에는 혼란스러우셨을지도 몰라요. 하지만 지금은 환자분이 놓인 상황을 이해하고 계시죠?"

"물론입니다. 전, ○월 ○일, 오후 8시 23분, 뇌출혈로 이 도토종합병원에 실려 왔습니다. 수술을 받고 그 후에 재활 훈련을 한 결과, 좌측 상반신 마비도 서서히 회복되고 있지요."

마린도 놀란 표정을 지었다. 지금은 현재 상황을 완전히 인식하고 있었다. 회복되고 있는 건가?

"훌륭해요. 새삼스러운 질문이지만 이 팔은요?"

마에카와는 또다시 입을 다물었다.

"누구의 팔인가요?"

마에카와가 고개를 숙이고 옆에 있던 아내인 준코를 힐끗쳐다보았다.

고즈쿠에가 더욱 재촉하듯이 시선을 맞추자 고개를 숙인 채작게 중얼거렸다.

"⋯⋯말하고 싶지 않습니다."

"네?"

"여기에 대해선…… 말하고 싶지 않습니다."

준코도 무언가를 헤아렸는지 고개를 숙이고 있었다.

"여기에 대해서라니……. 지금이 여기저기 따질 상황은 아니잖아요? 이건 마에카와 씨의 왼팔이에요. 그렇잖아요?! 언더스탠드?"

"……노!"

예상치도 못한 부정이었다. 마에카와는 믿을 수 없다는 표정으로 이어서 말했다.

"선생님은 대체 무슨 소릴 하시는 겁니까?"

"네에?!"

"어쨌거나 여기에 대해선 말하고 싶지 않습니다."

마에카와가 괴로운 듯이 대답했다. 고즈쿠에는 영문을 알 수 없었다.

준코도 몹시 슬픈 눈으로 마에카와를 보고 있었다.

고즈쿠에는 마음을 가다듬고 했던 말을 되풀이해서 들려주었다.

"마에카와 씨, 저기요. 이건 마에카와 씨의 왼팔이에요. 그런데 마에카와 씨의 머릿속에 뇌동정맥기형이 재발해서 이건 남의 팔이라고 착각하시고 있는 거예요. 그래도 안심하세요. 수술하면 이 병변은 제거할 수 있어요. 제거하면 더 이상 환각은 보이지 않을 거예요. 까다로운 수술도 아니에요. 그러니 수술하죠."

"싫습니다."

"왜요? ……환각이 사라진다고요. 그냥 방치해두면 병변이 점점 커져서 상태가 위험해져요. 수술해요!"

"노!"

마에카와는 주먹을 움켜쥐고 부들부들 떨면서 완고하게 거부했다. 고즈쿠에도 더 이상 말이 나오지 않았다.

"자아, 그럼 우선 MRI를 찍으러 가죠."

순간 잠잠해진 차에 매우 밝은 목소리로 마린이 자리를 수습했다.

마린이 휠체어로 마에카와를 옮기는 사이에도 고즈쿠에는 말을 계속 걸고 있었다.

"잘 들어보세요, 이건 마비된 마에카와 씨의 왼팔이에요. 그렇지 않고서는 말이 안 되잖아요. 모르겠어요?"

마린은 한숨을 쉬었다. 이 여의사는 저돌적으로 직진하는 것밖에 모르는 걸까. 그렇게 생각해서 고즈쿠에의 소매를 잡아당겼다.

"왜?" 아무것도 모르는 표정을 짓는 고즈쿠에를 마린이 작은 목소리로 타일렀다.

"왜긴 왜겠어. 고즈쿠에 선생님! 우뇌에 장애가 일어났을 때 이렇게 이야기를 지어내는 건 흔히 있는 일이라는 거 공부했잖아?"

마에카와에게는 들리지 않도록 목소리를 죽여서 말했다.

"근데 다른 이야기는 논리 정연하게 하잖아……."

"그게 우뇌 손상인 거지. 환자를 나무라지 마. 언더스탠드?"

고즈쿠에는 떨떠름한 표정으로 입을 다물었다. 머리로는 이해해도 논리 정연하게 말하는 마에카와를 앞에 두면 납득이 되지 않는 걸 테다.

MRI 결과, 재발한 AVM은 오히려 커져 있었다. 이게 마에카와가 환각을 보는 원인이었다.

수술로 절제하는 것밖에 방법은 없다. 하지만 마에카와는 현재 상황을 전혀 이해하지 못한 채 자신의 왼팔이 생판 남의 것이라고 '착각'하거나 '환각'을 보는 게 갈수록 심해져가는 듯했다.

"근데 자기 팔을 남의 팔이라고 착각해서 그걸 제거하고 싶어 하잖아. 수술로 그게 제거될지도 모른다고 하면 수술에 동의할 것 같은데?"

아주 짧은 점심시간이었다. 시간이 촉박했기 때문에 어쩔 수 없이 마린과 매점에서 산 샌드위치를 허겁지겁 먹고 있었다.

"그 부부한테는 뭔가 사연이 있는 것 같아." 마린이 말했다.

"부부? 아아, 그 부인? 무슨 일 있었어?"

고즈쿠에는 마에카와의 곁에 앉아 있던 음울하고 어두운 표정의 여윈 준코를 떠올렸다. 옷차림도 수수했는데, 병 때문에 쓰러졌다고는 하나 굳이 따지자면 활동적이고 멋쟁이 같아 보이는 마에카와 스타일이 상당히 달랐다. 좋게 말하자면 사교적인 남편을 뒤에서 챙겨주는 어진 아내, 나쁘게 말하자면 음울한 아내라고 해야 할까.

"응, 왠지 사이가 나쁜 것 같아. 얼마 전에 옆 병실 침대 패드를 교환하는데……"

마린이 목격한 바에 따르면 마에카와 부인은 겉으로는 마에카와가 하는 말을 잘 들어주고 있는 것 같지만, 마에카와가 사용하는 컵이나 노안경 등을 일부러 협탁의 미묘하게 팔이 안 닿는 위치에 놓아둔다고 한다. 팔이 쉽게 닿지 않기 때문에 아무래도 불편한 몸을 움직여야만 한다. 이건 마에카와에게 있어서 상당히 번거로운 일일 테다. 마린은 부인이 그런 식으로 복수를 하고 있는 것 같다고 했다.

"정답게 이야길 나누는 모습을 본 적도 없고 말이지. 그런 부부 꽤 있긴 하지. '어이, 차' '어이, 신문'이라고 하면 바로 준비해주긴 해. 그런데 일부러 미묘하게 먼 곳에 두고 그다음에는 마에카와 씨가 아무리 말을 걸어도 못 들은 척해. 남편이 거동하기 불편해진 순간부터 오랜 세월 동안 쌓아온 울분을 풀고 있는 거겠지. 여자는 무서운 동물이야~."

"아~ 오싹해~."

"부부도 오랜 시간 같이 있으면 저렇게 되는 법이지. 남편이 호랑이 같아서 평소에는 억누르고 있는 만큼 말이야."

"흐음, 그렇구나……."

"고즈쿠에 선생님은 동거한 적 있어?"

갑작스러운 질문에 고즈쿠에는 마시고 있던 말차두유를 내뿜을 뻔했다.

"어, 없어."

"어머? 얼굴이 왜 빨개져?"

"뭐가 빨개졌다고 그래. 갑자기 이상한 질문을 하니까 그렇지."

동요하는 고즈쿠에를 마린이 가만히 바라보았다.

"뭘 그렇게 봐? 그렇게 말하는 마린 선생님은 있다는 거네?"

"있어. 세 번 정도."

"세 번?! ……헐, 그렇구나."

그 말을 듣고 마린이 씨익 웃었다.

"아아~. 선생님은 경험이 별로 없나보네?"

이번에는 정말로 고즈쿠에가 두유를 내뿜었다.

"앗, 더럽게 왜 이래!"

"경험 있어! 있고말고."

마린이 코웃음 치며 "아, 애쓰지 않아도 돼. 공부만 해서 그럴 경황이 없었지? 괜찮아. 뭐 어때" 하고 말하자 고즈쿠에는 발끈해서 대답했다.

"아니, 정말 있다고! 중2 여름 때!"

그렇게 말하는데 마린이 가로막고 일어섰다.

"자아, 오후 회진 가야지!"

이미 앞을 성큼성큼 걸어가고 있었다.

뒤를 다급히 쫓아가는 고즈쿠에의 머릿속에 "자네, 사랑해 본 적 있나?"라는 이마데가와의 말이 갑자기 되살아났다.

◇

"역시 부인을 통해서 받으면 되지 않을까? 부인은 현재 상황을 잘 알고 있으니까."

마에카와의 아내를 설득해서 수술 동의서에 사인을 받는 게 득책이라는 것이 마린의 아이디어였다.

"그렇긴 해. 어차피 부인한테 받아야 할 동의서도 있긴 하니까……."

"우선 부인이랑 차분하게 이야기를 나눠서 의견을 모으는 게 중요해. 확실히 처리해!"

"응. 그런데 뭐 다 아는 사람처럼 말하네?"

마에카와의 부인, 준코를 마린이 병실 복도로 데리고 나왔다. 마에카와 곁에서는 설득할 수 없었다. 준코는 무거운 발걸음으로 마린의 뒤를 따라왔다.

동의서에 대한 이야기를 들었는지 우울한 표정을 짓고 있었다. 폭군 같은 남편에게 반기를 드는 일이라서 마음이 무거울 것이다. 하지만 그녀에게 사인을 받아야 한다.

"동의서 때문에 부르셨죠?"

준코 쪽에서 말을 먼저 꺼냈다.

"네, 죄송하지만 그렇습니다. 마에카와 씨는 저렇게 반응하시는데, 그건 환각을 보고 있어서 어쩔 수 없는 부분도 있어요. 그러니 모쪼록 사모님께서 남편분이 수술받을 수 있도록 설득해주실 수 있을까요? 저번보다는 비교적 간단한 수술입니다. 수술받고 나면 환각도 사라질 거고요."

준코는 어두운 표정으로 물었다.

"수술하면 환각이 사라지나요?"

"물론이죠. 환각을 일으키는 원인으로 보이는 재발한 뇌동정맥기형을 제거하니까요."

"그렇군요……."

어째서인지 표정이 더욱 어두워졌다. 그리고 한숨을 쉬었다. 왤까? 하고 고즈쿠에가 의아해할 새도 없이 준코가 말했다.

"저도 동의서에는 사인 못 하겠어요."

"네? ……저기, 어째서죠? 사모님도 수술에 반대한다는 건가요?"

"네에." 준코가 고개를 끄덕였다.

"아니, 저기……. 두렵다는 건 이해합니다. 머리를 여는 수술이니까요. 그래도 저희 병원은 신경외과 중에서 일본 최고입니다. 그리고 설명 드린 대로 딱히 까다로운 수술은……."

준코가 고즈쿠에의 말을 가로막았다.

"거절하겠습니다."

준코는 예상치도 못한 강한 어조로 말했다. 거의 숙이고 있다시피 하던 고개를 똑바로 들고 도전하는 듯한 표정을 짓고 있었다.

고즈쿠에는 무심코 마린과 얼굴을 마주 보았다. 마린도 놀란 얼굴이었다.

"아니, 저기……."

"수술받길 원하지 않습니다."

고즈쿠에의 눈을 바라보며 준코는 의연하게 단언했다.

"왜죠?"

준코는 살짝 뜸을 들이고 말했다.

"남편은…… 사랑에 빠졌어요."

"네?" 마린이 물었다.

"사랑이요?!"

참고 있던 감정이 폭발하듯 준코가 외쳤다.

"자신의 왼팔을…… 사랑하고 있어요!"

멍하니 서 있던 것은 마린도 마찬가지였다.

◇

준코가 물러난 병실은 커튼에 가려진 침대와 협탁, 텔레비전 받침대 정도밖에 없는 간략하고 소박한 곳이었지만, 마에카와는 만족했다. 침대 중앙에서 좌측에 젊은 여자가 앉아 있기 때문이었다.

그 여자는 파란색 바탕에 하늘색 나비가 무수히 날아다니는 원피스를 입고 침대에 앉아 다리를 흔들며 몸을 돌려 마에카와를 쳐다보며 미소 짓고 있었다. 발끝에는 스트랩을 푼 흰 샌들이 걸쳐져 있었다. 장난스럽게 미소 짓는 갸름한 얼굴이 매력적이었다.

마에카와는 사랑에 빠졌다. 한때 광고 회사에서 잘나가는 영업맨으로 이름을 날리던 마에카와의 주변에는 화려한 여자들이 많았다. 일터에서든 접대 자리에서든 그런 여자와 '어른들만의 놀이'를 한 적도 셀 수 없이 많다. 여자들에게 인기 있는 것도 일종의 능력이라고 믿어 의심치 않았다. 하지만 업무

톰 나이프

제일선에서 물러나 정신을 차리고 보니 후기고령자*가 되어 있었고, 다리와 허리도 매우 불편해진 데다 최근에는 뇌출혈이 일어났다.

마침내 내 인생도 종막을 맞이하는 것이다. 어쩔 수 없이 받아들여야 하는 그런 쓸쓸함을 느끼던 가운데 갑자기 젊은 여자가 나타났다. 가슴이 설렐 수밖에 없었다. 그건 사랑이라기보다 그리움에 가까웠다. 젊은 여자가 늘 곁에 있다. 주위에서 신뢰받던 젊은 날의 자신으로 돌아온 것 같았다.

이 여자를 놓칠 수 없었다.

마에카와는 아무 말 없이 여자의 팔을 잡아서 끌어안았다.

이거다. 이 감촉이다. 살아 있다는 이 감촉.

◇

자신의 팔을 여자라고 착각하고 있다고?!

"그게 가능한 일이에요?!"

간호사 대기실에서 컴퓨터 데이터를 보고 있던 미야마를 마침내 붙잡아 헐떡이며 사건의 전말을 털어놓았다.

"마비된 팔을 의인화할 가능성은 있어. 대부분은 '모자란 인

* 75세 이상의 노인.

간' 같은 멸시하는 별명을 붙이지만."

미야마는 컴퓨터에서 눈을 떼지 않고 태연하게 말했다.

"아니 아니 아니, 그래도 말이죠."

"외국 문헌에서 마비된 우반신을 곁잠 자는 관능적인 여자라고 생각해 사랑에 빠졌다는 이야기도 봤어."

"그럼 어떻게 해야 해요?"

"그래서 부인이 화가 나서 동의서에 사인하지 않겠대요."

옆에서 마린이 말을 거들었다.

"어떻게 해야 하냐고?"

미야마가 일어나서 고즈쿠에의 얼굴을 이제야 쳐다보았다.

"스스로 생각해. '동의서 하나 못 받아오는 쓸모없는 신입' 같은 멍청이 취급받는 별명을 얻고 싶지 않으면."

근처에 있던 간호사에게 입원 환자의 투약 지시를 내리고 미야마는 잽싸게 나갔다.

"미야마 선생님은 역시 옳은 말씀만 하셔." 마린이 말했다.

"저기 말이야…… 지금은 감탄할 때가 아니거든?" 고즈쿠에는 뾰로통해졌다.

"그래도 역시 선생님이 사모님을 설득해야지. 수술 일정 바꾸면 큰일 나."

"그래?"

"당연하지. 수술실 일정은 꼼꼼하게 짜여지니까. 하나가 바

뀌면 다른 스케줄도 엉망진창이 되지. 무엇보다 구로이와 선
생님의 심기를 건드리게 되고."

"구로이와 선생님?"

"응. 자기 수술 일정을 건드리는 걸 정말 싫어하거든. 그래서
일 못하는 신입이 잘린 적도 있어."

"헐."

"힘내. 미래가 걸려 있어."

고즈쿠에는 그 음울한 준코가 짓던 험악한 표정을 떠올리고
순식간에 기분이 어두워졌다.

◇

병실에서는 돌아온 준코가 사과를 깎고 있었다.

침대에서 반신을 일으킨 마에카와는 멍하니 허공을 바라보
고 있었다.

준코는 깎은 사과를 접시 위에 얹고 이쑤시개 하나를 꽂아
협탁에 놓았다.

"그럼 이만 갈게요······."

"하나 더."

"네?"

마에카와는 이쑤시개를 가리키며 말했다.

"하나 더 달라고."

마에카와가 언뜻 돌린 시선 끝에는 마비된 왼팔이 있었다. 그의 눈에는 사과를 먹고 싶어 하는 젊은 여자의 모습이 비치고 있는 걸 테다. 모든 것을 헤아린 준코는 선반에서 이쑤시개를 하나 더 꺼내 접시 옆에 놓았다.

"천천히 먹어요."

못마땅한 듯이 말하더니 일어나 차단 커튼을 걷고는 병실 밖으로 나갔다.

병실을 찾아온 고즈쿠에가 그곳에 있었지만, 준코는 무시하고 빠른 걸음으로 복도를 걸어갔다.

"저기, 마에카와 씨."

고즈쿠에가 다급히 쫓아갔지만 준코는 걸음을 멈추려고 하지 않았다.

"마에카와 씨. 마에카와 씨. 저기, 잠시만요……."

준코는 대답하지 않았다. 그리고 무서운 표정을 짓고 있었다.

"남편분의 수술 동의서를……."

준코는 멈춰서자마자 갑자기 고즈쿠에를 향해 고함을 질렀다.

"제 말이 우습게 들려요? 앞으로 쭉 그 '여자'랑 함께 있으라고 해요. 그럼 수술은 안 해도 되잖아요."

고즈쿠에는 그 큰소리에 놀라면서도 무슨 일인가 싶어서 이쪽을 보고 있는 간호사들로부터 준코를 등으로 가리고 서서 작은 목소리로 타일렀다.

"저기, 진정하세요. 그건 망상이잖아요. 진지하게 나오시면 어떡해요."

"망상이든 아니든 난 오십 년 가까이 그 사람의 시중을 들면서 살아왔어요. 죽도록 고생만 했다고요! 술 마시고 노름하고 바람피우고 삼박자에 맞춰서요. 내가 흘린 눈물이 얼마나 되는지…… 알기나 해요?"

"네."

고즈쿠에는 진지한 표정을 짓고 고개를 과장되게 끄덕였다.

"어떻게요?! 뭘 안다고 그래요?!"

"거짓말이에요. 사실 전혀 모르겠어요."

그 대답에 준코가 더욱 발끈한 듯이 이야기하기 시작했다. 더 이상 멈출 수 없었다.

"이번에는 쓰러지는 바람에 구급차를 부르고 난리도 아니었는데, 겨우 진정됐다 싶으니 좋아하는 여자가 생겼다고 하니……."

"그러니까 그건 팔이잖아요. 왼팔이요."

"문제는 그게 아니에요! 그 사람은 나를 그 정도밖에, 가정부로밖에 보지 않는다는 거예요!"

"그건 과장된 생각……."

"과장이요?! 선생님, 결혼하셨어요?"

"아뇨."

"그래서 모르나 보네요. 그 억울함을 말이죠."

"아니, 그래도" 고즈쿠에가 하던 말을 준코가 가로막았다.

"애인은 있어요?"

"아뇨."

"아……."

순간 실례되는 질문을 했다는 듯이 굳은 표정을 지었다. 그게 고즈쿠에의 자존심을 몹시 자극했다.

"많이 있었지만, 지금은 제가 거부하고 있어요. 일이 애인이니까요."

준코는 분노가 다시 솟구치는지 언성을 재차 높였다.

"어쨌거나 전 절대로 수술에 동의 안 해요. 이대로 왼팔을 사랑하면서 괴로워하면 돼요! 이만 가겠습니다!"

쫓아가려고 한 고즈쿠에의 눈앞에서 엘리베이터 문이 닫혔다.

의국으로 돌아온 고즈쿠에는 미야마에게 보고했다.

"그래서 어쩔 건데?"

"아니, 이젠 다 글렀어요, 글렀다고요. 이렇게 일이 뒤틀리면 어쩔 수 없어요."

"어떻게 공략할지 묻고 있는 거야."

"공략 안 할 거예요. 불가능하니까요."

미야마의 낯빛이 달라졌다.

"불가능하다고? 그럼 이대로 두는 거야? AVM이 또 터지면 마에카와 씨는 죽어."

"네, 저는 두 손 두 발 다 들었어요. 일이 뒤틀린 케이스는 미야마 선생님께 부탁드려도 될까요? 선생님은 돌싱이니 이렇게 복잡한 상황 처리에 특화돼 있잖아요."

미야마가 들고 있던 서류를 책상에 내리치는 것과 동시에 고함 소리가 의국에 울려 퍼졌다. 큰소리로 시작된 설교는 30분에 달했고 "동의서 받아올 때까지 다른 일은 없을 거야. 어차피 못할 테니까"라는 말까지 듣고 전원 분량의 서머리를 기록하라는 명령을 받았다. 한 사람의 서머리를 쓰는 데 보통 10분은 걸린다. 47명 분량의 서머리는 양이 터무니없이 많다.

"망했다. 너무 솔직하게 말했어……."

혼자 아무도 없는 방에서 고즈쿠에가 서머리를 쓰고 있는데 이마데가와가 다가왔다.

"힘들지?" 동의서를 받아오지 못한 일을 말하는 것인지, 미야마에게 혼이 났던 것을 말하는 것인지, 혹은 그 둘 다를 말하는 것인지 알 수 없었지만 그렇게 다정다감하게 말하며 자판기 커피를 내려놓았다. 이발소 포스터 모델처럼 부담스럽게 깔끔한 미남 부장은 항간에는 그 겉모습대로 속 빈 강정이라는 소리를 듣지만, 다정할 때는 다정했다. 다만 우유부단과 종이 한 장 차이이긴 하지만 말이다.

"저기…… 부장님, 잠시 여쭤볼 게 있는데요……."

아무도 없는 틈을 타서 눈 딱 감고 물어보았다. 신경외과에 스카우트했을 때 어째서 '사랑을 해본 적 있냐'고 물었는지.

이마데가와는 빙긋이 웃었다.

"뇌에 있어서 제일 중요한 게 뭔지 알아?"

"중요한 거요? ……뇌 트레이닝 같은 건가요?"

이마데가와가 고개를 가로저었다.

"타인의 생각에 공감하는 능력이야. 뇌는 타인이 존재함으로써 처음으로 그 능력을 최대한 발휘하거든. 타인에 대한 공감…… 그 경향이 가장 두드러지는 게 사랑이잖아?"

고즈쿠에는 이해가 가지 않았다.

"타인과 이어지고 싶은 마음. 자네도 그걸 느껴봤으면 해."

그렇게 말하더니 호탕하게 웃으며 이마데가와는 물러났다. 그의 대답이 애매모호하게 느껴졌다. 그 의미를 생각하며 서머리를 기록하는 가운데 동쪽 하늘이 밝아 오기 시작했다.

◇

'이튿날 오전 6시 10분'

고즈쿠에는 의국 소파에서 선잠을 자고 있었다. 아니, '빠져들었다'고 말하는 편이 가깝다. 꿈속에서 허우적거리며 입을 벌리고 코도 희미하게 골고 있었다. 그 뺨에 차가운 캔커피가 착 닿았다.

"앗!"

벌떡 일어났다. 미야마였다.

"여기서 자는 건 상관없지만, 침은 묻히지 마."

"?!"

다급히 팔꿈치로 얼굴을 닦아냈다.

미야마는 에너지 드링크 따개를 따더니 허리에 손을 갖다 대고서 단번에 마셨다. 쓰레기통에 빈 캔을 나이스 슛한 후 뺨을 찰싹찰싹 때리더니 "자, 일해야지, 일" 하고는 응급 회의를 하러 갔다.

촌스럽다. 버블 시대의 노예도 아니고. 뒷모습을 보면서 고즈쿠에는 생각했다.

고즈쿠에의 하루는 신경외과 병동 회의실에서 입원 환자의 상태를 파악하기 위해 주요 사항을 인계하며 시작된다. 니시고오리에 따르면 어제 퇴원한 환자가 3명, 재활 훈련 병동으로 이동한 환자가 2명, ICU가 6명, HCU가 3명, 외래로 새로 들어온 입원 환자가 1명, 응급 이송된 환자가 1명이었다. 원래부터 있던 입원 환자와 합쳐서 총 40명 이상이 입원해 있었다.

니시고오리를 따라서 돌아다니며 환자 한 사람 한 사람에게 말을 걸어 1분에서 5분 정도까지 상태를 듣는다. ICU나 중증이라 대화하지 못하는 환자는 제외시켰지만, 그래도 시간이 꽤 걸린다. 입원 환자 상태를 신경외과 의국 전원이 공유하기 위해서이지만, 이것도 신입인 고즈쿠에에게는 버거운 일이었다.

신경외과에 입원한 환자는 수술을 기다리거나 수술 후에 상태가 비교적 양호해진 환자와, 입원했지만 고령 등의 이유로 수술을 받지 못해 내과적으로 치료가 이루어진 후에 적합한 병원으로 전원하는, 이른바 손쓸 방도가 없는 위독한 환자 두 패턴밖에 없기 때문이다.

그런 와중에도 희망의 끈을 놓지 않으려고 애쓰는 환자들을 볼 때마다, 고즈쿠에는 수술이 가능한데도 받으려고 하지 않는 마에카와가 떠올라 화가 솟구쳤다.

진찰을 한 바퀴 돈 후, 니시고오리가 간호사에게 내린 투약 지시를 전자 카르테에 기입하고 고즈쿠에는 곧장 마에카와의 병실로 향했다.

때마침 정원에 햇볕을 쬐러 나갔다고 마린이 말했다. 느긋이 이야기하기에 딱 좋은 장소였다.

정원에 있는 벤치에 멍하니 앉아 있는 마에카와의 곁에 앉았다. '자신의 왼팔과 사랑에 빠진' 이야기를 준코로부터 들었다는 사실을 애써 밝게 전했다.

"그렇군요……. 집사람한테 들었군요……."

오늘은 비교적 차분한 듯했다. 너그럽게 미소 지으며 들어주고 있었다. 고즈쿠에는 이대로라면 성공할지도 모른다고 생각했다.

"네. 지금 상황은 명백하게 이상하죠?"

천천히 생각하면서 말을 이어나갔다.

"그렇긴 하죠……."

마에카와는 자신의 왼팔을 바라보고 있었다. 지금이라며 고즈쿠에는 강한 어조로 단번에 말했다.

"맞아요! 이해하시네요?!"

"전부터 이상하다고 생각은 했어요."

"다행이네요~. 그럼 바로 사모님께 그 사실을 전하죠! 사모님, 고민하고 계세요."

"역시 그렇겠죠? 입장을 확실하게 밝히는 편이 좋겠죠?"

"당연하죠. 당연하고말고요."

"알겠습니다……."

"다행이에요. 이걸로 해결된 거네요?"

"이참에 확실히 하겠습니다."

"네! 사모님께 전화하죠. 무슨 일이 있을 때를 대비해서 휴대전화 번호를 물어봤어요."

고즈쿠에는 PHS를 꺼내 다이얼 단축 버튼을 눌렀다. 통화 연결음이 울리기 시작했다.

"희소식은 빨리 전하는 편이 좋죠. 아, 여보세요? 도토종합병원의 고즈쿠에입니다. 지금 말이죠, 남편분께서 스스로도 이상하다고 생각한다고 하시네요. 사모님과 대화를 나누고 싶대요. 바꿔드릴게요."

PHS를 마에카와에게 건넸다.

"전화 받으세요. 멋지게 말씀하세요!"

마에카와는 숨을 가다듬고 전화를 받았다.

"여보세요? 나야."

"네"라는 준코의 목소리가 희미하게나마 들렸다.

"당신한테는 말하기 좀 힘들었는데……."

"말씀하세요! 남자답게 화끈하게!" 고즈쿠에의 말에 힘입었는지 마에카와가 말했다.

"당신이랑 헤어지고 이 사람과 함께할까 싶어."

"말씀 잘하셨어요! 꺄악~ 터프가이! ……네? 뭐라고요?!"

고즈쿠에는 PHS 수화기의 무수한 구멍으로 준코가 놀라서 숨을 멈추는 소리가 흘러나오는 것 같았다.

톱 나이프

◇

"너 바보야?!"

아니나 다를까 미야마에게 혼이 났다.

"부채질해서 이혼을 결심시켰다고?! 무슨 뚱딴지같은 일이 벌어진 거야?!"

"이다음에는 '팔'이랑 재혼할 기세예요……."

"그거 참 축하해야 할 일이군. 축의금은 역시 3만 엔 정도 내야…… 내가 알 게 뭐야?!"

간호사들도 킥킥대며 웃고 있었다. 제일 많이 웃고 있는 사람은 마린이었다.

"어쨌거나 잘된 일이라고? 네 책임이야. 동의서 받아올 때까지 의국에는 얼씬도 하지 마!"

"……그런데 그게 의사가 해야 할 일인가요?"

"물론이지. 환자의 이야기를 듣고 환자의 입장이 되어 생각하는 게 의사로서는 제일 중요한 일이야!"

고즈쿠에는 찍소리도 내지 못했다.

자판기 앞에서 고즈쿠에는 커피를 마시고 있었다. 입원 환자에게 조치를 취하거나 링거와 약을 체크하거나 검사와 서류 작업 등을 소화해내다 보면 눈 깜짝할 사이에 시간이 지나간다. 새내기 신경외과 전문의에게 있어서 휴식은 이렇게 간신히 짬을 낸 3분 정도다.

"자아 기운 내. 이런 곳에서 시간 때우지 말고 얼른 마에카와 씨한테 가자."

마린이 다가왔다. 고즈쿠에는 한숨을 쉬었다.

"자기 왼팔이랑 사랑에 빠진 아저씨를 왜 내가 설득해야 하는지······."

"그게 신경외과에서 하는 일이잖아."

"여기 괜히 왔어."

"얼른 가자."

양을 모는 양치기 개처럼 마린이 고즈쿠에의 등을 밀었다.

◇

마에카와는 면회실의 전망이 좋은 창가 휠체어에 앉아 자신의 왼팔을 사랑스럽다는 듯이 어루만지고 있었다. 그의 뇌 속에서 왼팔은 완전히 젊은 여성으로 변환되어 있을 테다. 거북한 것을 보는 듯한 시선으로 가만히 바라보던 고즈쿠에가 뒤에 있던 마린에게 등을 떠밀려 마에카와 앞에 불쑥 튀어나와 버렸다. 마에카와가 당황한 모습으로 왼팔에서 손을 뗐다.

"아, 죄송하게 됐군요. 다른 사람 앞에서 이런······."

"아니에요~ 아니에요~. 저도 자주 그러는걸요 뭐~" 하고 고즈쿠에는 자신의 팔을 보란 듯이 어루만졌다. 이제는 막 가자는 식이었다.

"이건 그냥 '팔'이니까요."

"그건 그렇지요."

마에카와의 머릿속에서 고즈쿠에의 팔은 확실히 단순한 팔이다. 자신의 왼팔만이 여자로 변환되는 것이다. 고즈쿠에는 짜증이 나기 시작했다.

"아~ 그러니까 마에카와 씨가 하는 행동도 똑같아요."

마에카와가 멍한 표정을 짓고 있었다. 마린이 당황하며 고즈쿠에의 귓가에 대고 속삭였다.

"어지간히 해. 정론을 펼쳐도 소용없다는 거 아직 몰라?"

고즈쿠에도 작은 목소리로 대답했다.

"그럼 어떻게 하란 말이야?"

"환자의 이야기를 듣는 게 의사의 기본이잖아?"

고즈쿠에는 팔을 사랑스럽다는 듯이 어루만지고 있는 마에카와를 다시 쳐다보고 재차 작은 목소리로 마린에게 물었다.

"이걸 거들라고?"

"환자한테 '이거'가 뭐야?!"

고즈쿠에는 쭈뼛대며 마에카와에게 물었다.

"저기…… '그분'도 이름이 있나요?"

"네? 당연하죠. 야마모토 아쓰코예요."

"어머나, 이름이 멋지네요." 마린이 호들갑스럽게 분위기를 맞춰주었다. 고즈쿠에도 이어서 말했다.

"그래서 그 아쓰코 씨의 어떤 면이 좋으신가요?"

"어떤 면이요?"

"네. 그 울퉁불퉁한 윗라인 때문인가요?"

마린이 고즈쿠에의 머리를 쥐어박았다. 하지만 마에카와는 고즈쿠에가 비아냥거려도 알아차리지 못하고 진지하게 한 박자 생각한 후에 물어보았다.

"선생님은 어떤 사람을 좋아하나요?"

"저요? 글쎄요. 역시 가치관이 같고 학벌도 나름 괜찮고 벌이도 당연히 저보다 좋은 데다 얼굴은 전통적인 미남상, 연예인으로 말하자면 다쿠마 신 같은……."

"거기까진 안 물었어." 마린이 저지하더니 마에카와 쪽을 향해 말했다.

"그것보다 마에카와 씨는 어떤 면이 좋으세요?"

"글쎄요…… 한마디로 표현 못 하겠네요."

마에카와는 살포시 미소 짓고 있었다.

"그렇죠? 좌우지간 팔이니까요." 또다시 마린에게 머리를 쥐어박히는 고즈쿠에를 아랑곳하지 않고 마에카와는 이어서 말했다.

"그런데 좋아하는 사람을 만났을 때 뭐랄까 공기가 달라지는 느낌이 있잖아요."

"공기요?"

"네. 그 자리의 공기가 반짝반짝 빛나 보이는 순간⋯⋯."

마에카와의 머릿속에 어떤 영상이 떠오른 것 같았다.

"처음 만났을 때 그랬어요. 이 사람은 파란색 원피스를 입고 있었어요. 그 스커트 자락이 바람에 살짝 나부꼈지요. 방긋방긋 웃고 있었는데, 그걸 이루 표현할 수 없네요⋯⋯."

참으로 행복하게 미소 짓는 마에카와의 얼굴을 보고 있으니 역시 고즈쿠에도 농담으로 돌릴 수 없었다. 이게 사랑에 빠진 사람의 얼굴일까. 어쩜 이렇게 해맑고 행복해 보일 수 있을까.

마린은 센스 있게 이야기를 거들어주었다.

"아~ 알 것 같아요. 엄청 좋아하는 사랑이랑 사귀기 시작할 무렵에 그렇잖아요. 왠지 뮤지컬 영화처럼 모든 게 신나 보인다고 할까⋯⋯."

"그래요. 죽지 않고 살아서 지금 이 순간을 맛볼 수 있어서 다행이라는 생각이 진심으로 드네요."

도취되어 말하는 마에카와를 고즈쿠에는 도저히 따라갈 수 없었다.

다음 업무를 보러 가는 복도에서 마린이 킥킥대며 웃고 있었다.

"선생님은 성적에서는 편차치가 높을지 몰라도, 연애 편차치는 0이네?"

"말 다 했어? 무슨 근거로 그런 소릴 하는 거야?" 고즈쿠에가 발끈했다.

고즈쿠에는 무뚝뚝하지만 콧대가 있고 눈도 큼직했다. 보는 시선에 따라서는 미인 축에 들어갈 테다. 하지만 어딘가 이상하다. 걸핏하면 아저씨 개그에, 가만히 있으면 예뻐 보일 텐데 이상한 '자기비하 농담'을 즐겨 남자들을 괜히 질색하게 만들었다. '입만 다물고 있으면 잘나갈 타입'이라고 마린은 생각했다.

"그럼 지금까지 몇 명이랑 만나봤어? 말해봐."

"왜 선생님한테 말해야 해?"

"딴소리 말고 말해봐."

"……손잡으면 사귄 거에 들어가지?"

"뭐어?! ……그게 몇 살 땐데?"

"중2 여름방학 때. 8월 27일. 여름 축제 때."

할 말을 잃은 마린에게 고즈쿠에가 다급히 변명을 하려던 차에 "오자와 씨" 하고 부르는 소리가 들렸다. 아무래도 외과 병동에서 온 의사인 것 같았다.

"아, 미야자키 선생님."

마린은 고즈쿠에와 이야기를 나눌 때보다 금세 두 옥타브가

톱 나이프

올라간 목소리로 빛나는 미소를 지으며 다가갔다.

이 여자는 태생적으로 남자를 밝힌다. 살랑살랑 흔들리는 꼬리가 보이는 것 같다고 생각하며 한편으론 화제가 바뀌어서 다행이라고 마음을 쓸어내리고 있었는데, 교태를 부리며 이야기하던 마린이 조금 심각한 표정을 짓더니 말이 끝난 후 고즈쿠에에게 돌아왔다. 고즈쿠에는 자세를 가다듬고 선수 쳤다.

"조금 전에 하던 이야기 말인데, 나도 경험이 많아. 나, 생각났어. 중3 여름 때……."

마린이 진지한 표정으로 가로막았다.

"그건 이제 됐어."

"응?"

"지금 온 분, 정형외과 선생님이야. 조금 전에 복도에서 우리가 이야기한 사람 마에카와 씨 아니냐고 하더라고."

"마에카와 씨, 성형한 적 있어?"

"아니, 부인 말이야."

"?"

"1년 전에 늑골골절로 병원에 왔대. 가정 폭력을 당한 것 같대."

◇

마에카와의 자택은 세타가야에 있었다. 마에카와가 마흔에 지어 세 자녀를 길러낸 후 두 번 리모델링한 집이었다. 제일 가까운 역에서 걸어서 10분 거리에 있는 70평짜리, 건축 회사에 의뢰해서 지은 일본식과 서양식이 절충된 호화로운 저택이었다. 막내딸이 독립한 지 10년이 넘어서자 자녀들에 대한 추억은 벽에 장식된 사진뿐이라고 해도 좋았다. 세 번째 리모델링을 할 때 2세대 주택으로 만들지 말지 고민했지만 결국 딸 내외가 넌지시 거절해 리모델링 계획은 벽을 제거하는 공사로 그쳤다. 그러던 차에 마에카와가 쓰러졌다.

준코는 지금 거실에 혼자 앉아 호지차를 마시고 있다. 마에카와가 있을 때는 아침이면 진하게 볶은 커피를 내려 함께 마셨지만, 사실은 전통차가 더 좋았다. 그렇게 결혼해서 50년간 자신을 억누른 채 살아왔다.

조금씩 조금씩.

남편이 자정이 넘어 귀가할 때도, 휴일에 골프를 치러 나갈 때도, 한밤중에 자지러지게 우는 아이가 시끄럽다고 고함을 질렀을 때도 전부 다 '이 사람은 일밖에 모르니까'하고 자신을 타이르며 견뎌왔다. 바람피우는 증거를 발견했을 때도 아이들을 위해서라며 풍파를 일으킬 만한 행동은 하지 않았다. 물론 애정이 있어서이기도 했다. 하지만 아이들은 눈 깜짝할 사이에 성장했고 남겨진 건 두 사람이 살기에는 너무 넓은 집과 앙

금처럼 쌓인 남편에 대한 증오였다.

1년 전 주위의 반대를 무릅쓰고 남편은 동남아시아의 사기나 다름없는 사업에 투자하여 하마터면 자택까지 넘어갈 뻔했던 호된 실패를 겪었다. 다행히 자녀들이 이리저리 손을 써 아슬아슬하게 일이 마무리되었지만, 대신 그 이후 사업에 손을 대는 것이 사실상 불가능해졌다. 이렇다 할 취미도 없었던 마에카와는 매일 빈둥거리느라 심기가 불편해 보였다. 오로지 자신에게 닥쳐온 불행한 신세를 한탄하고 불만으로 가득 차 있었다. 늘 자기만 생각했다. 그런 남자였다. 그 사실을 알아차렸을 때 준코는 이미 나이를 먹을 대로 먹은 상태였다.

앞으로 이대로 둘이서 살아가야 하나. 그런 생각을 하며 치를 떨던 찰나에 마에카와가 쓰러졌다. 자신의 바람이 이루어진 것 같아 죄책감이 들었지만, 입원해서 평소보다 더 제멋대로 행동하는 남편을 보고 분노가 다시 치밀어 올랐다. 그리고 이번에 벌어진 '애인' 소동.

준코는 벽에 걸려 있던 사진을 천천히 둘러보았다. 그건 신혼 무렵 초대받은 외국인 동료 집에서 가족의 역사를 말하는 듯한 사진이 빼곡히 걸린 것을 보고 따라한 것이었다.

잉꼬부부 같던 그 외국인 부부와 실상은 달랐지만, 오히려 화목하지 않은 모습을 덮어버리듯이 거실 벽을 두 사람의 사진으로 채웠다. 처음 만났을 무렵, 신혼 시절, 첫째가 태어났을 무렵, 중년기, 자녀가 독립한 후의 두 사람……. 하지만 그건 단지 남편을 향한 고집에 지나지 않았다.

준코는 병원에 갈 준비를 하고 일어섰다.

간호사 대기실에서 고즈쿠에가 환자의 바이탈을 모니터로 체크하고 있는데 때마침 준코가 지나갔다. 병실에 들어가기 전에 얘기하는 게 나을 듯해서 고즈쿠에는 그녀를 붙잡아 면회실에서 가정 폭력 이야기를 꺼냈다. 준코는 선뜻 인정하고 쓴웃음을 지으며 숨김없이 이야기하기 시작했다.

"남편한테 맞아서 늑골이 골절됐어요."

"네에?!"

"남편은…… 퇴직 후에 경영하던 회사를 도산시켰어요. 그 채권자와 말을 주고받다 실랑이가 벌어졌을 때 이렇게……."

떠밀리는 포즈를 취했다. 순간 고즈쿠에는 할 말을 잃었지만, 그것과 이건 별개의 일이다. 지금은 눈앞에 닥친 일 하나를 정리해야 한다. 애써 냉정하게 말하기 시작했다.

"정말 기가 막힌 일이네요. 남편분을 괴롭히고 싶다는 심정도 이해합니다. 하지만 그렇다고 동의서에 사인을 하지 않는다는 건……."

준코가 조용히 말했다.

"남편의 망상에 아직 차도가 없나 보네요."

"네."

준코가 희미하게 웃었다.

"어째서 사람은 누군가를 좋아하게 되는 걸까요."

또 나왔다……. 지금 나누는 이야기와 무슨 관계가 있단 말인가.

왜 다들 사랑에 집착하는 걸까? 그래서 일이 전혀 진전되지 않고 있다.

이쪽은 이미 만신창이가 되기 일보 직전이다. 짜증이 난 고즈쿠에는 빠른 말투로 쏘아붙였다.

"간단하게 말하자면 '감정'이라는 건 뇌 안에 있는 뉴런의 전기신호입니다. 즉 전기적인 거예요."

준코가 멍한 표정을 지었다.

"'마음'이라고 말해도 그런 건 전기신호에 불과합니다. 그래서 전 그렇게 모호한 것에 중심을 두지 않는 인생을 지향하고 있고요."

"그렇군요."

"특히 사랑은 도파민이 과잉생산되고 있는 상태입니다. 사랑에 빠졌다고 멋들어지게 표현하지만, 요컨대 뇌가 주는 보수(報酬) 회로의 스위치가 켜졌을 뿐이란 거죠."

"선생님은 연애 중이세요?"

도대체 무슨 얘기를 하는 건지.

"그러니 저한테는 필요 없다고요. 네, 그야 이 정도 되는 얼굴에 스타일도 괜찮으니 제가 말 한번 걸면 남자 한둘은 얼씨구나 하고 따라올 거예요. 하지만 그런 쓸데없는 수고는 들이고 싶지 않아요."

"아직 어리네요……."

"?"

"나이를 먹으면…… 결혼을 하면 내 심정도 조금 이해할 거예요."

"잠깐만요. 어쨌거나 이건 의료 문제입니다. 수술하지 못하고 괴로워하는 환자를 방치할 수는 없어요."

그리 말한 고즈쿠에게 준코는 이야기를 끊듯이 일어났다.

"가볼게요."

"잠시만요!"

걸어가는 뒷모습이 몹시 쓸쓸해 보였다.

다른 입원 환자들을 회진하면서도 고즈쿠에의 머릿속에는 '사랑'이라는 글자가 남아 있었다. 신경외과라는 여느 과보다 남성적이고 살벌한 외과 병동에서 어째서 사랑이라는 단어가 이토록 난비하는 걸까.

'자네, 사랑해본 적 있나?'

3개월 전, 부장이 갑작스레 던진 이 한마디로 피리 부는 사나이를 따라가는 사람처럼, 아니 모세가 이끄는 민중의 한 사람처럼 가혹한 신경외과 의국으로 가겠다고 대답했다.

이유는 스스로도 알 수 없었지만, 고즈쿠에가 사랑을 해본 적이 없는 건 다름 아닌 사실이었다.

"사랑⋯⋯."

마음속으로 생각하던 말이 입으로 튀어나왔다.

"깜짝이야!" 소리에 뒤돌아보자 교체할 링거를 가지고 온 마린이 서 있었다.

"지금 뭐라고 했어? 사랑이라고 하지 않았어?"

창피해서 고즈쿠에는 도리어 역정을 냈다.

"거 참 시끄럽네! 입 좀 다물어! 이 사람 저 사람 할 것 없이 사랑 타령⋯⋯ 적당히 좀 하란 말이야!"

"선생님 입으로 말했잖아."

다 들어간 링거의 빈 팩을 마린에게 거칠게 건네면서 "좋아, 끝났어. 나머지 부탁할게"라고 말하고 고즈쿠에는 빠른 걸음으로 병실을 나갔다.

그녀가 향한 곳은 의국에 있는 자신의 책상이었다. 파티션으로 칸막이가 쳐진, 책상에 컴퓨터 한 대가 전부인 데스크. 앉자마자 컴퓨터를 켰다.

"병동 업무는 끝났어?"

미야마가 말을 걸었다.

고즈쿠에는 돌아보지도 않고 대답했다.

"끝났으니 여기에 있죠."

"동의서는 받았어?"

"못 해먹겠어요. 시답잖아서."

악담을 퍼부으면서 키보드를 눌렀다.

"뭐라고?"

"전 의사예요. 의학적으로 차분히 접근해서 환자를 치유시킬 거예요."

미야마가 무슨 소릴 하냐는 듯한 표정으로 고즈쿠에를 쳐다보았다.

"있다!"

데스크톱 화면에는 영어로 쓰인 의학 논문이 떠 있었다. 잡아먹을 듯이 보면서 고즈쿠에는 말했다. 예전에 읽은 논문이었다.

"반측공간실인증과 신체실인* 증상이 있는 마에카와 씨와 같은 경우, 삼반규관**에 냉수를 주입하면 증상이 누그러들기도 한다……는 논문이 미국에서 발표됐어요. 이걸 시험해볼 거예요."

---

* 의식장애가 없는데도 신체 부위를 정확하게 인식하지 못하는 상태.
** 귓속에 있는 반원 모양의 관. 세 개로 되어 있는 관 속에 림프가 차 있어 그 움직임으로 몸의 방향이나 평형감각을 느끼게 한다.

톱 나이프

미야마도 어깨 너머로 그 화면을 보았다.

"이거라면 증상이 누그러든다고 해도 5분, 10분 정도라잖아. 어디까지나 일시적이네."

"그래도 짧게라도 정상으로 돌아오면 마에카와 씨 자신한테도 변화를 보일 테니…… 시도해볼 가치는 있어요."

"고즈쿠에 선생, 또 콧방울이 커졌어……."

고즈쿠에는 콧김을 내뿜었다.

◇

귀에 주사기로 물을 주입할 뿐이기 때문에 미야마가 허가했고 마에카와도 승낙했다. 바로 오후에 시도해보기로 했다. 미야마와 함께 마에카와의 병실로 향하는 엘리베이터 안에서 고즈쿠에는 준코가 주변 사람은 모르게 마에카와를 괴롭히고 있다는 사실을 말했다.

"분명 죽이고 싶을 만큼 미워하는 거겠죠? 그런데 오싹하네요~. 그렇게 미우면 헤어지면 될 텐데, 그죠?"

미야마는 여느 때처럼 쿨한 냉소로 답했다.

"부부 사이의 일은 부부밖에 몰라."

"아, 맞다. 돌싱인 미야마 선생님한테 이런 이야기를 하다니 죄송합니다."

고즈쿠에는 평소답지 않게 고개를 꾸벅 숙였다.

"오버하지 마."

"아, 아니, 앞으로가 중요하잖아요. 미야마 선생님은 멀리서 보면 젊어 보여요. 하하하."

망했다. 고즈쿠에는 얻어맞을 것 같은 기척을 느끼고 이야기를 다시 되돌렸다.

"그런데 아무리 그런 부부라도 원래는 사랑했겠죠? 언제부터 그렇게 되는 걸까요?"

"남이 보면 싸우는 것처럼 보여도 당사자들은 사랑하고 있는 경우도 있어."

"흠, 전 잘 모르겠어요. 아, 그런 건가요? 발정 난 고양이 같은 거. 하악하악 서로 위협하면서 사랑하는 그런 거요."

"고즈쿠에 선생은 연애 이야기를 안 꺼내는 편이 낫겠어. 당분간 일에만 몰두해."

엘리베이터가 열렸다.

병실에는 간호사가 끝이 예리한 스포이드 형태로 된 주사기를 이미 준비해서 기다리고 있었다. 마에카와는 침대에 상반신을 일으킨 상태였다. 미야마가 상황을 한 번 더 설명했다.

"마에카와 씨, 귀에 물만 넣는 거예요. 그래서 어떤 변화가 일어나는지 잠시 살펴볼게요."

"네, 하세요."

마에카와는 왼팔을 힐끗 쳐다보았다. 고즈쿠에는 그 시선을 놓치지 않았다.

"저기……."

"네?"

"그 여자분은 지금도 여기에 계신가요?"

마에카와는 어리둥절한 표정으로 답했다.

"네, 물론이죠. 그게 무슨 문제라도 되나요?"

왼팔에 마치 대화를 건네듯이 미소를 던지고 있었다.

"아뇨……. 네, 괜찮습니다. 그럼 시작하죠!"

미야마가 눈으로 신호를 보내자 고즈쿠에는 간호사로부터 주사기를 받아들었다.

"괜찮으시죠? 조금 간지러울지도 몰라요."

"네."

"그럼 들어갑니다."

주사기를 쭉 밀어 넣은 그 순간이었다.

"멈춰요!"

준코가 병실에 뛰어들어왔다.

고함을 지른 것과 동시에 마에카와가 "윽!" 하고 신음했다. 미야마도 고즈쿠에도, 복도에서 오늘 '치료'에 대해 이야기를 듣자마자 달려온 준코를 쫓아온 마린도, 시선이 준코와 마에카와 사이를 오가고 있었다.

물이 오른쪽 귀 삼반규관에 주입된 순간, 마에카와의 몸이 움찔하고 경직되었고 허공을 멍하니 바라보고 있었다. 눈에 힘이 들어갔고 그 후 이완되었다. 우선 모두가 마에카와의 변화를 지켜보고 있었다.

이윽고 마에카와는 너부러져 있는 자신의 왼팔에 천천히 시선을 보냈다.

마에카와의 눈에는 눈부시게 아름다운 빛을 발산하는 여성이 비치고 있었다. 그 여성은 여전히 침대에 걸터앉아 마에카와를 향해 미소 짓고 있었다. 하지만 갑자기 슬픈 표정을 짓더니 침대에서 일어났다.

"아쓰코!" 마에카와는 외쳤다. 실제로 목소리가 나오는지 어떤지 마에카와는 알 수 없었다. 하지만 외쳤다. "아쓰코, 가지 마!" 여자는 돌아보고 미소 짓더니 등을 지고 병실을 나갔다.

"기다려. 기다려줘!" 목소리를 쥐어짜다시피 했는데, 실제로는 입을 열지 못했다.

대신 주변을 바라보았다.

톱 나이프

"어라? ……다들, 어쩐 일이시죠?"

정신이 바짝 든 얼굴로, 침을 머금고 긴장하며 지켜보고 있던 의사들을 마에카와는 의아한 듯이 쳐다보았다.

미야마는 마린과 얼굴을 마주 보고 난 후 입을 열었다.

"마에카와 씨. 저기…… 왼팔은……."

"왼팔이요? 움직이질 않네요. 그야 뇌출혈이 일어났으니까요."

마에카와는 왼팔을 보며 태연하게 말했다.

"그, 그렇죠. 그야 그렇죠."

마린이 미야마에게 속삭였다.

"미야마 선생님, 지금이에요. 지금이라면 동의서를……."

철저하게 준비한 동의서를 몰래 건넸다.

"알겠어."

고즈쿠에는 병실 입구에 있는 준코에게 시선을 돌렸다. 준코는 애타는 시선으로 마에카와를 지켜보고 있었다.

미야마는 마에카와에게 동의서를 내밀었다.

"마에카와 씨, 이건 뇌동정맥기형 적출 수술 동의서입니다. 저번에 받은 수술 부위를 다시 열어서 하는 수술로, 이걸로 마에카와 씨의 좌측 시야 상태가 개선될 겁니다. 부디 받아들여 주셨으면……."

미야마는 말하다가 얼어붙었다. 마에카와의 눈이 이미 예전의 눈으로 돌아와 있었다.

"제발 좀!"

마에카와는 오른손으로 미야마를 뿌리치는 동작을 하고 거칠게 말했다.

"침대에 접근하지 마세요! 이 사람이 힘들어하잖아요!"

얼굴을 가까이 가져간 미야마의 몸은 마에카와의 움직이지 않는 왼팔 바로 근처에 있었다.

마에카와는 원래의 환상 세계로 다시 돌아가 있었다.

고즈쿠에는 그사이에 눈을 떼지 않고 준코의 모습을 보고 있었다.

준코는 마에카와를 보며 서글픈 눈으로 미소 짓고 있었다. 그리고 말도 걸지 않고 발걸음을 되돌렸다.

고즈쿠에는 무언가를 짐작했다.

"5분밖에 못 버텼네……."

의국으로 돌아온 미야마는 마에카와의 CT 사진을 보면서 중얼거렸다.

이마데가와가 고즈쿠에에게 말했다.

"그래도 삼반규관에 물을 주입하면 뭔가 효과가 있다는 건 알았잖아. 그것만으로도 성공이야, 고즈쿠에 선생."

칭찬받는 걸 삼시 세끼보다 좋아하는데도 알아차리지 못할 만큼 고즈쿠에는 넋이 나가 있었다.

"그런데 결국 동의서 문제는 해결 못 했네요."

"응, 그러네."

미야마가 가볍게 한숨을 쉬는 것과 동시에 고즈쿠에가 오도 카니 중얼거렸다.

"아뇨······."

"?"

"아마 해결될 거예요."

그리고 말하자마자 무언가에 홀린 듯이 의국을 나갔다.

미야마와 이마데가와는 어리둥절한 표정으로 얼굴을 마주 했다.

"지금 뭐지······?"

"고즈쿠에 선생····· 뭘 잘못 먹었나."

고즈쿠에의 등은 병동을 향해 있었다.

◇

병실에서는 준코가 침대에 누워 있는 마에카와에게 담요를 덮어주고 있었다.

"그럼····· 난 갈게요."

"응."

마에카와는 여전히 자신의 왼팔을 보고 있었다.

준코가 병실을 나설 무렵 고즈쿠에와 맞닥뜨렸다.

준코는 예상한 것처럼 고즈쿠에를 차분히 바라보았다.

"잠시 시간될까요?"

병실 쪽을 은근히 신경 쓰면서 준코가 고즈쿠에에게 말했다.

물론이죠, 고즈쿠에는 고개를 끄덕였고 두 사람은 정원으로 향했다.

"동의서 가지고 있으세요?"

땅거미가 지는 정원 벤치에 앉은 순간, 준코가 말을 꺼냈다.

"네."

"사인할게요. 동의할게요."

고즈쿠에가 흰색 동의서 종이를 건넸다. 그리고 마음을 다지고 입을 열었다.

"남편분이 만난 아쓰코 씨는…… 사모님이시죠?"

고즈쿠에가 이어서 말했다.

"저 눈치챘거든요. 마에카와 씨가 정신을 차렸을 때의 사모님의 얼굴. 그리고 마에카와 씨가 말한 상대 여성의 이름…….
사모님의 성함…… 준코(純子)는 '아쓰코'라고도 읽지요? 사전에서 찾아봤어요."

"그랬군요."

준코는 살짝 미소 짓더니 이야기하기 시작했다.

톰 나이프

"만국박람회 알아요? 오사카 만국박람회. 젊은 시절에, 지금으로 말하자면 행사장 안내원이라고 해야 하나? 지인이 부탁해서 잠시 했어요, 만국박람회에서. 그이는 그곳에 드나들던 업자였어요."

젊은 마에카와는 일본관에 자료를 반입하는 무역 회사 직원이었다. 그곳에서 안내 일을 하던 준코에게 말을 걸었다고 한다.

"처음에는 끈질겨서 정말 싫었어요……. 이름을 알려 달라고 하더라고요. 그래서 '아쓰코'라고 했어요. 그러다…… 사귀게 됐고요. 그 사람은 진짜 이름을 알게 된 후에도 재미있어하면서 '아쓰코'라고 불렀어요. 그 무렵의 일이 생각나나 봐요……."

"마에카와 씨가 말한 파란색 원피스도요?"

준코가 고개를 끄덕였다.

"안내 일을 할 때 파란색 옷을 입었어요. 왼팔이 이렇다 저렇다 이야길 꺼낼 때…… 바로 알았어요. 옛날의 나구나 하고요."

추억을 하나하나 더듬어가듯이 준코는 말을 이어나갔다.

"만났던 장소, 입고 있던 옷…… 전부 다 절 처음 만났을 무렵의 이야기예요."

하지만 지금의 준코와는 전혀 연결시키지 못했던 것이다.

고즈쿠에는 쭉 궁금해하던 것을 물었다.

"왜 동의서에 사인을 안 하신 거죠?"

준코는 갑자기 입을 다물었다.

"진짜 남편은 준코 씨에게 폭력을 휘두르는 사람이었다. 그런 사람이라도 옛날에는 준코 씨를 사랑했다. 그래서 그대로 그 상태로 살아가게 하고 싶었다…… 그런 건가요?"

고즈쿠에는 이어나갔다.

"남편분을 괴롭히고 싶다고 한 건 거짓말이었죠?"

"아니요. 사실이에요."

"……?"

"그야 그 사람은 옛날의 저를 사랑하는 거잖아요. 지금은 이렇게 된 줄도 모르고……. 그편이 잔인하잖아요."

그리 말하고 준코는 아련하게 웃었다.

고즈쿠에는 슬퍼서도 웃는다는 사실을 처음 알았다.

◇

'1주일 후 오전 10시'

아침 회진과 수술 준비를 마치고 정원에서 고즈쿠에는 커피 우유를 마시고 있었다. 왠지 요 며칠 얼이 빠져 있었다.

"멍하니 있을 틈이 있으면 서머리라도 써."

휴식 시간에 먹을 샌드위치를 손에 든 마린이 다가왔다.

"거 참 시끄럽네. 의사한테 지시하는 간호사가 어디 있어?"

"동의서 하나 받는 일도 복잡하게 만들었으면서."

고즈쿠에는 언짢은 표정을 짓다가, "마에카와 씨, 오늘 퇴원하지?" 하는 마린의 말에 입을 다물었다.

"연애에 좋은 공부가 되지 않았어⋯⋯?"

"뭐?"

"인간미를 좀 더 갖추는 편이 나을 거야. 아니면 의사라고 할 수 없지. 연애 편차치도 적어도 40정도는 돼야지."

"뭐라고? 지금은 몇 점인데?"

"당연히 0이지. 경험이 없잖아."

"말도 안 돼! 뭐라 지껄이는 거야?!"

"아, 마에카와 씨다."

두 사람의 시선 끝에는 짐을 든 사복 차림의 마에카와가 있었고, 그는 택시에 타려하고 있었다. 트렁크에 가방을 싣고 뒤를 돌아보았다.

"이봐, 얼른 와."

준코가 핸드백 안을 확인하면서 잰걸음으로 마에카와에게 달려갔다.

"아, 손수건이 여기 있었네. 미안해요."

"정말 느려 터졌다니까."

언짢은 표정을 짓고 있던 마에카와가 걸어가려고 하다가 무심코 비틀거렸다.

그 팔꿈치를 준코가 순간적으로 얼른 떠받쳤다.

"괜찮아요?"

"……응, 괜찮아."

그리고 마에카와는 거동이 불편한 몸을 간신히 택시 안으로 밀어넣었다.

그 뒷모습을 준코는 가만히 바라보고 있었다. 사랑스러운 건지 미운 건지, 어느 쪽인지 알 수 없는 표정이었다. 그리고 준코도 올라타자 택시는 움직이기 시작했다.

"사람은 신기해."

고즈쿠에가 그 모습을 보고 있다가 오도카니 말했다.

"아니, 뇌가 신기하다고 해야 하나? 이렇게 신기한 거였구나……."

마린은 뜻밖이라는 듯 고즈쿠에를 쳐다봤다. 젊은 의사 중에 흔히 있는, 입만 살아 있고 건방진 면에서만 두드러지는 선생이지만 의외로 솔직 담백한 면도 있었다.

"신경외과에 조금 더 있어봐야지."

고즈쿠에는 차분한 목소리로 말했다. 때려치우려고 했냐고 구박하고 싶었지만, 이 상황에서만큼은 마린도 꾹 참았다.

고즈쿠에는 묘하게 후련한 표정을 짓고 있었다. 신경외과

톰 나이프

전문의로서의 제1막이 바로 지금 열린 듯했다.

고통을 측정할 수 있는 기계가 있으면 환자는 얼마나 편할까. 신경외과에서 환자를 대할 때마다 미야마는 늘 생각한다.

고통은 사람에게 보이지 않는다.

"요 십 년간, 쭉 힘들었어요."

어두운 표정으로 호소하는, 이 삼차신경통 환자도 그렇다.

삼차신경통이란 동맥경화로 느슨해진 뇌혈관이 안면 감각을 다스리는 신경, 즉 삼차신경에 닿아 그 탓에 얼굴에 극심한 통증이 가로지르는 질환이다. 1초나 2초 정도, 아무 전조도 없이 갑자기 얼굴에 전기가 흐르는 듯한 격통이 가로지른다. 그게 점점 심해지면 세수도 할 수 없고, 물도 마실 수 없고, 여성이라면 화장도 할 수 없다. 살아 있는 게 끔찍할 만큼 괴롭다.

톰 나이프

이 72세 주부 환자는 10년 전, 대학병원에서 수술을 받았다. 일시적으로는 통증이 사라졌지만, 다시 곧 재발했다. 하지만 고통을 호소하며 병원을 재방문해도 "이상하네요. 신경통이 있을 리가 없는데"라는 한마디뿐이었다.

MRI를 찍어도 문제가 없다. 요컨대 기분 탓이다. 정신적인 문제다. 심료내과*를 소개받고, 그렇게 내쳐졌다.

수술은 잘됐다고만 할 뿐 아무리 간절히 말해도 귀를 기울이지 않았다. 그렇게 다른 사람에게 소개받아 지푸라기라도 잡는 심정으로 도토종합병원 신경외과에 찾아온 것이다.

통증은 보이지 않는다. 측정할 방법이 없다.

하지만 헤아릴 수는 있다.

미야마는 정성을 다해 검사했다. 그리고 사진을 보며 말했다.

"아~, 혈관과 삼차신경 사이에 스펀지가 있었네요. 미숙한 대학병원에서 흔히 하는 수술이죠. 정작 중요한 혈관과 신경이 떨어져 있지 않죠. 그게 원인입니다."

사진을 본 구로이와와 니시고오리도 의견이 같았다.

"제가 수술하면 다 괜찮아집니다. 한 방에 완치됩니다. 뭐,

* 내과적 요법과 심리적 요법을 병행해서 치료하는 과.

30분밖에 안 걸리는 수술이죠."

수술을 집도하게 된 구로이와는 환자의 어깨를 두드렸다.

"맡겨주세요. 반드시 고쳐드릴 테니까요."

의사가 '반드시'라는 말을 사용하는 건 금지되어 있다. 하지만 이 남자는 상식 밖의 인물이다. 그리고 이 가벼움과 단호함이 환자의 마음을 홀가분하게 만든다고 미야마는 생각한다. 그리고 정말로 30분 전에 끝낼 것이다. 그의 실력을 미야마는 확신하고 있다.

병실 침대에 누워 있는 환자에게 함께 회진하던 니시고오리가 무뚝뚝하게 말했다.

"저 선생님은 겉보기엔 신뢰하기 어렵지만, 실력은 확실합니다."

조금 더 공손하게 말하면 좋을 텐데 싶지만, 환자는 안심하는 표정을 짓고 있다. 니시고오리는 최근 들어 환자와 잡담을 조금이나마 나누게 되었다. 나쁘지 않다.

니시고오리를 거들던 고즈쿠에가 말을 걸었다.

"수술 끝나면 십 년 만에 화장해보세요. 분명 예쁘실 거예요."

배려라는 개념을 철저하게 가르쳐야 할 것 같다. 하지만 환자를 생각하는 마음은 전해졌을 테다. 그녀는 오늘 최고의 미소를 보여주고 있다.

환자는 휠체어에 앉아 수술실로 향했다.

그곳에는 최강의 신경외과 의료진들이 기다리고 있다.

사람의 아픔은 보이지 않는다. 하지만 상상해서 다가갈 순 있을지도 모른다. 노력하면 아주 조금은 말이다.

의사들도 저마다 아픔을 끌어안고 있고 인간적으로는 결코 완벽하지 않지만 환자에게만큼은 완벽하고자 매일 노력하고 있다.

이곳은 환자에게 있어서 최후의 요새이다.

그런 생각을 하면서 미야마는 수술실에 들어가기 위해 손 세정실로 향했다. 요새의 일원이 되기 위해서.

왼팔과 사랑에 빠진 남자

톱 나이프

초판 1쇄 인쇄 | 2020년 10월 27일
초판 1쇄 발행 | 2020년 11월 12일

지은이 | 하야시 고지
옮긴이 | 김현화
펴낸이 | 정은선

출판기획 | 이화진
책임편집 | 최민유
마케팅 | 왕인정, 박성회
디자인 | ALL contentsgroup

orangeD

출판등록 | 제2020-000013호
주소 | 서울특별시 강남구 선릉로428
전화 | 02-6196-0380
팩스 | 02-6499-0323

ISBN 979-11-91164-02-2 (03830)

www.oranged.co.kr